1. Auflage 2024
plexus Verlag

Umschlagmotiv: Moritz Polixa
Umschlaggestaltung: Ben Bartel

Autorenfoto: Marlene Mauer
Seitenlayout: Daniel M./@global_desing

ISBN: 978-3-937996-80-6

MORITZ POLIXA

ÐIE DRITTE WØLKE

Für Lion und Gustav

Ich hob mein Glas und hielt die Luft an. Die im Bier aufsteigenden Bläschen glitzerten im Sonnenlicht. *Ich hätte niemals gedacht, dass ich mal jemanden vergiften würde. Aber ich hätte mir auch nicht vorstellen können, dass es Dinge über mich zu wissen gibt, die ich nicht kenne.*

Er nahm das Glas, das neben seinem Teller auf dem Tisch stand, prostete und führte es zum Mund. Er kippte langsam, bis die Flüssigkeit seine Oberlippe berührte. Dann setzte er das Glas wieder ab – es war kaum leerer – und kreiste es unter der Nase. Mit geschlossenen Augen hängte er seinen Zinken tief hinein und sog den bitter-süßen Duft. Während er daraufhin schielend beobachtete, wie die drehende Welle langsam abflachte, wurden die Falten auf seiner Stirn immer tiefer. Und als die Flüssigkeit stillstand, rührte sich nichts mehr.

Ich spürte einen Schweißtropfen hinter meinem Ohr hinunterrollen und drückte meine Fingernägel in das weiche Holz des Stuhls. *Hatte er gerochen, dass etwas untergemischt war?*

„Gut, sehr gut", sagte er, warf den Kopf in den Nacken und schüttete sich das komplette Bier in den Hals, ohne dass das Glas seinen Mund berührte.

Halleluja! Meine Eingeweide machten einen Jubelsalto. *Wenn die Droge hält, was sie verspricht - und er sie nicht noch aus irgendeinem Grund auskotzt - werde ich endlich die Wahrheit erfahren.*

ERSTER TEIL

1.

Ein bunter Schimmer drang durch den schmalen Spalt der angelehnten Wohnzimmertür in den Flur. Das war mehr als Tageslicht. Vom Eingang zum Wohnzimmer reichten normalerweise fünf kurze Schritte. Aber auch das ist eine lange Strecke, wenn man ohne einen Mucks über knarzigen Boden muss. Vorsichtig, sodass ich den Widerstand der Teppichfasern spüren konnte, setzte ich einen Fuß vor den anderen.

„Lulu musste sich schon oft verbiegen", ertönte eine tiefe Stimme aus dem Zimmer. Ich hielt inne, stützte mich mit den Fingerspitzen an der Wand ab. Das Ergebnis war da. Ich atmete einmal tief durch. *Sollte ich mich bemerkbar machen?* Beim Spionieren erwischt zu werden, konnte Ärger bedeuten und mir die Chance verbauen, etwas sehen zu dürfen. Ich ignorierte das wohlige Kribbeln in meinem Nacken, wo sich jedes Haar aufstellte, und schlich weiter. Vor der Tür angekommen schob ich meinen Kopf langsam in den hellen Streifen. Als ich die Lichtquelle sah, zitterten meine Knie. Da drin stand ich selbst als lebensgroße Lichtgestalt. Eine Mikrosekunde dachte ich, Oma hätte mich durch einen Klon ersetzt. Dann erkannte ich, dass es ein strahlendes Hologramm von mir war, das sich gerade an der Nase kratzte.

Es trug, was ich fast immer anhatte: ein weißes Shirt, Jeans und Sneakers. Und auch sonst sah es aus, wie ich mich aus dem Spiegel kannte; nicht superheiß aber auch nichts zum Lästern. Meine dunklen, gewellten Haare waren zu einem kurzen Pferdeschwanz gebunden, ein paar lose Strähnen hinter die Ohren gestreift. Meine Brüste waren nicht groß, aber wo sie hingehörten. Mir gefiel, wie das Shirt darüberlag.

Auf der roten Couch hinter dem Hologramm saß – von der Tür halb verdeckt – Oma. Sie trug eine dunkle Hose und eine weiße Leinenbluse. Einen Ellenbogen auf die Armlehne gestützt spielte sie mit dem Pinsel ihres grauen Zopfes und betrachtete das Hologramm von mir. In dem Licht sahen ihre Falten aus wie tiefe Furchen und sie dadurch wie hundertfünfzig.

„In Konflikten sehen nur wenige klar.“ Wieder die Stimme aus dem Soundsystem. Wie recht sie hatte. In Konfliktsituationen gelassen zu bleiben, war wirklich nicht mein Ding. Aber erwähnte die Analyse das? *Weiß sie von meinem Instinkt?* Das Kribbeln wurde stärker. Schon wünschte ich mir Körpernähe oder wenigstens das Hauchen der Stimme an meinem Ohr spüren zu können. „Aber derartiger Stress ist …“.

„Lulu, was machst du denn hier?“ Die Tür öffnete sich und Kurts schwarze Augen glupschten mich aus seinem runden Roboterkopf an. Ich schob mich an der hüfthohen blauen Box auf vier Rädern vorbei ins Wohnzimmer. Oma sah auf. Ihr Zopf rutschte von der Schulter. Sie schnippte mit dem rechten Zeigefinger und das Hologramm verschwand.

„Lulu, mein Schatz, du bist ja schon da.“ Mit dem Handrücken wischte sie sich Speichel aus dem Mundwinkel.

„Hallo, ja, äh, ich bin eben erst angekommen. Habt ihr mich gar nicht gehört? Was war das?“

„Das Ergebnis deiner Orientierungsanalyse“, sagte Kurt und ruderte mit seinen Armen. „Wie du weißt, darfst du es leider noch nicht sehen. Es ist allein für Erziehungsberechtigte bestimmt.“ Kurt war ein alter Home-Care-3000. Man hätte ihm nicht viel zugetraut, aber er war die besserwisserischste und sturste Maschine, die ich kannte. Ich hätte seine nervige Klugscheißerei längst abgestellt, aber aus irgendeinem Grund liebte Oma es, mit ihm zu diskutieren. Und das, obwohl sie nie, aber auch nie Recht hatte.

„Kann ich nicht wenigstens einen Teil sehen?“

„Selbst, wenn sie es erlaubt, ich würde es verhindern“, kam Kurt Oma zuvor.

„Ach was, wir müssen dich nur ausschalten.“ Ich schob ihn beiseite, ging einen Schritt auf Oma zu und gab meinen besten Hundeblick. „Bitte?“

Wieder sprang Kurt ein: „Wenn du achtzehn bist, darfst du es sehen. Das heißt, noch genau 381-mal schlafen.“

„Halt die Klappe, Kurt.“

„Ich will es erst komplett alleine sehen. Wenn es harmlos ist, darfst du es auch sehen."

„Es ist strengstens verb..."

„Danke Kurt, das wissen wir."

„Okay. Ich warte draußen."

Im Hausflur aktivierte ich den Rezeptor meines Brain-Links, indem ich Daumen und kleinen Finger meiner rechten Hand zweimal aneinandertippte und stellte mir vor, wie ich mit dem Aufzug aufs Dach fuhr. Als ich beim Schacht ankam, war er schon in den fünften Stock gefahren und wusste, dass ich nach oben wollte.

Es war einer der ersten Frühlingstage. Die Sonne blendete. Die Bäume und Sträucher des Dachgartens auf unserem Wohnblock sprossen hellgrün und wippten in der milden Brise. Um die Stämme blühten erste Frühlingsblumen. Die Vögel zwitscherten. *Der perfekte Tag, um meine Empfehlung für die Kunstschule zu bekommen*, dachte ich.

Es waren keine Nachbarn da und ich ging bis zur anderen Seite des Daches. An der Stelle, wo der hohe Maschendrahtzaun, der den Garten des Wohnblocks umrandete, unten ausgefranst war, setzte ich mich auf den Boden, schob meine Füße durch das aufgebogene Loch und ließ sie von der Kante baumeln.

Obwohl ich dabei niemals hätte abstürzen können, weil mein Po nicht durch die Lücke gepasst hätte, kribbelte es jedes Mal kurz im Genick - ein schaurig schönes Gefühl, das ich nicht genoss, aber trotzdem vermisste, sobald es nachgelassen hatte.

Meine Stirn an den Zaun gelehnt, überblickte ich die Fahrradstraße vor dem Haus. Ein kleiner Roboter, der aussah wie eine Mülltonne auf vier Rädern, war gerade dabei, die kleinen runden Tische vom Café am Eck aus der Schatten- auf die Sonnenseite zu stellen. Auf ihrem Stammplatz saß die junge Frau aus dem Erdgeschoss und starrte in die Luft, wahrscheinlich in einen Brain-Link-Gedankenaustausch vertieft. Vor ihr auf dem Tisch stand eine Tasse Kaffee.

Ein tiefes Surren wurde lauter und ein glänzend schwarzer Stadtflieger mit acht Rotorarmen, die aus dem Rumpf ragten wie die Beine einer Spinne, startete vom Dach des gegenüberliegenden Hauses, das aussah wie eine riesige, steile Treppe. Ich sah ihm nach, bis er über der Innenstadt in dem dichten Schwarm aus Drohnen, Gleitern und Flugtaxis verschwand.

Auch auf den Terrassen des Stufenhauses spross und blühte es in allen Frühlingsfarben. Wie die Drohnen über der Stadt flitzten Bienen und andere Insekten um die Beete.

Nur eine einzige Terrasse war kahl und grau. Darauf stand ein Mann und stutzte mit einem Laser die Kletterpflanzen, die von der oberen Terrasse herunterhingen. Der Mann musste so viel Angst vor Pflanzen haben, wie ich vor der Wissenschaftsschule, dachte ich, musste lachen und gleich darauf schlucken. Denn noch war nicht sicher, dass ich auf die Kunstschule kam.

Ich ließ die zweiwöchige Analyse, die alle Elftklässler durchlaufen mussten, um für eine Abschlussklasse und damit für die berufliche Laufbahn empfohlen zu werden, Revue passieren. *Hätte ich etwas besser machen können?*

An sich war alles ziemlich harmlos gewesen. Am ersten Tag empfing uns eine Schar humanoider Roboter, also solche, die aussahen wie Menschen, auf dem Schulhof. Es waren die alten Modelle, die nach Kabeln rochen und die sich so hölzern bewegten, dass der grell pinke Hals als Erkennungszeichen für menschenähnliche Roboter eigentlich überflüssig war.

Sie grüßten uns mit Handschlag und luden uns mit einer kurzen Berührung ihrer Finger eine Überwachungssoftware auf unsere Bodycoms in den Unterarmen. Darauf waren Programme installiert, die während der Analyse rund um die Uhr unsere Brain-Link-Gehirnverbindung auslasen. So konnten die Analysten auswerten, was wir machten, dachten und fühlten.

Vormittags mussten wir dazu einen Haufen Tests über uns ergehen lassen. Mathe und Logik, aber auch Malen, Geschichte und alles andere. Wie eine Schulolympiade war das. Nachmittags konnten wir machen, was wir wollten. Es gab ein riesiges Angebot - Games, Sport und alle möglichen Aktivitäten. Ich nahm natürlich nur an kreativen Workshops teil, machte Musik mit meinem Brain-Link, lernte Airbrushen und animierte ein Baumhaus in die Eiche auf dem Schulhof. Ich schrieb ohne Ende und ging sogar in Handarbeit, obwohl ich es hasste. Außerdem gab ich mir bei den Mathe- und Logiktests an den Vormittagen keine Mühe, machte manchmal sogar absichtlich Fehler, um zu vertuschen, dass ich gut darin war und es mir eigentlich auch Spaß machte. Denn für mich kam schon lange nur die Kunstschule in Frage.

Als kleines Kind wollte ich mal auf die Wissenschaftsschule gehen und Wissenschaftlerin werden, wie meine Eltern. Ich hatte zwar damals schon so gut wie keine Erinnerung mehr an sie, aber mir gefiel die Vorstellung, dass sie so etwas wie Abenteurer waren. Als ich dann kapierte, dass sie mich lieber nonstop bei Oma geparkt hatten, um in Ruhe zu arbeiten und zu reisen, wollte ich nichts mehr so machen wie sie. Außerdem fand ich malen, Musik und Schreiben viel wahrhaftiger, als Dinge, die nur richtig, falsch oder wahrscheinlich XY sein konnten.

Wie auch immer. So wie ich mich bei der Analyse verhalten hatte, standen meine Chancen auf eine Kunstschulen-Empfehlung gut. Aber sicher konnte ich mir nicht sein. Als Ergebnis bekam ich am Ende nur einen kurzen, langweiligen Film, der mich bei verschiedenen Aktionen zeigte und erklärte, dass ich offen war und gerne neue Sachen ausprobierte. Toll. Dafür hätte ich keine Analyse gebraucht.

Das komplette Ergebnis mit allen Details und der Empfehlung für die Abschlussklassen-Schule bekamen nur Eltern. So ein Witz, dass wir in der elften Klasse noch wie Kinder behandelt wurden.

Ich hoffte so sehr, dass Oma mir das Ergebnis zeigen würde. Ich musste es einfach sehen. Einmal natürlich wegen der Empfehlung, auf die ich so gespannt war. Aber noch viel mehr, weil es die einzige Möglichkeit war, etwas über meinen *Instinkt* herauszufinden. Das heißt, die einzige Möglichkeit neben einer Psychoanalyse. Und das war das letzte, was ich machen wollte. Auch weil sie mich wegen meines Instinkts wahrscheinlich für die Sonderschule empfehlen würde.

Mein Instinkt war ein Drang – eine Art Anziehungskraft – der mich immer überkam, wenn ich in einen Konflikt geriet.

Immer wenn ich Ärger hatte, beleidigt wurde oder auf irgendeine Art in einen Streit geriet, wollte ich die körperliche Nähe meines Konfliktpartners suchen. Je heftiger eine Auseinandersetzung war, umso stärker wurde die Kraft.

Als Kind war das kein Problem. Im Gegenteil. Oma fand es süß, dass eine innige Umarmung reichte, um mich aufzumuntern, wenn sie meine Erwartungen enttäuschen musste.

Doch je älter ich wurde, umso befremdlicher fand sie meinen Instinkt. Und als ich in die Pubertät kam, hatte sie kaum noch Verständnis dafür. Da reichte mir auch meistens keine Umarmung mehr und es kam schonmal vor, dass ich ihren Daumen in den Mund nahm oder sie küsste. Dann sagte sie: „Das geht nicht." Aber weil sie wusste, dass es half, nahm sie mich fest in den Arm und ließ mich erst wieder los, wenn die Anziehungskraft verflogen war.

Aber mit vierzehn war Schluss. An einem Abend hatte ich mich rausgeschlichen und war auf eine Party gegangen, obwohl Oma es verboten hatte. Als ich spät nachts nach Hause kam, saß sie auf der Couch. Mit Tränen in den

Augen sagte sie: „Ich hätte niemals gedacht, dass du mich anlügst."

Ich ging auf sie zu, um Kontakt zu suchen, aber sie schüttelte den Kopf. Da wurde die unsichtbare Kraft in mir immer stärker, so als trieben in meiner Blutbahn eine Milliarde winzige Magneten, die von ihrem Körper angezogen wurden.

Als Oma aufstand und an mir vorbei in ihr Zimmer ging, konnte ich mich ihnen nicht mehr widersetzen. Ich umarmte sie und drückte ihren zarten Körper an mich. Erst erwiderte sie die Umarmung. Doch als ich mit der Hand zwischen zwei Knöpfe ihres Pyjamahemds fuhr und ihre weiche Brust in die Hand nahm, drückte sie mich weg. Sie ging einen Schritt zurück und mit einem entsetzten Blick, den ich nie vergessen werde, sagte sie: „Was ist nur los mit dir?"

Die Ablehnung drang in meinen Magen wie ein spitzes Messer. Der Instinkt wurde noch stärker. Ich ging wieder auf sie zu. Doch sie hielt mich von sich weg, nahm nur meine Hand, weil sie wusste, das half wenigstens ein bisschen. „Lulu das kannst du nicht machen."

Weil sie meinem verständnislosen Blick nicht standhielt, nahm sie mich in den Arm. Ihre Körper schützte mich wie ein warmes Tuch nach einem kalten Bad. Doch schon nach einer Sekunde löste sie die Umarmung wieder und schob mich von sich weg. „Mach das nie wieder. Hörst du?", sagte sie. Und weil sie sah, dass ich nicht recht verstand, fügte sie hinzu: „Für *mich* ist es in Ordnung, wenn du Nähe suchst, wenn wir uns streiten. Aber normal ist es nicht. Und *das* ging zu weit – viel zu weit. Mach das nie wieder – nicht bei mir oder bei sonst irgendjemandem. Halt dich am besten komplett fern von den Leuten. Versprich mir das." Dann nahm sie mich wieder in den Arm und drückte mich lange.

Von da an wusste ich, dass mein Instinkt falsch war und dass ich ihm auf keinen Fall nachgeben durfte – jetzt nicht und niemals wieder. Der Schmerz ihrer Ablehnung war zu groß gewesen. Ich tat alles, um jede Art von Konflikt zu vermeiden, gab immer nach, widersprach nie und entfernte mich, wenn es irgendwo laut wurde. Es war nicht einfach. Aber alles war besser, als gegen meinen Instinkt anzukämpfen oder noch schlimmer: Den zerreißenden Schmerz ertragen zu müssen, wenn ich ihm nachgab und jemand mit Ablehnung darauf reagierte.

Ich wollte das Analyseergebnis also auch sehen, um herauszufinden, was der Instinkt war und woher er kam. Ich musste wissen, was mit mir nicht stimmte.

Ich spürte einen elektrischen Stupser in meinem Unterarm – das Signal meiner Bodycom-Körperhardware, dass Oma bereit war. Sofort stieg mein Puls. *Was, wenn sie mir das Ergebnis nicht zeigen will?*

Als ich meine Beine aus der Zaunlücke fädelte, riss an einem spitzen Draht ein Loch in meine Jeans und im Aufzugspiegel sah ich, dass der Maschendrahtzaun einen rautenförmigen Abdruck auf meiner Stirn hinterlassen hatte. Ich musste lachen.

„Hallo, Lulu", sagte Kurt.

„Hi“, sagte ich und stieg aus meinen Schuhen.

„Keine Schuh-Saltos heute?“, fragte er, hob die Schuhe mit seinem Teleskoparm auf und stellte sie ins Regal.

„Kannst du mich nicht einfach wie eine Erwachsene behandeln? Vielleicht kann ich dann mal über einen deiner Witze lachen.“

„Benimm dich wie achtzehn, dann mache ich nicht-jugendfreie Witze“, sagte Kurt und kicherte.

„Ugh, bitte nicht.“

Im Wohnzimmer saß Oma immer noch auf ihrem Platz. Sie hatte ihre Beine übereinandergeschlagen und wippte mit dem Fuß, sodass der Lappen ihrer Hauspantoffeln gegen die Ferse klatschte. Von den Latschen hatte sie sich vor Ewigkeiten mal dreißig Paar gekauft, weil sie ihre Füße nicht an neue Sohlen gewöhnen wollte. Aus der Nähe sah ich, dass sie sich Lippenstift auf ihre schmalen Lippen aufgetragen hatte.

„Ich kann dir das Ergebnis leider nicht zeigen“, sagte sie ohne mich anzusehen.

„Warum nicht?“

„Naja, du bist noch zu jung dafür.“

„Was?“ Schon musste ich gegen die langsam stärker werdende Anziehungskraft ankämpfen.

„Lass es mich dir so erklären“, warf Kurt ein, „zum einen ist es gegen das Gesetz, Minderjährigen das Ergebnis zu zeigen. Zum anderen ist es mit einem gewissen Gesundheitsrisiko verbunden. Junge Menschen vertragen es selten gut, sich einer umfangreichen Bewertung zu unterziehen.“

„Was soll denn schon passieren?“

„Oma könnte eine Anzeige bekommen. Außerdem könnte das Ergebnis dich schwer belasten.“

„Damit kann ich leben.“

„Ich aber nicht.“ Omas Blick war nervös.

„Bitte. Ich werde es verkraften, versprochen.“

„Mhm.“

Sie sah auf ihren wippenden Fuß. Mein Nacken wurde heiß.

„Aber wir erzählen uns doch alles.“ Oma war wie meine beste Freundin. Dass sie mich jetzt nicht mal ansah, provozierte mich.

Oma atmete tief durch die Nase ein und wieder aus. „Es tut mir leid, aber ich kann es dir nicht zeigen.“

„Warum, was ist damit? Sag schon.“ Omas Absage hatte meinen wunden Punkt getroffen. Die Magneten in mir wurden stärker und drückten mich in ihre Nähe. Zu gerne hätte ich an Omas faltigem Hals gerochen.

„Es ist wirklich nicht schlimm“, sagte Oma.

„Dann kann ich es ja sehen.“

„Vielleicht hilft dir das: Wenn Oma noch eine Anzeige bekommt, kann sie das Sorgerecht verlieren.“

„Tut mir leid.“ Oma schüttelte den Kopf.

Die Magneten zogen mittlerweile wie wild an allen Nervenbahnen. *Vielleicht wäre eine Berührung in diesem Moment gar nicht unangebracht*, dachte ich. *Nein.* mit der Annahme hatte ich mich schon zu oft vergriffen. Ich kniff die Augen fest zusammen und versuchte, mich zu sammeln, einen klaren Gedanken zu fassen. Doch der Instinkt besetzte so gut wie alle Rezeptoren. Es war aussichtslos, sich ihm zu widersetzen.

Ich drehte auf dem Absatz um und ging ins Bad. Mit halb heruntergelassener Hose setzte ich mich auf den Wannenrand und machte es mir mit der Hand. Es dauerte maximal eine halbe Minute, bis ich kam. Der Orgasmus hatte die Wogen meines Instinkts geglättet und ich konnte wieder klar denken. So gut es tat, manchmal verzweifelte ich daran, dass es der einzige Weg war, meinen Instinkt zu bewältigen. Aber immerhin wusste ich jetzt, was zu tun war.

Im Wohnzimmer ließ ich mich neben Oma auf die Couch fallen. „Entweder zeigst du mir das Ergebnis oder ich erzähle Frau Weiher aus dem zweiten Stock, dass du dir ihren Robot-Lover gebucht hast – auf ihre Kosten."

Oma sah ihre Fingernägel an. Ein Hauch rosa Farbe unterlief ihre eingefallenen Wangen. Ich konnte sehen, dass sie dagegen ankämpfte, doch langsam, aber sicher bogen sich ihre Lippen zu einem sanften Lächeln. Als sie es nicht mehr verbergen konnte, seufzte sie.

Kurt rollte mit den Augen. „Das ist das größte Problem mit euch Menschen. Es spielt keine Rolle, wie vernünftig oder dumm etwas ist, am Ende macht ihr immer, was ihr *wollt*. Aber lasst mich noch eine Sache …"

Oma ballte kurz die Faust und Kurt war auf Standby. Dann holte sie mit einer herbeiwinkenden Handbewegung das Hologramm von mir zurück auf den Wohnzimmerteppich. Erst jetzt sah ich, wie gestochen scharf es war.

Ich stand auf, ging einmal um mich herum und musterte besonders die Stellen, die ich so noch nie von mir gesehen hatte, ganz genau. Meine Nase und meine Ohren waren sauber. Meine Lippen umspielte ein sanftes Schmunzeln. Doch unter den Brauen stierten meine dunklen Augen ernst geradeaus. Mein Blick war entschlossen, fast schon verbissen – zumindest viel ernster als ich mich fühlte. Und als ich mich von hinten sah, erschrak ich noch mehr. Ich hatte es schon erahnt, aber bis dahin hatte ich es noch nie so deutlich gesehen: Ich hatte einen dichten Nackenflaum, der sich bis über meine Kieferknochen erstreckte und an den Schläfen in die Kopfhaare überging. Außerdem hatte ich abartig lange Arme. Als ich sie hob, um den Flaum abzutasten, fühlten sie sich fünfmal so schwer an. *Bart und Riesenarme - geht ja gut los,* dachte ich und setzte mich wieder.

Schlagartig wurden meine Handflächen feucht. *Was ich jetzt sehen werde, wird über meine gesamte Zukunft bestimmen und darüber, ob ich machen kann, was ich will, oder ob ich vor Langeweile sterben muss.*

„Lulu, mach dir keine Sorgen. Das Analyseergebnis entscheidet nicht über den Rest deines Lebens." Oma strich mir über den Kopf.

„Klar, ich weiß." Ich drückte mir die Fingerspitzen auf die Stirn. Es nervte, wenn sie mich durchschaute und noch mehr, wenn sie mich behandelte wie ein Kind. Sie startete die Präsentation.

Das Hologramm begann sich zu drehen und die tiefe, ruhige Stimme von zuvor sagte: „Die Orientierungsanalysen-Ergebnisse von Lulu Polka."

Das Hologramm wurde durchsichtig und größer. Nur der pochende Herzmuskel blieb sichtbar. Er wuchs an, bis er so groß war wie zuvor mein Körper.

Die Stimme sagte: „Der Herzmuskel ist das Triebwerk des Körpers. Im Leben eines Menschen pumpt es bis zu dreieinhalb Milliarden Mal. Lulus Herz ist gesund. Es pumpt mit 87 Schlägen pro Minute knapp fünf Liter Blut durch ihren Körper."

Die vordere Hälfte wurde durchsichtig. Im Inneren öffneten und schlossen sich die Herzklappen abwechselnd.

„Ihr Blutdruck schwingt zwischen 74, wenn Blut einfließt, und 119, wenn es in die Arterien gedrückt wird. Sie hat Blutgruppe B. Lulus Herz ist makellos. Es sollte ohne Probleme über hundertfünfzig Jahre alt werden."

Das Hologramm meines Herzens wurde wieder kleiner. Gleichzeitig kamen meine atmenden Lungenflügel zum Vorschein. Sie wuchsen, bis wir mittendrin saßen und die einzelnen Lungenbläschen sehen konnten. Sie sahen aus wie ein Zweig Weintrauben, der von einem Netz aus kleinen Adern überzogen war. „Lulu holt durchschnittlich 25-mal in der Minute Luft. Ihr maximales Lungenvolumen beträgt drei Liter – ein überdurchschnittlicher Wert."

Ich fuhr über meinen Unterarm, wo sich mein Bodycom befand, der all das gemessen hatte.

„In den Lungenbläschen findet der Gasaustausch statt."

Eins der Luftbläschen teilte sich wie zuvor das Herz und wir konnten sehen, wie darin eine Sauerstoffwolke aus der Luft durch eine dünne Haut in das Blut in einer Ader überging. Darin heftete es sich an ein rotes Blutkörperchen, das aussah wie ein Donut, und wurde abtransportiert.

Alles wurde wieder kleiner. Erst waren die Trauben wieder sichtbar, dann die Lunge, das Herz und schließlich alle Blutgefäße. Vor uns stand mein Körper als ein Netz aus Adern. Ultragruselig.

„Wahnsinn, was unsere Körper für Welten sind, nicht, Lulu?" flüsterte Oma.

„Mhm." Ich nickte. Die Präsentation war tatsächlich faszinierend, aber ich konnte kaum erwarten, endlich etwas Interessantes zu erfahren.

Nach dem Blutgefäßsystem wurden Leber und Nieren erklärt. Wir sahen mein Skelett. Ich hatte 220 Knochen und würde, wenn ich ausgewachsen war, 206 haben. Eigentlich hätte ich gerne gefragt, welche Knochen noch zusammenwachsen würden, aber ich war so gespannt, dass ich nicht unterbrechen wollte. Meine Haut löste sich von meinem Körper und breitete sich vor uns aus. Sie hätte das gesamte Fenster verdecken können.

Dann wurden meine Vagina und meine Gebärmutter gezeigt. Als wäre nichts dabei, sagte die Stimme, dass ich einen regelmäßigen 4-Wochen-Zyklus hatte und überdurchschnittlich oft masturbierte.

Auf einen Schlag spannten sich alle meine Gesichtsmuskeln an und wurden heiß. Oma zeigte keine Reaktion.

Sicher aus Rücksicht, aber auch, weil sie es nicht zum ersten Mal gehört hatte. Sonst hätte sie mindestens geschmunzelt. *Wusste sie, was ich gerade im Bad gemacht hatte?*

Wir sahen das Hologramm im Zeitraffer wachsen und altern, bis es graue Haare hatte und etwa so alt war wie Oma jetzt. Ich würde einen Meter fünfundsiebzig groß werden und hatte eine Lebenserwartung von 187 Jahren. Hüfte und Ohren würden mir als alte Frau zu schaffen machen.

Bei der Vorstellung, dass ich im Jahr 2372 eine schwerhörige alte Frau sein würde, musste ich schmunzeln und gleich darauf schnürte es mir die Luft ab. *Wie lange Oma wohl noch lebte? Wenn sie stirbt, werde ich allein sein.* Da strich mir Oma über den Arm. Wieder hatte sie mich durchschaut. Aber diesmal war es schön.

Das Gehirn kam als letztes. Wieder wurde der Rest meines Körpers durchsichtig, bis nur noch die grauen Zellen - groß wie ein Medizinball - vor uns schwebten. Darin wanden sich die dünnen Brain-Link-Kabel wie Spaghetti in dicker Soße. Ich hatte keine Ahnung, dass es so viele waren.

Dann wurde das Gehirn auf einen Schlag riesig. Wie nach dem Big Bang waren die Zellen plötzlich überall und wir saßen inmitten des neuronalen Netzes. Elektrische Blitze flitzten in Schläuchen, die sich durch den ganzen Raum wanden wie Spinnenweben. *Jetzt würde ich sicher endlich etwas Wichtiges erfahren.*

Doch auf einmal stoppte die Präsentation und ein großes rotes Ausrufezeichen erschien vor uns in der Luft. Kurt erwachte. „Natürlich habt ihr nicht auf mich gehört. Ich hätte es wissen müssen."

2.

„Wurden wir erwischt?“

Oma reagierte nicht.

„Das ist nur der Hinweis“, sprang Kurt ein, „dass Oma im zweiten Teil über ihren Brain-Link nachfühlen kann, wie du dich während der Analyse gefühlt hast.“

„Was?“ Ich starrte auf das rote Ausrufezeichen, dessen Ränder vor meinen Augen langsam ausfransten. „Hast du das vorhin schon gemacht?“

Oma schüttelte den Kopf.

„Wenn du eine Lizenz hast, kannst du mit deiner Gehirnverbindung nicht nur Nachrichten verschicken und Computer steuern, sondern auch direkt Gedanken und Gefühle empfangen.“

Ich wusste, dass man Gefühle auch ohne Lizenz empfangen konnte. Mein Nachbar Peter hatte das schonmal gemacht. Er und sein Freund Martin hatten die Virtual-Reality-Brillen der Schule gehackt, sodass die ganze Klasse Kai dadurch wie nackt sehen konnte. Daraufhin ließ die

Schulleitung sie die Gefühle von Kai spüren, obwohl die beiden keine Lizenz hatten. Peter erzählte mir danach, dass er sich fast in die Hose gemacht hätte, als er nachfühlte, wie sehr sich Kai nach der Aktion fürchtete, in die Schule zu gehen.

Allerding wusste ich nicht, dass Oma eine Lizenz hatte. Brain-Links waren ihr nie geheuer gewesen. Sie hatte sich ihren erst mit einundachtzig einsetzen lassen und meinem im letzten Jahr nur zugestimmt, weil ich die letzte in der Klasse war, die noch keinen hatte.

Ich strich mir am Hinterkopf über die Narbe meiner Brain-Link-OP. „Du wirst alle meine Gefühle der letzten Wochen nachfühlen können?"

Wieder bewahrte Kurt Oma davor, antworten zu müssen. „Nicht ganz. Der Brain-Link kann nicht genau deine Gefühle übermitteln, sondern nur so ähnliche triggern. Wenn Oma dich zum Beispiel bei etwas sieht, das dir Spaß gemacht hat, wird sie sich freuen, aber nicht genauso wie du."

„Hast du das schon öfter gemacht?"

„Was gemacht?"

„Meine Gefühle gelesen?"

Oma spielte wieder mit ihrem Zopf. „Nur einmal."

Mir wurde heiß. Da ich mich schon befriedigt hatte, blieben die Magneten ruhig. *Hatte sie es wirklich nur einmal gemacht?* Meine Konfliktvermeidung war so tief verankert, dass sie mich wie automatisch davon abhielt, nachzuhaken.

„Du hättest mich fragen müssen."

„Ich weiß. Und ich werde dich auch jetzt nur nachfühlen, wenn du einverstanden bist."

Ich überlegte kurz. Auch wenn ich Respekt davor hatte, ich wollte unbedingt ausprobieren, wie sich Brain-Link-Gefühle anfühlten. „Du darfst nachfühlen. Aber nur, wenn ich auch darf."

„Du hast leider noch keine Lizenz."

„Danke, Kurt. Ich weiß auch, wie oft ich noch schlafen muss, um sie machen zu können. Aber ich weiß auch, dass es ohne geht."

Oma tat, als würde sie nicht verstehen.

„Ich weiß, dass du mich mitspüren lassen kannst."

Oma sah mich an, als würde sie etwas in meinem Ausdruck suchen.

„Oder ein Vögelchen zwitschert Frau Weiher, wen Don Juan hier im Haus noch so besucht."

Sie seufzte.

„Ich muss an dieser Stelle unbedingt anmerken", machte sich Kurt wichtig, „dass hohe Strafen auf Brain-Link-Missbrauch stehen. Man kann nicht nur seine Brain-Link-Zulassung verlieren, sondern im schlimmsten Fall auch eine Brain-Link-Fessel bekommen, die Gedanken und Gefühle unterdrückt oder kontrolliert."

Das war maßlos übertrieben. Soweit ich wusste, bekamen nur Schwerkriminelle oder psychisch Kranke Brain-Link-Fesseln. „Ich kriege doch keine Fessel, nur weil ich ohne Lizenz meine eigenen Gefühle nachspüre."

„Das wahrscheinlich nicht, aber …"

Ein kurzes Faustballen von Oma und Kurt war wieder im Standby.

„Ich denke, weil es deine eigenen sind, ist es eine gute Gelegenheit für deine erste Erfahrung mit künstlichen Gefühlen“, sagte Oma.

„Find‘ ich auch.“ Ich rieb mir die Hände und aktivierte meinen Brain-Link.

„Wart‘s ab. Du wirst überrascht sein.“

Plötzlich bekam ich einen Schweißausbruch, als hätte ich auf die Chilischote des Todes gebissen. Ich war so versessen gewesen, mit dem Brain-Link zu spüren, dass ich gar nicht bedacht hatte, dass der Brain-Link ausgelesen haben könnte, dass ich mich bei der Analyse verstellt und mehr Künstlerin aus mir gemacht hatte, als ich war. Ich wollte auf keinen Fall, dass Oma das mitbekam.

Ich überlegte fieberhaft nach einer Ausrede, wieso wir doch nicht mitfühlen sollten. Doch mir fiel nichts ein und sie hatte die Präsentation bereits wieder gestartet.

Mit angehaltener Luft sah ich meinem Hologramm dabei zu, wie es malte, rechnete und Fußball spielte. „Lulu ist sehr offen und kreativ. Mit großer Neugierde probiert sie gerne neue Dinge aus“, sagte die Stimme.

Ich atmete erleichtert aus. Während der Orientierungswochen hatte ich absichtlich jede Möglichkeit genutzt, etwas Neues auszuprobieren, um neugierig zu wirken. Das Analysesystem hatte es geschluckt.

Plötzlich bewegte sich das Ohr des Hologramms. Als ich genauer hinsah, erkannte ich, dass es nicht das Ohr war, das sich bewegte, sondern der Nachbar mit dem Bart auf dem Balkon gegenüber, den ich dahinter durchs Fenster sah. Er warf Futter in das Becken, in dem er Riesengarnelen züchtete. Dann griff er mit beiden Händen in das Becken, nahm ein katzengroßes Tier heraus und inspizierte es. Ich stellte mir vor, wie er einfach so hineinbiss und kaute. *Wie die wohl schmecken? Ob sie anders schmecken als künstliches Garnelenfleisch?*

Ich hatte noch nie Fleisch gegessen, das mal gelebt hatte und auf einmal wollte ich nichts lieber, als es zu probieren. Garnelen oder Vögel, Hunde, Fische. Die Einfälle kamen wie eine Herde Tiere, die freigelassen wurde.

Mir fiel ein, dass es in Krankenhäusern Drucker für menschliches Gewebe gab. *Ob man das essen konnte? Wie das wohl schmeckte? War es zart wie Druckhuhn oder zäh wie Riesenkrake?* Mir lief das Wasser im Mund zusammen und gleichzeitig unterdrückte ich ein Würgen.

Mit meiner Stimme tief im Hals fragte ich Oma, ob sie auch gerne mal gedrucktes Menschenfleisch probieren würde. Sie lachte und stoppte die Präsentation. Die seltsame Begeisterung für Echtfleisch war sofort weg. Ich würgte nochmal trocken.

„Hast du immer noch Lust darauf?"

„Bah. Niemals!"

Oma lachte. „Das war die Neugierde, die der Brain-Link gesendet hat. Du hast wahrscheinlich an Essen gedacht und wurdest viel neugieriger, als du es eigentlich warst. Hast du Hunger?"

Der Nachbar ließ die Garnele ins Becken fallen und warf eine Hand voll Futter hinterher.

„Ich hab‘ sowas noch nie gefühlt.“ Alte Androidin, war das widerlich. Aber erleichternd, weil der Brain-Link mit meinen Gefühlen so daneben lag. Ich konnte also sicher sein, dass mein Schummeln nicht auffliegen würde.

„Menschenfleisch.“ Ich lachte. Oma stimmte ein und wir lachten uns kaputt.

„Brain-Links sind nicht so gut wie man denkt“, sagte Oma noch halb kichernd. „Vor allem nicht bei den ersten Malen.“

Oma fasste sich an die Stirn. „Wir hätten deinen Brain-Link erstmal kalibrieren müssen.“

„Kalibrieren?“

„Dabei muss man Gefühle, die er sendet, einordnen. Der Brain-Link weiß dann, wie was ankommt. Aber hast du vielleicht Hunger, Lulu?“

„Nein.“

„Naja, Neugierde ist auch ein komisches Gefühl. Ich bin schon eine alte Frau und hab‘ so viel erlebt und gesehen. Da übermittelt der Brain-Link eine andere Neugierde als er dir senden würde. Ich muss aber sagen; ich fand's auch komisch – irgendwie gestellt. Wolltest du eben wirklich Menschenfleisch probieren?“ Sie schüttelte lachend den Kopf. „Willst du lieber nicht verbunden bleiben?“

„Doch, ist lustig“, sagte ich. Die Neugierde hatte sich so fremd angefühlt, dass ich mir keine Sorgen mehr machen musste, dass mein Plan ans Licht kam.

„Wenn‘s blöd wird, kannst du die Verbindung einfach trennen.“ Oma startete die Präsentation.

Wir sahen mich Ballspielen, malen und digitale Skulpturen bauen. „Lulu ist ehrgeizig. Sie macht gerne Sport und hat Spaß an Wettkämpfen. Sie freut sich, wenn sie gewinnt oder gute Noten bekommt. Und obwohl es sie große Überwindung kostete, mied sie Wettkämpfe und machte bei Tests absichtlich Fehler, um schlechter abzuschneiden. Es war, als wollte sie *nicht* gut sein, als hätte sie sich das Gewinnen verboten. Eine Bewertung ihrer Motivation und Leistungsfähigkeit ist daher wenig aussagekräftig.“

Auf einmal freute ich mich, als hätte ich die Empfehlung für die Kunstschule bekommen und gleichzeitig schämte ich mich wie Kai, als er nackt vor seiner Klasse stand. Das passte nicht zusammen. Mir wurde heiß und kalt. Es schüttelte mich.

„Es ist nicht klar, wieso Lulu das tat“, fuhr die Stimme fort. „In jedem Fall ist ihr Verhalten nicht schlecht. Wir beobachten es lediglich sehr selten.“

Mir wurde wohl ums Herz und übel im Magen. Es war nicht auszuhalten. Ein Gedanke und ich hatte die Verbindung getrennt. Es war, als wäre ich aus einem Albtraum aufgewacht. *Was war das? War mein Betrug doch aufgeflogen?* Der dicke Gefühlsnebel verflüchtigte sich nur langsam. Es blieben Schuld und Angst. Schuld wegen des Betrugs und Angst vor den Konsequenzen. Musste ich auf die Sonderschule?

Entsetzt sah ich meinem Hologramm dabei zu, wie es sich über ein Tor beim Fußball freute und dann aufhörte zu spielen, um lustlos in einen Malkurs zu gehen.

Ich ließ meinen Kopf auf die Rücklehne fallen und starrte an die Decke, an der das Licht des Hologramms wie ein pinkes Nordlicht flackerte. Oma stoppte die Präsentation. „Lulu, tut mir leid, das muss sehr komisch gewesen sein."

„Sehr *komisch*!"

„Alles in Ordnung?"

Wie dumm kann man sein, dachte ich und blinzelte, um die Tränen aufzuhalten.

„Sag schon."

„Naja", quetschte ich heraus, „ich hätte nie gedacht, dass die Analyse checkt, was ich mache."

„Dass sie rauskriegt, dass du dich absichtlich schlechter gemacht hast?"

Ich nickte.

„Es ist nicht schlimm, dass du dir keine Mühe gegeben hast."

„Ich wollte nicht so gut in Mathe sein, weil ich dachte, dann muss ich auf die Wissenschaftsschule."

„Verstehe."

„Vor der Analyse hat die Schulleitung gesagt, wir werden herausfinden, was wir mögen. Von *Können* war nie die Rede."

„Vergiss nicht, das Ergebnis ist eigentlich nur für Eltern."

„Eltern sollten das nicht sehen dürfen."

„Ich schlage vor, wir springen direkt zur Empfehlung."

Ich nickte.

Die erste Empfehlung war – wie hätte es anders sein sollen – die Wissenschaftsschule.

„Durch ihr großes und vielseitiges Interesse und ihr analytisches Talent wird Lulu der Unterricht viel Spaß machen. Sie wird ihre Freude am Wettbewerb ausleben und gute Freunde finden können. Ein Abschluss von der Wissenschaftsschule wird ihr das Selbstvertrauen für einen glücklichen weiteren Lebensweg geben." Die Stimme des Kommentars in Kombination mit meiner glücklichen Hologrammvisage beim Rechnen machte mich sauer.

Die zweite Empfehlung war die Handwerkschule. „Dort wird sich Lulu wegen ihrer praktischen Herangehensweise wohlfühlen." So oder so ähnlich. Ich konnte es nicht anhören.

Oma sah mich an. „Was denkst du über die Empfehlungen?"

In mir zog und zerrte es. Ich zuckte mit den Schultern, aber am liebsten hätte ich laut geschrien.

„Ich finde beide schön", sagte Oma und richtete sich auf ihrem Platz zurecht. „Sag mal, wieso …"

„Wie kommen die überhaupt darauf, dass einem Spaß macht, was man gut kann?" Ich boxte in die Polster. Wieder fühlten sich meine Arme massiv und schwer an. Das machte mich rasend. Ich umarmte eins der Kissen und wieder musste ich zwinkern, um nicht zu heulen.

„Das ist eben bei den meisten so. Wenn du nicht gut rechnen könntest, würde dir Mathe keinen Spaß machen."

„Mathe ist okay."

Oma nickte und machte Anstalten aufzustehen, aber überlegte es sich auf halbem Weg anders und ließ sich wieder auf die Couch fallen. Sie sah aus dem Fenster, dann sah sie mich an. Ich wusste, dass sie fragen würde. Sie war zu neugierig, um es nicht zu tun. Sie war so neugierig, dass sie sicher wirklich gerne Menschenfleisch probiert hätte.

„Wieso hast du dich schlechter gemacht?"

„Ich will nicht auf die Wissenschaftsschule."

„Auf welche würdest du gerne gehen?"

„Kunstschule", murmelte ich.

Meine Oma legte ihre zarte, weiße Hand, aus der die Adern wie Regenwürmer hervorquollen, auf meine, die darunter aussah wie eine haarige Pratze. „Früher wärst du gerne auf die Wissenschaftsschule gegangen. Aber wenn du unbedingt auf die Kunstschule willst, finden wir vielleicht einen Weg."

„Ohne Empfehlung gibt es keinen." Unter Schmerzen zog ich meine Hand unter ihrer Feenhand weg und ging in mein Zimmer.

Die weißen Wände waren mir noch nie so kahl vorgekommen. Der Schreibtisch war blitzblank, meine Bettwäsche zeigte einen kosmischen Nebel und der Teppich auf dem Boden war eine Mondlandschaft. Hier wohnte keine Künstlerin.

Wie konnte ich nur so dumm gewesen sein, zu glauben, dass ich als Künstlerin geeignet war. Und dass ich die Analyse betrügen konnte. Das war so dumm, dass es weh tat. So dumm, dass es mich eigentlich von der Wissenschaftsschule hätte disqualifizieren müssen. Außerdem hatte ich kein bisschen über meinen Instinkt herausgefunden. Da fiel mir auf, dass die Passage, die ich im Flur gehört hatte, im Ergebnis gar nicht vorgekommen war. Das war, was ich eigentlich hören wollte. Aber jetzt traute ich mich nicht mehr.

Ich setzte mich an den Schreibtisch, drückte meine Fäuste auf die Augen und sog *drei Liter Luft* in meine Lungen. Noch eine böse Überraschung konnte ich auf keinen Fall ertragen. Ich kramte das kleine, gerahmte Bild meiner Eltern aus der Schublade und stellte es vor mir auf den Tisch.

Auf dem Foto haben sie die Arme umeinandergelegt und grinsen mit zusammengekniffenen Augen in die Kamera. Im Hintergrund ragt der im Dunst blasse Kilimandscharo in den Himmel. Die Aufnahme entstand wenige Wochen vor dem Bergrutsch, der sie begrub.

Ich versuchte sie mir in Erinnerung zu rufen, ihr Lachen und ihre Stimmen. Da war nur eine Vorstellung vom Lachen meiner Mutter. Es hörte sich an wie das meiner Oma. Aber die war nicht ihre Mutter, sondern die meines Vaters.

Mit ausgestrecktem Zeigefinger schob ich das Bild über die Tischkante. Es schlug in der Schublade auf und die Scheibe knackte.

3.

Am nächsten Morgen machte Kurt Pancakes zum Frühstück. Es roch köstlich. Wir saßen am kleinen Küchentisch und als Kurt die perfekt gebräunte, dampfende Scheibe mit einem dreifachen Salto auf meinen Teller warf, sagte er: „Ohne Empfehlung gibt es leider keinen Weg auf die Kunstschule. Aber weil du versucht hast, zu schummeln, kannst du einen Teil der Analyse in den Ferien wiederholen."

Ich hörte auf zu kauen und ließ die Gabel fallen. Dafür, dass Kurt alles wusste, hatte er null Gespür, was mich interessierte und was nicht.

„Als ich jung war", sagte Oma und trank einen Schluck Kaffee, „mussten wir allein herausfinden, was wir konnten. Das war die absolute Katastrophe. Du glaubst nicht, was für schlechte Entscheidungen die Leute getroffen haben. Die ungeschicktesten Menschen wurden Ärzte und unendlich viele Kinder träumten davon, Fußballprofi zu werden, obwohl sie nicht mal geradeaus laufen konnten. Du kannst von Glück reden, dass dir das heute nicht mehr passieren kann. Vielleicht wärst du auf der Kunstschule todunglücklich geworden."

„Whatever."

„Die Talentiertesten kommen auf die Wissenschaftsschule."

Ich ließ meinen Kopf auf die Rücklehne fallen und sah zur Decke. „Jaja, nur Trottel werden Künstler. Spars dir."

„Kurt", sagte Oma, „was meinst du?"

„Manche Kinder sind für die Kunstschule geeignet, manche für die Wissenschaftssch…"

„Danke für die großartige Nicht-Antwort. Was ich sagen will, ist, wenn du eine echte Künstlerin bist, Lulu, ist deine Ausbildung nicht so wichtig. Goethe hat auch Jura studiert."

„Wann hat der gelebt, vor tausend Jahren?"

Ich war tagelang enttäuscht. Ich hasste es, dass ich nicht machen durfte, was ich wollte, dass ich so dumm gewesen war und versucht hatte, die Analyse zu betrügen, die meine Gedanken lesen konnte, und dass ich trotzdem nichts über meinen Instinkt herausgefunden hatte.

Ich hätte mir gewünscht, dass wenigstens Oma auf meiner Seite stand. Denn mit meinen Freunden konnte ich noch weniger darüber reden. Denn wie selbstverständlich waren sie alle froh über ihre Erstempfehlung gewesen. Viele gingen auf die Sportschule, die Lauten auf die Handwerksschule, die Langweiligen auf die Wissenschaftsschule, und tatsächlich – ich gebe es nur ungern zu - fast nur Trottel auf die Kunstschule.

Weil die Wissenschaftsschule keine Option für mich war, entschied ich mich für die Handwerksschule. Wenigstens war meine beste Freundin Paula auch dort. Doch auch ihr erzählte ich nicht, dass ich meiner Zweitempfehlung gefolgt war. Sie war zwar etwas überrascht, aber fragte nicht weiter nach.

Nach den Osterferien ging es los. Ich versuchte alles, mich auf das Neue zu freuen und mir einzureden, dass es auch schlimmer hätte kommen können. Aber es half nichts. Ich war mir sicher, die Zeit auf der Handwerksschule würde scheiße werden.

Zur Schadensbegrenzung reservierte mir Oma einen der Hummus-Hausgleiter, die sich die Hausbewohner teilten, und ließ mich damit alleine zur Schule fliegen. Die Hausgleiter waren kleine Zweisitzer mit einem großen Ring auf dem Dach, an dem fünf Rotoren ineinander kreisten. Sie waren mal weiß gewesen, aber mit der Zeit so vergilbt, dass sie aussahen, als wären sie mit Hummus eingekleistert worden.

Während ich die Dachgarage betrat, presste ich Daumen und kleinen Finger meiner rechten Hand zusammen und das Tor zum Himmel öffnete sich. Ein Gedanke an die Handwerksschule und er wusste, wo ich hinmusste.

Der Himmel war wolkenlos blau und die Morgensonne strahlte, aber der Flugwind war noch so kalt, dass ich Gänsehaut bekam. Zum Glück gab es eine Sitzheizung.

Der Dachgarten unseres Hauses wurde kleiner und bald konnte ich das ganze Viertel überblicken. Noch waren durch die kahlen Bäume die weißen Fassaden zu sehen. Im Sommer, wenn alle Pflanzen auf den Dächern und Balkonen grün waren, sah das Viertel von oben aus wie ein Maisfeld, durch das sich die Straßen zogen wie die Spuren eines Traktors.

Nach kurzem Anstieg drehte Hummus ab und flog der aufgehenden Sonne entgegen. Ich klappte die Sonnenblende nach unten und erschrak. Im Spiegel sah ich, dass die Gänsehaut meinen Kieferflaum aufgerichtet hatte und ich schloss die Fenster wieder.

Hinter unserem Neubauviertel lag das alte Zentrum. Dort blitzten zwischen Solardächern noch vereinzelt alte Ziegeldächer hervor. Dahinter türmten sich die Hochhäuser des neuen Zentrums, wo sich schon bald, wenn Sommer war, Grün und Glas abwechselten. Dort herrschte dichter Luftverkehr.

Links, im Norden, war wenig los. Dort gingen die ruhigen Vororte in Wälder über. Dahinter stiegen Flugzeuge und Raketen – aus der Ferne klein wie Reiskörner – vom Flugplatz in den Himmel. Am Horizont drehten sich Windräder so weit das Auge reichte.

Wie es wohl früher war, als noch niemand flog und die Städte voller Straßen und Autos waren? „Früher war nicht alles schlechter", hatte Oma mal gesagt, „aber die Autos waren definitiv eine Plage."

Dafür gab es keine Orientierungsanalysen und die werden für immer eine Plage bleiben, dachte ich und versuchte zu verdrängen, wie gerne ich jetzt auf dem Weg zur Kunstschule gewesen wäre.

Hummus setzte zum Landeanflug an, ließ mich vor der Handwerksschule aussteigen und flog zurück. Am Tor zum Schulhof grüßte mich ein Mensch mit pinkem Hals: „Herzlich willkommen Lulu Polka. Herzlich willkommen Paula Schuler."

„Hallo, danke", hörte ich eine bekannte Mädchenstimme so laut direkt hinter mir, dass ich zusammenfuhr. Ich drehte mich um und erschrak fast ein zweites Mal, so riesig war Paulas Grinsen in ihrem runden, mit Sommersprossen übersäten Gesicht. Wie immer sahen ihre schulterlangen Haare aus wie zerzaust, obwohl sie glatt und gekämmt waren. Keine Ahnung, wie das ging, aber so war es, und es verwirrte mich immer wieder aufs Neue. Wir umarmten uns und noch bevor der Tag angefangen hatte, war er gerettet.

Um einen großen kreisrunden Schulhof, auf dem Bäume in einem Ring wuchsen, standen mehrstöckige Schulgebäude, die aus unterschiedlichen Materialien gebaut waren. Das erste links war aus zusammengeschnürtem Bambus konstruiert, das zweite aus massiven Holzbalken. Das Haus gegenüber vom Eingang war aus gepressten Plastikmüll-Ziegeln. Es sah aus wie ein buntes Legohaus. Auf der rechten Seite standen ein gedrucktes Betonhaus und ein einstöckiges, buntes Haus aus Altglas.

In den ersten zwei Wochen konnte man alle Fächer in Schnupperkursen ausprobieren. Mit Paulas gerader, lustiger Art, die keine schlechte Laune kannte und an allen und allem etwas Gutes fand, machte das sogar Spaß. Wir probierten jeden einzelnen Kurs aus. Wenn uns etwas gefiel, arbeiteten wir konzentriert. Wenn nicht, unterhielten wir uns über die Jungs in den Klassen. Auch an denen fand Paula fast immer etwas Gutes.

Für mich waren sie keine Katastrophe. Sie waren okay. Aber zwischen lauten Brutalos und nervigen Sensibelchen gab es nicht viele *Normale*. Eigentlich wären mir die Ruhigen sympathischer gewesen, aber so richtig interessant war keiner. Außer vielleicht Colin. Der war noch am ehesten zwischen Laut und sensibel und sah einfach verdammt gut aus. Doch weil gefühlt alle auf ihn standen, erzählte ich Paula nicht, dass ich ihn auch gut fand.

Die Probezeit verging wie im Flug und am Ende wussten Paula und ich, welche Kurse wir nehmen wollten: Materialien, Zeichnen, Geschichte in Erfahrung, Design und Sport belegten wir beide. Paula belegte noch Handarbeit, ich Mathe.

Am liebsten mochte ich Geschichte in Erfahrung. Dafür gingen wir über die Simulationsräume der Schule in vergangene Zeiten.

In der ersten Stunde bekamen wir gezeigt, wie das funktionierte: Aus Boden und Wänden der Räume fuhren unendlich viele Stäbe beliebig weit, sodass sie alle erdenklichen Gelände und Objekte wie Treppen, Möbel oder Bäume spürbar erstellen konnten. Die engen, mit winzigen Hydrauliken überzogenen Anzüge, die man vor dem Betreten anzog, interagierten mit den Oberflächen des Raumes so, dass sich alle beliebigen Gegenstände oder auch Wind und Wetter auf der Haut real anfühlten. Durch die Virtual-Reality-Brille sah alles aus wie echt. Außerdem waren humanoide Roboter in den Räumen, die die Leute spielten, denen man begegnete.

In den Geschichtsstunden erlebten wir das Gedränge beim Fall der Berliner Mauer und landeten mit den ersten Menschen auf dem Mars. Ich weiß nicht wie, aber sogar die geringe Schwerkraft auf dem Mars konnten die Räume nachstellen, sodass wir dort aus dem Stand locker fünf Meter weit springen konnten. Das war der Wahnsinn.

Nachmittags konnte man die Räume auch für alle möglichen Reisen und Spiele buchen. Wenn Paula und ich einen Slot bekamen, besuchten wir die Dinosaurier in der frühen Kreidezeit. Dort konnte man Flugsaurier zähmen und auf ihnen fliegen. Wenn wir uns auf ihren Rücken mit aller Kraft an ihrer ledernen Haut festhalten mussten, um nicht hinunterzufallen, wenn sie durch steile Berggipfel sausten und dabei jeder Flügelschlag und jede Richtungsänderung am ganzen Körper zu spüren war, der Wind um unsere Ohren pfiff, konnte man vergessen, dass man in einer Simulation war.

Ich mochte meine Kurse mehr und mehr und Paula liebte ich sowieso. Vielleicht hätte es nicht mehr lange gedauert und ich hätte mich mit der Handwerksschule angefreundet. Aber dazu kam es nicht. Denn ganz nebenbei erzählte Paula mir, dass sie Colin süß fand.

Weil ich ihr nicht im Weg stehen wollte, konnte ich noch weniger damit rausrücken, dass ich auch einen Crush auf ihn hatte. Also konnte ich nur nicken und sie ermutigen, wenn sie von ihm zu schwärmen begann.

An einem Nachmittag im Juni dann fragte Colin Paula, ob sie mit ihm und seinen Freunden in den Simulationsräumen Quidditch spielen wollte – ein Ballspiel aus einer komischen Zauberwelt, bei dem man auf Besen herumfliegen und Bälle durch Ringe werfen musste. Was für Paula die beste Nachricht war, versetzte mir einen Schlag in den Magen.

„Klar, wie cool!“, sagte sie und wurde strahlend rot wie eine Tomate, „kommst du mit?“

„Ich komme später“, sagte ich, „ich hab‘ noch Mathe.“

„Okay.“ Paula freute sich. Zum Glück erwartete sie keine moralische Unterstützung.

„Kannst du doch nachholen“, sagte Colin.

„Ich geh gerne hin. Bis später.“

„Wenn du so gerne rechnest, kannst du später in eine Simulation von der Wissenschaftsschule gehen“, sagte Colin und lachte.

Die Worte zogen mir den Boden unter den Füßen weg. Ich sackte in mich zusammen. Aus meiner Mitte stieg Hitze auf und stellte meinen Nackenflaum auf. Die Magneten entfalteten ihre anziehende Wirkung. *Nicht hier, nicht jetzt.*

In der Schule mit meinem Instinkt kämpfen zu müssen, war natürlich eine Millionen Mal schlimmer als zuhause. Lehrer, Bekannte und Freunde hatten viel weniger Verständnis als Oma, wenn ich im Streit versöhnliche Nähe suchte. Und wenn mehrere Leute dabei waren, konnte ich auch nicht immer einfach so verschwinden, um mich zu befriedigen.

Als ich einmal vor der ganzen Klasse die Hand eines Lehrers an meine Wange legte, weil er mich wegen zu viel Quatschen geschimpft hatte, bekam ich einen verschärften Verweis. Das allein wäre nicht schlimm gewesen, aber die verstörten Blicke und das darauffolgende Lachen meiner Klassenkameraden durchstachen mich wie Nägel. Wenn Paula mich nicht aus dem Zimmer gezogen hätte, hätte ich ihre Gesichter Kopf für Kopf zwischen meine Brüste gedrückt.

An dem Tag hatte ich sogar Kurt im Privatmodus davon erzählt. Doch er hatte nur geduldig zugehört, gefragt, ob ich vielleicht in die Jungs oder Mädchen, mit denen ich aneinandergeraten war, verliebt war und dann vorgeschlagen, ihm ein Therapeuten-Update herunterzuladen, damit er mehr sagen könne. Er hatte keinen einzigen hilfreichen Tipp gehabt.

Ich hatte mich damit abgefunden, dass mein Schaden so groß war, dass Roboter ein Update brauchten, um mir damit zu helfen, und nahm mir umso mehr vor, jeden Konflikt und jede Schusslinie zu meiden. Doch manchmal war es unvermeidbar. So wie an diesem Nachmittag. Wie hätte ich auch Colins Beleidigung vorhersehen können.

Dass ich auf ihn stand, machte es natürlich noch schlimmer. Meine Magneten rasten und drückten mich zu ihm. Eigentlich fühlten sie sich gut an. Aber ich bewegte mich auf Glatteis. Ich musste ihm widerstehen. Das war das

Schmerzhafte. Ich schloss die Augen, ballte die Fäuste und hoffte, dass die beiden bald verschwanden.

„Alles in Ordnung?" Paula fasste mir an den Arm, was guttat, aber nicht reichte.

„War nur ein Witz", sagte Colin. Ihm war anzuhören, dass er mit den Augen rollte.

„Bis später." Ich hob eine Faust.

„Sicher?", fragte Paula.

Ich nickte und hörte, wie sie in Richtung Simulationsraum davongingen. In Mathe flaute die Beklemmung des Magnetkampfes in mir langsam ab, aber saugte weiter Energie wie kalter Wind. Und weil auch das dringende Bedürfnis blieb, Colin und Paula gleich wiederzusehen, um etwas – was auch immer – geradezubiegen, brach ich Mathe schon nach der ersten Aufgabe ab.

Vor den Umkleiden der Simulationsräume gab es eine kleine Tribüne mit drei Steinstufen, von der aus man das Hologramm der Welt, die im inneren der Räume simuliert wurde, ansehen konnte. Dort setzte ich mich hin und sah zu, wie Paula mit Colin und seinen Freunden auf Besen den Bällen hinterherflog.

Quidditch spielen machte sicher Spaß, aber Zuschauen war todlangweilig. Zum Glück war das Spiel bald zu Ende und nur wenige Minuten später kamen Paula, Colin und seine Freunde aus den Umkleiden.

„Hammer Spiel!", sagte Paula.

„Absolut!"

„Wahnsinn, wie du den Schnatz gefangen hast“, gratulierte Colin einer Freundin zum Abschied.

Paula, er und ein Freund, den ich nur vom Sehen kannte, setzten sich zu mir.

„Spielt ihr noch eine Runde?“, fragte ich.

„Ja gleich“, sagte Colins Freund.

Sie waren noch außer Atem. Und weil keiner etwas sagte und es mich wegen Colins Spruch immer noch im Nacken juckte, fragte ich: „War die Handwerksschule eigentlich eure erste Empfehlung?“

Wie mechanisch drehten sich drei Köpfe zu mir und sechs Augen glotzten mich ungläubig an. Selbst Paula war entsetzt.

„Ich kenne niemanden, der *nicht* seiner ersten Empfehlung gefolgt ist.“ Colin starrte mich fast angewidert an, als hätte ich erzählt, dass ich Menschen essen wollte.

„Mein Bruder kennt eine, die ihre Zweite genommen hat“, warf sein Freund ein.

Colin winkte ab. „Dein Bruder hat auch erzählt, dass er aus einem Flugtaxi gesprungen ist. Niemand ist so bescheuert und nimmt nicht die erste Empfehlung.“

Der Spruch saß – zack hatte ich Igelflaum und Schweißperlen im Nacken. Colins Selbstgefälligkeit machte mich rasend, aber sie entzückte mich auch. *Bloß nicht mehr Angriffsfläche bieten.* Aber mein Instinkt wollte mehr Reibung und er war stärker. „Meine *erste* Empfehlung war die Wissenschaftsschule.“

Wie sie sich zuvor umgedreht hatten, ließen sie jetzt wie auf Knopfdruck die Kinnladen fallen. Ihre dümmlich schockierten Gesichter verschafften mir einen Hauch Genugtuung.

„Okaaaaay", sagte Colins Freund. „Und was willst du damit sagen?"

„Nichts. Mich hat nur interessiert, ob ihr Entscheidungen auch ohne Computer treffen könnt, oder ob ihr alles macht, was das Ministerium vorschreibt." Ich meinte, was ich sagte. Wie sehr es provozierte, kam mir erst danach.

„Was anderes geht ja gar nicht. Du musstest auch eine deiner Empfehlungen nehmen." Colins Freund schmunzelte und verengte die Augen. „Deswegen ist es viel spannender, wieso du nicht auf die Wissenschaftsschule gegangen bist?"

„Ich konnte mir nicht vorstellen, dass die Analyse weiß, was am besten für mich ist."

Colin und sein Freund lachten schallend. Die Magneten in mir drückten mein Innerstes auseinander wie eine Spreizzange. Ich schwitzte vor Schmerz.

„Dir ist schon klar, dass die Analysecomputer besser wissen, was dir gefällt als du selbst. Sie messen, was dir Spaß macht und was nicht."

„Die bewerten auch, was deine Eltern gemacht haben und anderes Zeug."

„Bei mir konnten sie nicht wissen, was ich am liebsten mag, weil ich es nicht gemacht hab'. Ich hab' mich verstellt."

Colins Freund schob seinen Kopf nach vorne wie ein Huhn, sah sich kurz nach Colin um. Der erwiderte den

Hühnerblick und wieder prusteten beide los. „Hast du das gehört, *Analyse betrügen*“, quiekte Colin nach Luft japsend, „das ist das Dümmste, was ich seit langem gehört habe.“

Mir wurde übel und heiß. Das war kein blöder Spruch mehr. Die Beleidigung traf mit voller Wucht ins Mark. Mit dem Schmerz kam die Anziehungskraft. Mein Instinkt wollte, dass ich Colins Kopf packe und die vollen Lippen küsse, aber die Angst vor noch mehr Ablehnung hielt mit voller Kraft dagegen. Ich musste etwas tun, sonst wäre ich explodiert. Ich ging einen Schritt auf Colin zu und - ohne zu wissen, was ich als nächstes tun würde – streckte ich meine Arme nach ihm aus. Keine Ahnung, was passiert wäre, wenn Paula sich nicht dazwischen gestellt und mich weggeschoben hätte.

„Was ist los mit euch?“, schrie sie. „Seid ihr bescheuert? Ich kenne jemanden, der die zweite Empfehlung genommen hat. Ist doch nichts dabei.“

„Sorry“, sagte Colins Freund und wischte sich Lachtränen aus den Augen, „die Analyse betrügen, das ist zu witzig.“

„Affenarme – Affenhirn“, flüsterte Colin so laut, dass wir es hörten.

Mir wurde schwarz vor Augen. Ich stürzte auf ihn, wollte ihn packen und die Kleider von ihm reißen. Aber wieder war Paula schneller und stellte sich mir in den Weg. Sie hielt meine Handgelenke fest. Und weil ich es nicht länger aushielt und sie direkt vor mir stand, küsste ich sie mit Zunge.

Wie ein Blitzableiter erlöste mich der Kuss sofort von der ziehenden Kraft. Paula öffnete ihren Mund und für einen wundervollen Moment dachte ich, sie würde den Kuss erwidern. Aber nein. Unsere Schneidezähne stießen aneinander und sie drückte mich weg.

Ich taumelte zwei Schritte zurück. Colin und sein Freund glotzten mich an, als hätte ich Paula gerade mit Vampirzähnen gebissen und Blut gesaugt. Dann lachten sie mit weit aufgerissenen Mündern und hielten sich die Bäuche. Aber das sah ich nur. In meinen Ohren toste Rauschen.

Paula nahm meine Hand und zog mich vom Schulgelände und auf das Glasdach des von Bäumen gesäumten Fahrradweges. Wir gingen ohne ein Wort. Unter uns sausten Räder in die Innenstadt.

Es dauerte einige Minuten, bis ich kapiert hatte, was gerade passiert war. Doch es war Paula, die zuerst die Worte wiederfand. „Warum hast du das gemacht?"

„Was?"

Paula sah mich ungläubig an. „Vielleicht besser von Anfang an; wieso hast du erzählt, dass die Handwerksschule nicht deine erste Empfehlung war?"

„Weil nichts dabei ist. Hast du doch selbst gesagt."

„Das stimmt aber nicht. Da ist sehr viel dabei. Niemand nimmt die zweite Empfehlung."

„Und?"

„Für die bist du verrückt. Die haben dich richtig verarscht."

„War hart, aber irgendwie auch gut."

„Bist du Banane?"

„Ehrlich gesagt würde ich Colin gerne bald wieder treffen."

„Bist du völlig durchgeknallt? Triff den auf keinen Fall wieder. Also nicht wegen mir. Selbst ich will erstmal nichts mehr von ihm wissen, und mich hat er nicht mal beleidigt. Deswegen meine ich, wie kannst du so einen widerlichen Typen gut finden?"

„Reibung erzeugt Wärme. Das ist gut." Ich war mir nicht sicher, ob Paula verstehen würde, was ich meinte. Aber es fühlte sich richtig an.

„Die waren richtig hässlich zu dir. Das ist keine Wärme."

„Hast du schon einmal mit einem Brain-Link gefühlt?"

„Nee! Du schon?" Sie riss Mund und Augen auf.

„Ja. Als ich mit Oma das Ergebnis gesehen habe, hat sie mich mitfühlen lassen. Da habe ich mit dem Brain-Link meine eigene Neugierde nachgespürt und hatte plötzlich Lust, Menschenfleisch zu essen. Ich fand's richtig gut und hätte gleichzeitig fast gekotzt. Kannst du dir das vorstellen?" Ich wusste, das klang verrückt und musste lachen.

„Äh, nein."

„Jedenfalls war es gerade eben ähnlich. Eigentlich war ich enttäuscht von Colin, aber am liebsten hätte ich ihn geküsst."

„Denkst du, das hatte was mit deinem Brain-Link zu tun?"

„Nein. Das Gefühl war nur ähnlich, irgendwie gespalten. Wie so eine Art Hassliebe."

„Also wolltest du ihn schlagen und küssen?"

„Eigentlich nur küssen."

„Wow. Gut, dass ich dich aufgehalten hab'."

„Das ist mir noch nie passiert. Normalerweise habe ich ihn einigermaßen unter Kontrolle."

„Wen?"

„Den Instinkt, der in mir hochkommt, wenn mich jemand beleidigt."

„Und der macht, dass du rummachen willst?"

„Es muss nicht sofort rummachen sein."

„So wie damals, als du mit der Hand von dem Lehrer geschmust hast?" Paula schmunzelte.

Ich nickte.

„Aber mit Colin wolltest du gleich rummachen?"

„Vielleicht wollte ich das, weil …", ich stockte, „weil ich einen Crush auf ihn hab'."

„Was? Warum hast du das nie erzählt?"

„Ich wusste, dass du auf ihn stehst. Da wollte ich nicht, dass du ihn meinetwegen nicht triffst oder so."

Paula sah mich an und lächelte. „Und hast du deswegen auch mich geküsst?"

„Ja. Nein. Ich konnte nicht anders."

Paula lachte. „Du hast sie nicht mehr alle."

„Vielleicht hast du recht."

„Ach Quatsch. So war das nicht gemeint." Paula machte eine Pause, dann fragte sie zögerlich: „Aber wieso hast du bei der Analyse geschummelt?"

Ich erzählte ihr von meinen Plänen, der Analyse und dem Ergebnis. Am Ende waren wir von der Schule bis in unser Viertel gelatscht.

„Und deine Oma hat dir einfach so erlaubt, das Ergebnis zu sehen und mit dem Brain-Link zu fühlen?"

„Naja, ehrlich gesagt, nicht einfach so." Ich musste lachen, weil ich Paula wieder schockieren würde. „Sie hat mir einen Gefallen geschuldet, weil ich sie dabei erwischt habe, wie sie sich den Robot-Lover von unserer Nachbarin zu sich bestellt hat. Also ehrlich gesagt habe ich sie erpresst."

Paula lachte. „Wie alt ist deine Oma?"

„Achtundneunzig."

„War er hot?"

„Ja, schon, richtiges Premiummodell. Aber mega unangenehm. Er hat gleich einen auf Opa gemacht und mich gefragt, ob wir Backgammon spielen wollen und so."

Paula lachte. „Ihr habt nicht alle Tassen im Schrank, du und deine Oma." Sie blieb stehen und nahm mich in den Arm. Ich hatte mich nicht schwer gefühlt, aber in ihren warmen Armen spürte ich, wie tonnenweise Last abfiel.

„Danke, dass du mich in Schutz genommen hast."

„Naja, eigentlich hab' ich Colin in Schutz genommen. Vielleicht hättest du ihn ja gegessen."

Wir lachten.

An dem Abend lag ich noch lange wach. Der Kuss war so peinlich, dass ich mich jedes Mal wand, wenn die Erinnerung hochkam. Aber auch das Gespräch mit Paula ging mir nicht aus dem Kopf. Es war – abgesehen von der Minitherapie mit Kurt – das erste Mal, dass ich jemandem von meinem Instinkt erzählt hatte, und wie sie reagiert hatte, ließ mich nicht locker. Sie hatte null kapiert, von was ich sprach. Im Gegenteil. Ich war zwar froh, dass sie ehrlich war, aber dass sie mich quasi für verrückt erklärt hatte, bereitete mir Magenschmerzen.

Außerdem fragte ich mich, ob es wirklich so dumm gewesen war, mich bei der Analyse zu verstellen. Vielleicht sollte ich noch eine machen, ohne zu schummeln. Das überlegte ich ernsthaft. Aber am Ende brauchte es keine zweite Analyse, damit mir ein Computer wieder sagte, wie sehr meine Persönlichkeit in Stein gemeißelt war. Denn schon am nächsten Tag bekamen wir vom Ministerium Vorschläge für unser erstes Praktikum.

4.

Ich konnte mir aussuchen, ob ich zu einer Firma ging, die den Satellitenverkehr in der Erdumlaufbahn überwachte, oder zu *Neanderpharma*, einer Firma, die prähistorische Menschen klonte. Keine Ahnung, ob die Empfehlungen auf der Orientierungsanalyse oder auf den Testergebnissen der ersten Schulwochen basierten – interessierte mich auch nicht. Paula wurde zu einem Gebäudedesigner eingeladen und einer Firma für Spieleentwicklung. Ihre Optionen wären mir lieber gewesen.

Letztendlich entschied ich mich für Neanderpharma. Ich wusste, dass es Firmen gab, die Vorfahren der Menschen wieder ins Leben riefen. Aber ich hatte erst einmal einen prähistorischen Menschen gesehen. Eine Frau – ich glaube eine späte Homo Erectus - war mir auf der Straße entgegengekommen. Erst hatte ich gedacht, sie wäre eine kleine Frau mit lichtem Bart, doch dann erkannte ich, dass sie eine Höhlenmenschen-Vorfahrin gewesen war. Ich erinnerte mich noch gut, wie ich ihr nachgesehen hatte. War bestimmt spannend, prähistorische Menschen persönlich kennenzulernen und zu erfahren, wie sie sprachen, wie sie in der heutigen Welt zurechtkamen und was sie so machten.

Das Praktikum begann Ende Juni. Es war ein bedeckter, aber warmer Tag. Es tröpfelte leicht und man konnte dabei zuschauen, wie die kleinen Regentropfenpunkte auf der Straße verdampften.

Am Eingang des riesigen Geländes erwartete mich ein weißer Roboter-Concierge, ein schulterhohes Ei, das auf drei Rädern stand. Er hatte zwei Arme, kugelrunde blauen Augen und einen Streifen als Mund, der sich bewegte, wenn er sprach.

„Hallo Lulu, schön, dass du da bist. Mein Name ist Joe. Darf ich?“ Er streckte seine Hand in Richtung meines linken Unterarmes aus und lud Zugangsberechtigungen auf meinen Bodycom.

„Komm mit, ich werde dir das Gelände zeigen.“

Gleich rechts stand das runde Verwaltungsgebäude, das aussah wie ein Turm schlampig gestapelter Teller. Ein Stockwerk stand hier über, ein anderes dort. Die Vorsprünge waren Balkone, auf denen große Palmen wuchsen. Daneben befand sich das Labor - ein riesiger Donut, über dessen Fassade ein Gitter gespannt war, um das sich Kletterpflanzen wickelten.

Gegenüber war unter einem großen, gläsernen Schildkrötenpanzer das Freizeit- und Erholungszentrum. Darin gab es Fußball-, Volleyball-, Tennis- und alle möglichen Sportplätze, Schwimmbäder und Simulationsräume auf verschiedenen Ebenen. Auf einem der Beachvolleyballplätze im Erdgeschoss sah ich vier große, drahtige und haarige Gestalten mit markanten Gesichtszügen.

„Da, sind das...?"

„Das sind Maurus und Philippe", antwortete Joe, „zwei Neandertaler, mit Samuel und Pascal, zwei Denisowa-Menschen. Philippe ist sehr gut. Er spielt seit diesem Jahr in der Oberliga."

„Mit Menschen?"

„Natürlich mit Menschen", antwortete Joe in dem besserwisserischen Ton, wie ihn nur Roboter beherrschten. „Er ist ein Mensch."

„Ich dachte Neandertaler!?"

„Ihr seid alle Menschen. Du bist auch zu drei Prozent Neandertaler, wusstest du das? Aber so gesehen, ja, er ist Neandertaler und spielt in der Oberliga mit Menschen."

Die Auffahrtsstraße führte zu einem See und teilte sich dort in zwei kleinere Wege, die am Ufer entlangführten. Beim Wasser angekommen, sagte Joe: „Dort links ist der Campus mit den Unigebäuden. Hier gegenüber von uns auf der anderen Seite sind die Wohngebäude, wo der Großteil der Neanderpharma-Familie wohnt. Rechts sind Grund- und Gesamtschule. Der Komplex hier vor der Schule gehört zum Labor."

Die Universitätsgebäude am linken Ufer waren zweistöckig, hatten Glasfronten und flache, mit Brücken verbundene Dächer. Darauf wuchsen tiefgrüne Wälder, die viel dichter und wilder waren als auf den Dächern der Stadt. Ich fragte mich, ob vielleicht Wildschweine oder andere Tiere darin lebten.

Die Wohngebäude am gegenüberliegenden Ufer waren fünfstöckige Holzhäuser. Sie waren in unterschiedlichen Farben gestrichen, wodurch der Hang aussah wie ein buntes Mosaik. Die Schulgebäude rechts waren karge Betonbauten mit Solarzellen an den Fassaden. Noch weiter rechts – fast hinter dem Labor - ragte eine große Glaskuppel in den Himmel.

„Was ist das da hinten zwischen Schule und Labor?"

„Das ist der Insektenzoo. Dort leben Kleintiere wie vor 300 Millionen Jahren. Damals waren nicht wie heute 20 Prozent, sondern 30 Prozent Sauerstoff in der Luft, wodurch Tiere viel größer werden konnten. In dem Zoo leben Moskitos so groß wie Spatzen. Sie wurden über hundert Jahre in unzähligen Generationen an die Bedingungen von damals angepasst - die Anfänge von Neanderpharma. Das musst du dir anschauen. Aber Mückenspray nicht vergessen." Er zwinkerte mit einem seiner blauen Augen.

„Gibt es da drin auch Spinnen?" Ein Schauer lief mir über den Rücken.

„Nein, die würden nur die kostbaren Insekten essen. Komm. Ich stell dir Sam Peters vor. Er macht die Aufnahme der Praktikantinnen."

Wir gingen links am See entlang in Richtung Campus. Vor dem Eingang des ersten Gebäudes blieb Joe stehen. Die Glastür öffnete sich. Dahinter war ein langer Gang mit Büros auf beiden Seiten.

„Hinter der letzten Tür links findest du Sam Peters."

„Danke, Joe", sagte ich und ging den Gang hinunter. Bei Peters Tür sah ich mich um. Joe stand hinter der Glastür und sah mir nach. Sein Strichmund war zu einem Lächeln gebogen. Ich hielt meine Hand an den Sensor und die Tür fuhr auf. Der Raum dahinter war – abgesehen von zwei bananengelben Hängematten, die quer darin hingen – leer. Die hintere war dicker, wodurch sie tatsächlich aussah, wie eine Banane. Darin musste jemand in den Stoff eingewickelt liegen.

„Hallo, Sam Peters?"

Keine Antwort. Ich hob die erste Hängematte, ging darunter hindurch und setzte mich hinein. „Sam Peters?", fragte ich lauter. Wieder nichts. *Schläft er? Sollte ich ihn wecken?* Ich schwang meine Beine in die Hängematte und legte mich hinein. Ich hatte ganz vergessen, wie bequem Hängematten waren und wurde schlagartig müde. Es würde vielleicht hundertfünfzig Sekunden dauern, bis die Hängematte aufhören würde zu schwingen, dachte ich, und begann zu zählen. Nach einer Minute war klar, es würde länger dauern. Ich stand auf und sah in die andere Banane. Darin befanden sich nur eine Decke und ein Kissen.

Joe stand nicht mehr vor dem Haus. *Sam Peters wird mich schon finden,* dachte ich und ging hinaus. Auf dem Campus kamen mir die unterschiedlichsten Gestalten entgegen. Es war, als wären Menschen von überall und aus allen Zeiten zusammengekommen. Und so war es ja auch.

Es gab kleine Homo Floresiensis, die mir gerade bis zum Bauchnabel reichten, Neandertaler, die einen Kopf größer waren als ich, frühe Homo Sapiens und alle anderen prähistorischen Menschen mit unterschiedlichen Hautfarben und Haarmengen am Körper. Dazwischen waren immer wieder auch späte Homo Sapiens – aber wenige aus der heutigen Zeit – zu sehen.

Manche waren schick gekleidet mit Hemd, andere mit Jeans oder Sportsachen. Einige trugen dunkelblaue Shirts oder Pullis mit großen, weißen Lettern NPU – Neanderpharma University – auf der Brust. Sie alle gingen aufrecht und mit gelassenem Schritt. Sie hatten wache Blicke und ausdrucksstarke Gesichter, ohne groß geschminkt zu sein.

Obwohl mich niemand schräg ansah, fühlte ich mich fremd - irgendwie fehl am Platz. Schließlich war ich nicht nur die einzige moderne Homo Sapiens, sondern auch die jüngste weit und breit.

Ich nahm eine Treppe auf das Dach des nächsten Gebäudes und stand vor einem dichten Nadelwald. Es roch herrlich nach Bäumen, feuchter Erde und Moos. Hie und da streiften ein paar Studierende auf den Trampelpfaden durch das schattige Unterholz. Ich durchquerte den Wald und nahm eine schmale Hängebrücke zum Dach des nächsten Gebäudes, auf dem nur Laubbäume in den Himmel ragten. Dort war etwas mehr los. Unter einigen Bäumen unterhielten sich kleine Gruppen auf der Wiese sitzend. Ich folgte dem einzigen Weg zum anderen Ende und lauschte dem Rauschen des Windes in den Blättern.

Am Ende angelangt, stand ich auf einer Aussichtsplattform, von der aus ich den See und das Gelände überblicken konnte. Ich setzte mich auf eine Bank und betrachtete die Schulen und die enorme Kuppel des dahinterliegenden Insektenzoos.

„Hallo!“

Ich zuckte dermaßen zusammen, dass ich fast von der Bank gefallen wäre.

„Sorry.“ Ein Typ stand - von einem Busch halb verdeckt - an einen Baum gelehnt und lachte wie eine Hyäne über meinen Schreck.

„Was machst du da im Gebüsch?“

„Rauchen.“ Er pustete weißen Rauch in die Luft.

„Zigaretten? Hast du die aus der Steinzeit mitgebracht?“ Ich lachte und bereute meinen Witz sofort. Denn sein verächtlicher Nasenlacher ließ ein ungutes Gefühl meinen Rücken hinaufkriechen. „Und wieso genau dort?“, schob ich schnell nach.

„Ist der einzige Ort auf dem Campus, wo man nicht gesehen werden kann.“ Er drückte seine Zigarette am Baum aus, steckte den Stummel in die Tasche und trat aus dem Busch.

Er war ein prähistorischer Mensch – vielleicht ein paar Jahre älter, aber nicht viel größer als ich. Einen Blick wie seinen hatte ich noch nie gesehen. Unter buschigen Augenbrauen, die wie kleine Vordächer aus seiner flachen Stirn hervorgingen, stachen seine honiggoldenen Augen wie zwei untergehende Sonnen hervor. Alte Androidin! Ich wusste gar nicht, dass Augen so eine Farbe haben konnten. Er hatte eine dichte, dunkle Kurzhaarfrisur und große, verschnörkelt-wohlgeformte Ohren. Er sah verdammt gut aus.

Nur mit Mühe gelang es mir, meinen Blick von seinen Augen zu lösen und so zu tun, als würde ich mich nach Kameras umsehen. *Cool bleiben!*

„Man sieht sie nicht. Aber sie sind überall. Es hat lange gedauert, bis ich herausgefunden hab‘, dass hier ein toter Winkel ist.“ Seine Stimme war ruhig, tief und hatte etwas Zartes, aber manchmal hörte er sich an, als würde er mit vollem Mund sprechen. Ich fragte mich, ob das von der Form seines Mundes kam oder ob er einfach nuschelte. Ich verkniff mir zu fragen.

„Ah.“

„Wie heißt du?“

„Lulu. Du?“ Ich verschluckte mich.

„Juri. Was machst du hier?“

„Ein Praktikum. Ich war zu früh zu meinem Termin. Dann hab‘ ich mich bisschen umgeschaut“, antwortete ich, wie in einem Polizeiverhör. *So viel zu cool bleiben.*

„War niemand da?“

„Genau.“

Seine vollen Lippen bogen sich zu einem großen Lächeln. „Du hast die beste Aussicht gefunden.“ Er setzte sich neben mich auf die Bank.

„Ja, die ist Wahnsinn.“

„Woher wusstest du, dass niemand da war?", fragte ich, weil mir nichts Besseres einfiel.

„Geraten."

Ich konnte nicht ausmachen, ob er mich interessiert oder gelangweilt ansah oder beides. „Was machst du hier? ...ich meine, abgesehen von Rauchen?"

„Ich gehe auf die Schule." Er zeigte über den See. „Nächstes Jahr fang ich an, zu studieren."

„Und was?"

„Kunst wahrscheinlich."

Mir wurde unwohl vor Neid.

„Musstest du dafür eine Analyse machen?"

„Eine was?"

„Müsst ihr vor der Abschlussklasse oder dem Studium Eignungstests machen?"

„Nee, wir können machen, was wir wollen."

„Ihr Glücklichen." Ich blickte über den See.

„Ihr könnt nur machen, wofür ihr geeignet seid, stimmt's?"

Ich nickte.

„Ist hart, wenn nicht dabei ist, was man will, kann ich mir vorstellen."

„Ist es."

„Konntest du dir das Praktikum aussuchen?"

„Ich hatte zwei Optionen."

Juri lachte schallend. „Sorry. Gefällt es dir wenigstens?"

„Ist mein erster Tag."

„Mach dir keine Sorgen, es wird super. Du wirst machen können, was du willst. Ich denk', am Anfang lernst du Neanderpharma kennen. Dann kannst du dir die verschiedenen *Produktionsschritte* anschauen. Praktikanten kommen meistens, um *uns* auszuchecken." Juri sprach ruhig.

„Was meinst du?" fragte ich, obwohl ich es wusste.

„Sie kommen, um zu sehen, ob wir Menschen sind oder Affen."

„Was für ein Mensch bist du?", fragte ich und bereute es sofort.

„Siehst du."

Er lachte durch die Nase.

„Sorry, stört es dich, wenn Leute fragen?"

„Manche sind ok. Manche denken, wir wären Höhlenmenschen oder so. Die nerven."

Ich nickte.

„Denisowa."

„Was?"

„Ich bin ein später Denisowa-Mensch."

„Wann habt ihr gelebt?"

„Naja, ich lebe jetzt." Juri lachte mit weit aufgerissenem Mund wie eine Hyäne, sodass sein tiefer Rachen und seine großen quadratischen Backenzähne zu sehen waren. Etwas übertrieben, fand ich, aber es gefiel mir.

„Sorry, ich kenn mich nicht aus."

„Alles gut." Juri lächelte sanft. „Meine eigentlichen Vorfahren stammen vom Homo Erectus ab und sind vor zweihunderttausend Jahren von Afrika nach Asien gezogen.

Vor etwa fünfzigtausend Jahren sind sie ausgestorben. Warum, weiß man nicht genau. Jetzt gibt es uns wieder seit etwa fünfzig Jahren." Er zwinkerte. „Und du?"

„Ich bin Homo Sapiens. Wir stammen vom Homo Erectus ab, aber ich hab' auch ein paar Prozent Neandertaler-Gene und ich lebe mit meiner Oma."

Juri lachte. „Du hast auch Denisowa-Gene."

„Mich würde interessieren, wie sich verschiedene Menschenstämme damals begegnet sind."

„Du bist doch gerade dabei."

„Wir sprechen die gleiche Sprache. Damals war es wie Außerirdische zu treffen."

„Vielleicht." Juri zuckte mit den Schultern. „Was ist mit deinen Eltern?"

„Die sind umgekommen, als ich drei war. Und deine?", sagte ich schnell.

„Ich bin ein Klon. Rita, eine Sau, hat mich geboren."

„Bitte was?"

„Eine Sau – ein Schwein. Sie hat über zehn Kinder auf die Welt gebracht."

Es dauerte einen Moment, bis ich das Bild – ein Schwein bringt Baby-Juri auf die Welt - verarbeitet hatte. „Und bei wem seid ihr aufgewachsen?"

„Bei den Pflegern und Erziehern dort in der Krippe und im Kindergarten." Er zeigte auf das lange Gebäude neben dem Labor. „Ich hatte Robotereltern, die speziell für mich programmiert waren und die ich mochte. Aber sobald ich gecheckt hatte, dass sie nicht nur weder meine Eltern noch Menschen waren, konnte ich sie nicht mehr ernst nehmen."

„Eigentlich ist meine Oma meine Mutter", dachte ich laut.

„Immerhin hast du jemanden, mit dem du verwandt bist."

„Was ist mit den anderen Kindern von Rita?"

„Die sind nicht wirklich meine Geschwister. Wir wurden alle aus verschiedensten Genen gebastelt und in dem gleichen Schwein gezüchtet."

„Und von wem hast du deine Gene?"

„Von einer Denisowa-Frau, die im Himalaya gefunden wurde und …"

Eine kleine Drohne surrte heran, blieb summend vor uns in der Luft stehen und sagte: „Verzeiht die Unterbrechung, bitte. Sam Peters erwartet dich in seinem Büro, Lulu Polka. Bitte begib dich umgehend dorthin."

„Okay, komme gleich", antwortete ich und die Drohne schwirrte davon.

„Ah du triffst Sam Peters. Freu dich. Er ist verrückt." Juri grinste breit.

„Wieso?"

„Wirst du schon sehen."

Ich zögerte einen kleinen Moment. „Ich weiß nicht, wie lange das Gespräch dauern wird, aber was machst du später?"

„Ich hab' noch Unterricht, dann geh ich zum Boxen."

„Könnt ihr hier euren Unterricht eigentlich aufschieben?" fragte ich und fügte schnell hinzu: „Ich mach' das nicht gerne."

„Hier *drinnen* ist fast alles wie *draußen*!"

„Nur ohne Analysen." Ich lachte gezwungen und verabschiedete mich erwartungsvoll. „Bis …", doch Juri sagte nichts und ich vervollständigte, „… dann. Ciao."

„Bis dann." Juri hob seine haarige Hand.

Bis zu den Treppen haderte ich, ob ich nicht umdrehen und mich mit ihm verabreden sollte. Und obwohl es noch nicht zu spät war, zurückzugehen, bereute ich schon, dass ich es nicht machen würde.

Die hintere Bananenhängematte hing jetzt deutlich tiefer und schwankte. „Sam Peters?"

Immer noch tat sich nichts. Nach fünf Sekunden streckte plötzlich ein metergroßer Homo Floresiensis in Anzug, Krawatte, Brille und lichtem Haar seinen Kopf aus der Riesenbanane und eine Stimme aus seiner Richtung sagte: „Tschuldigung, Lulu, dass ich vorhin noch nicht da war. Quidditch hat etwas länger gedauert. Du hast dich schon umgeschaut, wie ich gesehen habe. Setz dich, setz dich. Kennst du Quidditch? Ein großartiges Spiel."

Er sprach superschnell, aber seine Lippen bewegten sich kein bisschen. Baff von seinem Auftritt und verkrampft, weil ich mich zusammenreißen musste, nicht über seinen Minianzug zu lachen, brachte ich kein Wort heraus, konnte gerade so nicken.

„Du fragst dich, wie du mich hören kannst, obwohl ich meinen Mund nicht bewege, stimmt's?" Er grinste. Dann quietschte er mit dem Mund. „Iiik koon ook miidt dejn Moond speekn." Die bekannte Stimme vervollständigte: „Aber dann hört es sich so an. Ich spreche über meinen Brain-Link und den hier, siehst du?" Er zeigte auf seinen Kragen, wo ein kleiner Lautsprecher angebracht war. „Manchmal bewege ich meinen Mund mit, dann fällt es kaum auf, dass ich nicht selber spreche, aber meistens bin ich zu faul, so wie heute. Ich hoff', das ist ok." Sam Peters, zeigte seine Zähne und kicherte echt. „Herzlich willkommen, Lulu!"

„Danke."

„Also, was erwartest du von dem Praktikum, was interessiert dich, was willst du sehen?"

„Mich interessiert, wie die Menschen die Welt entdeckt haben, wie sie waren und mich interessiert, wie wir zu denen wurden, die wir sind."

„Fehler Nummer eins: Die Menschen, die hier leben, sind nicht aus der Vergangenheit. Alle leben im Hier und Jetzt. Sie sprechen die gleiche Sprache, essen das gleiche Essen und so weiter." Sam Peters hob seine Augenbrauen. Ich nickte und er fuhr fort: „Fehler Nummer zwei: Die menschlichen Gene von *heute* haben nichts mit den Genen von *damals* zu tun!" Er machte eine kleine Pause. Dabei drehte er – die Augen weiter auf mich fixiert – seinen Kopf langsam zur Seite. Dann lachte er kreischend aus voller Kehle. „Kleiner Scherz, Lulu, deine Gene haben sehr viel mit den

Genen von damals zu tun. Du weißt es ja eh. Es gibt also nur einen Fehler. Aber Spaß beiseite.“ Seine Miene wurde schlagartig todernst. „Lass es mich so sagen: Die Menschen hier auf dem Campus haben Gene wie sie Menschen vor zwanzig bis fünfhunderttausend Jahren hatten. Aber sie haben – egal wie „alt“ ihre Gene sind – die gleiche Kultur, wie du und ich. Sie wissen deswegen nicht mehr über das Leben damals, verstehst du?“

Ich nickte, obwohl klar war, dass ihn meine Reaktion nicht interessierte. Er redete weiter wie ein Wasserfall und ich verstand, was Juri mit „er ist verrückt“ gemeint hatte.

„Hier leben prähistorische Menschen aus dreihunderttausend Jahren. Vorfahren und Verwandte des modernen Homo Sapiens. Ich bin ein Verwandter der Homo Floresiensis. Die einen oder anderen Genmanipulationen an meinen Großeltern, Eltern und mir haben meinen Verstand dem des Homo Sapiens etwas nähergebracht. Ich kann zwar nicht gut sprechen, aber dafür muss ich mit meinem Apparat keine Luft holen.“ Wieder bleckte er seine Zähne und kicherte.

„Anyway, du willst prähistorische Menschen kennenlernen. Ich empfehle dir den GESA-Cocktail: Geburt, Erziehung, Schule, Autonomie. Am Ende noch eine Prise Freundschaft – du hast ja schon Juri Ruhland kennengelernt, wie ich gesehen habe – und dann weißt du alles über uns und dich und die Welt. Tadaa!“

Ich wusste nicht, was eine angebrachte Reaktion auf seine übertriebene Begeisterung gewesen wäre, deswegen nickte ich und grinste ununterbrochen, wie facegeliftet. Ich muss unglaublich bescheuert ausgesehen haben.

„Bisschen viel, was? Keine Sorge, soll heißen: Während deines einmonatigen Praktikums wirst du die Arbeit von Neanderpharma und das Leben hier auf dem Campus von Anfang bis Ende kennenlernen." Wieder lachte er.

Hinter mir ging die Tür auf und Joe fuhr ins Zimmer. Und es wurde still. Verwirrt sah ich von Sam zu Joe zu Sam. Dann verstand ich, dass sie nicht sprechen mussten, um Informationen auszutauschen.

„Bitte bestätige noch, dass wir Informationen über dich und dein Analyseergebnis an die Abteilungen weitergeben dürfen."

Meine Nackenhaare stellten sich auf und ein Schweißausbruch war im Anmarsch. „Warum brauchen die mein Ergebnis?", stotterte ich.

„Damit jeder weiß, wer da kommt. Ist das okay?"

„Okay", sagte ich, ohne zu wissen, was er meinte.

„Viel Spaß, bis bald." Sam grinste breit und verschwand in seiner Banane.

Während ich Joe aus dem Gebäude folgte, fragte ich mich, was der Sinn des Treffens gewesen war. Eigentlich war ich nicht schlauer als zuvor.

Vor dem Haus reichte mir Joe eine dunkelbraune Hornbrille. „Hier. Sie wird dir Fragen und Zeit ersparen."

Ich setzte sie auf und sah mich um. Wenn ich etwas fixierte, erschien ein Schriftzug darüber. Über dem Tellerturm erschien *Verwaltungsgebäude*, über Joe, *Joe – Concierge*. Dazu blinkte im Augenwinkel ein rotes Feld – *Info* – auf.

Als ich meinen Blick darauf richtete, begann im linken Brillenglas ein Film über Joe beziehungsweise über alle Joes. Denn es gab hunderte von ihnen. Er zeigte, was sie den Tag über machten, wen sie schon herumgeführt hatten, wo sie sich rumtrieben, wenn sie nichts zu tun hatten, und wo sie hingingen, um sich aufzuladen.

„Den Film wirst du über jeden sehen können, dem du auf dem Gelände begegnest." Joe fuhr los in Richtung Labor. „Komm, ich stell dir Dr. Kim Katip vor. Dort wirst du mehr über die Geschichte von Neanderpharma erfahren."

5.

Joe folgend checkte ich die Optionen der Brille am oberen Rand. Es gab eine Karte des Geländes (wo ich ging, war ein kleiner Punkt), Stunden- und Belegungspläne für die Freizeitanlage, Infos über Konzerte, Partys und Vieles mehr.

Auf halbem Weg um den See kam uns ein großer, muskulöser Neandertaler entgegen. Über seinem Kopf schwebten die Worte *Philippe, Neandertaler (von vor 90.000 Jahren)*. Wie bei Joe erschien die Filmoption. Ich bestätigte und sah den Film beim Gehen.

Er zeigte, wie Philippe als Baby mit allen möglichen Bällen spielte, bis er zu seinem siebten Geburtstag einen Volleyball geschenkt bekam und ihn seither nicht mehr aus der Hand gab. Er spielte jeden Tag. Er trainierte hart für ein Probetraining bei einer Homo Sapiens-Mannschaft. Bei dem wurde er amüsiert empfangen und voller Anerkennung verabschiedet. Philippes Film hätte der Trailer für einen Sport-Blockbuster sein können.

Wir hatten nur noch zwanzig Meter zum Eingang des großen Labor-Donuts, wo ein haariger Homo Sapiens auf uns wartete. Über ihm stand, *Dr. Kim Katip Homo Sapiens (von vor 60.000 Jahren).*

Im Film erfuhr ich, dass Kim einer der ersten Klone von Neanderpharma und eine Sensation war. Schon im Kindergarten konnte er lesen und rechnen. Er schloss Schule und Universität als Bester ab und begann danach selbst bei Neanderpharma am Klonen zu forschen, wobei er für ähnlich viel Aufsehen sorgte. Doch erst als ich vor dem echten Dr. Katip stand, erkannte ich, dass sie eine Frau war.

„Guten Morgen Joe. Hallo Lulu.“ Sie bat mich hinein.

„Bis später, Lulu.“ Joe nickte und stellte sich außen neben den Eingang.

„Hallo Dr. Katip“, sagte ich und folgte ihr in den Aufzug, wo der Knopf für den zweiten Stock bereits leuchtete.

„Nenn‘ mich Kim.“ Sie lächelte übertrieben freundlich. Nach dem Film hatte ich ein wenig den Eindruck gehabt, dass sie kalt und verbissen war. Jetzt wirkte sie herzlich und locker.

„Ist ein sehr interessanter Weg, den du gewählt hast, Lulu. Nicht viele entscheiden sich gegen die Empfehlung der Orientierungsanalyse.“ Obwohl Anerkennung in ihrer Stimme lag, standen meine Halshaare zu Berge. Ich grinste gezwungen und nickte in der Hoffnung, dass sie mir keine Fragen zu der Analyse stellen würde.

Die Aufzugtür fuhr auf und wir standen in einem weißen Raum mit zwei Armsesseln gegenüber voneinander. Durch die dichten Schlingpflanzen an dem Gitter vor dem Fenster war gerade so das Freizeitzentrum auf der anderen Straßenseite zu erkennen.

„Setz dich.“ Kim zeigte auf einen der Sessel, während sie sich auf dem anderen niederließ. Ihr ununterbrochenes Lächeln beeindruckte mich. Ich hätte schon lange einen Gesichtskrampf bekommen. Aber es gruselte mich auch, als würde sie etwas im Schilde führen.

„Auch wenn es nicht so aussieht, ich weiß, wie es ist, wenn andere meinen, dass sie genau wissen, wer man ist, man sich selbst aber für jemand anderen hält. Mir ging es genauso. Alle dachten, ich wäre hyperintelligent, aber ich wusste, dass es nicht so war. Das allein machte mich zu jemandem, der ich nicht sein wollte. Du verstehst mich, oder?“ Sie fragte das mit ehrlichem Mitgefühl.

Ich nickte erleichtert.

„Schön, dass du dich für Neanderpharma beziehungsweise für *uns* interessierst. Hast du dich schon mit unserer Arbeit beschäftigt?“

„Ehrlich gesagt nicht.“

„Das macht nichts.“ sagte Kim, ohne ihr Lächeln zu unterbrechen. „Ich erzähle gerne.“

Sie begann mit den Anfängen der Gentechnik vor über hundert Jahren. Erst wurden die Gene von Pflanzen verändert, damit sie mehr Ertrag brachten und länger haltbar blieben. So weit, so harmlos.

Doch dann wurde eine Methode entwickelt, die alles veränderte. Sie machte Genmanipulation superleicht. Natürlich blieb es verboten, Menschen zu manipulieren. Doch ein chinesischer Arzt nutze heimlich die Methode, um ein ungeborenes Zwillingspaar immun gegen die HIV-

Erkrankung des Vaters zu machen – ein Skandal, für den der Arzt ins Gefängnis musste.

Zwanzig Jahre später, als die Zwillinge an die Öffentlichkeit traten und sich bei dem Arzt bedankten, wurde der Skandal zu einer Erfolgsgeschichte und der Verbrecher zum Helden. Die Zwillinge waren nicht nur kerngesund, sondern auch Ausnahmetalente und hatten schon mit 14 die Universität abgeschlossen.

Natürlich wollten Eltern auf der ganzen Welt ihre Kinder genauso gesund und schlau oder einfach nur schön machen. Doch noch mehr waren dagegen. Es gab Streit, aber am Ende blieb's verboten.

Gleichzeitig wurde die Crispr-Cas-Methode, mit der man Gene schneiden kann wie mit einer Schere, immer einfacher und billiger und immer mehr Ärzte manipulierten hunderttausende Menschen ohne Erlaubnis. Es gab zwar hohe Strafen, aber den IQ eines Kindes zu erhöhen, konnte ihnen ein kleines Vermögen einbringen.

Weil sich das natürlich nur Reiche leisten konnten und weil immer mehr manipulierte Überflieger an die Öffentlichkeit gingen, musste die Politik reagieren. Nur gesundheitsfördernde Eingriffe wurden erlaubt. Also blieb die Grauzone riesig. Millionen Kinder wurden nach den Wünschen ihrer Eltern verändert.

Aber der Hype hielt nicht lange. Nicht nur Überflieger, sondern auch fehlgeschlagene Manipulationen kamen ans Licht. Es gab drei Meter große Menschen mit Glasknochen, die sich bei jedem Schritt ein Bein brachen und makellose

Menschen, die unfruchtbar waren. Menschen ohne Stimmbänder oder ohne Gefühle.

Selbst gelungene Manipulationen hatten oft nicht den gewünschten Effekt. Zum Beispiel gaben geniale Überflieger-Kinder von Superreichen ihr Erbe lieber Bedürftigen, als es zu vermehren. Andere wollten Kinder ohne Gier auf die Welt bringen und bekamen Kinder ohne Hungergefühl.

In der Hochphase des Hypes entstand Neanderpharma. Die Idee war, prähistorische Menschen zurück ins Leben zu rufen, indem man sie mit Genen moderner Menschen kreuzte, um in den Immunsystemen der Urmenschen Mittel gegen Viren und Keime zu finden, die den geschmolzenen Permafrostböden Sibiriens entkommen waren und die Gesundheit der gesamten Menschheit bedrohten. Denn moderne Immunsysteme waren ihnen nicht gewachsen. Die Immunsysteme prähistorischer Menschen hingegen hatten sie ihrerzeit überlebt. Und es funktionierte. Schon die ersten geklonten Frühmenschen führten zu bahnbrechenden Erkenntnissen auf dem Gebiet der Immunologie und retteten so Millionen von Menschenleben.

Neanderpharma holte tausende prähistorische Klone ins Leben und baute einen Campus für jede ihrer Lebensphasen, um sie wie moderne Homo Sapiens zu erziehen und zu bilden.

„Und hier machst du dein Praktikum“, beendete Kim lächelnd. Sprachlos starrte ich sie an. Es war mir nicht neu, dass es genetisch manipulierte Menschen gab, aber dass es so viele waren, wusste ich nicht.

„Wie viele genmanipulierte Menschen gibt es auf der Welt?“, fragte ich, als ich meine Sprache wieder gefunden hatte.

„Manche behaupten, bis zu zwanzig Prozent der Weltbevölkerung sind manipuliert.“

„Wo sind sie? Wieso kenne ich niemanden?“

„Die wenigsten fallen auf, wie wir Prähistorische. Außerdem ist der Hype vorbei. Das Thema nicht mehr so präsent.“

Ich überlegte, wer von allen Menschen, die ich kannte, wohl alles genmanipuliert sein könnte, und es traf mich wie ein Schlag. Wenn es jemand war, dann ich. „Kann man herausfinden, ob jemand genetisch verändert wurde?“

„Du bist ein cleveres Mädchen.“ Kims Lächeln bog sich zu einem großen Grinsen. „Es kommt drauf an. Manche Gensequenzen sind offensichtlich fremd, die erkennt man sofort. Bei anderen muss man die Eltern mitprüfen, um Unterschiede zu erkennen. Aber wenn du so fragst, willst du vielleicht wissen, wo deine Gene herkommen? Sollen wir einen Test machen?“

Ich biss die Zähne fest zusammen. „Eine reine Genuntersuchung?“

„Heute nur eine Genanalyse. Morgen dann alles andere. Wir müssen herausfinden, wieso du die zweite Empfehlung genommen hast.“

Eben noch mochte ich Kim, war fast begeistert von ihr. Vor allem, weil sie mich für meine Entscheidung gelobt hatte. Und jetzt wollte sie mir noch eine Analyse antun?

Ich ließ mich vornüber in Kims Schoß fallen und kuschelte mich in ihre übereinandergeschlagenen Beine. Es linderte den Schock. Schnell richtete ich mich wieder auf. Die Peinlichkeit lief mir kalt den Rücken hinunter.

„Alles in Ordnung, Lulu? Das sollte nur ein Scherz sein." Kim kicherte.

„Äh, ja. Tut mir leid. Kleiner Schwächeanfall."

„Geht es dir gut?"

„Ich hab' manchmal Kreislaufprobleme." Ich holte ein paarmal tief Luft.

Kim faltete ihre Hände „Gut. Na dann. Bei der Analyse geht es jedenfalls nur um deine Gene. Alles, was ich von dir brauche, ist ein wenig Speichel." Sie stand auf, öffnete einen Wandschrank, nahm einen kleinen Behälter heraus und gab ihn mir. „Einmal hier reinspucken, bitte. Heute Abend bekommst du dein Ergebnis. Vielleicht sind wir ja verwandt!?" Sie zwinkerte.

Am Nachmittag war ich mit Paula im Centro, dem Café bei mir an der Ecke, verabredet. Ich war vor ihr da und setzte mich an einen der langen Tische, deren Platten flache Aquarien waren, und betrachtete die kleinen, bunten Fische, die zwischen kurzen Seegrashalmen an mir vorbeischwammen. Ein kleiner Krebs erinnerte mich an den Fleischappetit, den ich während der Analyse gehabt hatte. Wieder ekelte es mich, aber ich musste lachen. Die verrückte Brain-Link-Erfahrung war noch das Harmloseste gewesen, was ich an dem Tag erfahren musste.

Paula kam wie immer übers ganze Gesicht strahlend herein und setzte sich mir gegenüber. „Sieht so aus, als hättest du auch einen guten ersten Tag gehabt“, sagte sie und begann direkt von ihrem zu erzählten. Dann fragte sie mich über meinen aus und noch während ich berichtete, merkten wir beide, dass ich ihn um Welten spannender fand als ihren. Wenn es nicht Paula gewesen wäre, hätte ich mir Mühe gegeben, nicht so begeistert zu klingen. Als ich fertig war, hob sie grinsend ihre Augenbrauen und sagte: „Du stehst auf ihn.“

„Was? Ich kenne ihn doch gar nicht.“

„Mindestens findest du ihn hot.“

„Irgendwie, ja. Du hättest diese Augen sehen sollen.“

„Wieso hast du dich nicht mit ihm verabredet?“

„Ich hab‘s versucht, aber er hat so gelangweilt gewirkt, dass ich mich nicht getraut hab‘.“

„Egal. Er wollte sicher nur cool tun. Du hättest ihn fragen müssen.“ Paula rollte mit den Augen.

„Ich weiß“, seufzte ich.

„Nächstes Mal, wenn du ihn siehst, musst du bereit sein. Du wirst ihn sicher nochmal treffen. So viele Neandertaler leben da doch nicht.“

„Er ist Denisowa.“

„Ja, Denisowa – Höhlenmensch eben.“

„Hey!“ Ich schmiegte mein Knie an ihr Bein.

Paula hob die Augenbrauen, aber ließ sich nichts weiter anmerken. „Sag mal, sind sie nicht voll haarig und zurückgeblieben?“

„Weniger zurückgeblieben als Colin und seine Freunde jedenfalls."

„Heppa", sagte Paula und klatschte in die Hände. „Sag ich doch, du bist verknallt."

Im Gegensatz zu Paula zeigte meine Oma später null Reaktion. Und das war mehr als seltsam. Normalerweise löcherte sie mich mit Fragen. Vor allem, wenn es um Jungs ging. Aber an dem Abend reagierte sie nicht einmal, als ich nach der Erzählung beiläufig nachschob, dass mir Juri gefiel. Das Einzige, was sie - lustlos in dem Essen auf ihrem Teller stochernd – grummelte, war, „schön, dass es dir gefällt."

Und als Kurt kam, um die Teller abzuräumen, schob sie beiläufig nach: „Heute sind die Ergebnisse deiner DNA-Analyse gekommen, falls sie dich interessieren."

Ich saß sofort kerzengerade. Oma aber erhob sich langsam, schleppte sich ins Wohnzimmer, zog eine Reggae-Platte ihrer Jugend aus dem Regal, legte sie auf den Plattenspieler und positionierte die Nadel am äußeren Rand. Sie ließ sich auf die Couch sinken und als das Knistern der Platte mit einem Drumbeat in Musik überging, schloss sie die Augen und sagte: „Kurt wird sie dir zeigen." So theatralisch kannte ich sie gar nicht.

In Gedanken bat ich Kurt, mich ins Zimmer zu begleiten. Meine Handflächen wurden feucht, als er dort eine Weltkarte an die Wand projizierte. Die Karte zeigte zwei weiße Wolken. Eine über Ostafrika, sie markierte die Herkunft der Gene meiner Mutter. Das machte Sinn, denn ihre Familie kam aus Somalia. Die zweite bedeckte Ost- und Mitteleuropa. Sie markierte die Herkunft der Gene meines Vaters und meiner Oma, denn sie stammte von dort. Als ich genauer hinsah, erkannte ich eine dritte Wolke. Sie war blass, kaum erkennbar und über Zentralafrika. Erst dachte ich, es sei ein Fleck auf der Wand, doch als ich Kurt einen Stoß gab, wackelte die dritte Wolke mit der projizierten Karte.

„Was ist mit der Wolke da?"

„Ein Teil deiner Gene hat sich hauptsächlich dort entwickelt."

„Also ein Teil der Familie meiner Mutter?"

„Wenn du so willst, ist es die Familie deiner Mutter." Kurts geheimnisvoller Ton gefiel mir überhaupt nicht.

„Was heißt, wenn ich so will? Von der Familie meines Vaters werden sie kaum sein."

Kurt antwortete nicht. Dass er mit Information geizte, war mehr als ungewöhnlich. Er hatte noch *nie* nicht geantwortet. Im Gegenteil. Er liebte es, sich wichtig zu machen.

„Kurt?!" Ich schlug ihm mit der flachen Hand auf die Stirn.

„Genau! Aber lass das mit der Gewalt, bitte. Es ist ein Jahrhunderte alter Mythos, dass man Maschinen mit Schlägen heilen kann."

Kurt konnte nicht lügen, aber er benahm sich, als wäre er krank. „Was heißt *genau*?"

„Genau, die Familie deines Vaters wird es kaum sein."

„Und wieso ist die Wolke kaum zu sehen und nicht wie die anderen weiß und deutlich?“

„Ich kenne die Details der Analyse nicht. Das ist das Ergebnis, wie ich es bekommen habe und dir zeigen sollte. Brauchst du mich noch?“

„Gibt es nicht mehr Infos dazu?“

„Keine, die ich bekommen habe.“

Ich schüttelte den Kopf und schickte Kurt aus dem Zimmer. Es war zu verrückt, dass er nicht mehr wusste. Ich ging ins Wohnzimmer, wo meine Oma immer noch mit geschlossenen Augen auf der Couch lag.

„Oma.“ – Nichts. Sie machte oft Nickerchen, aber schlief nie tief. „Oma!“, wiederholte ich etwas lauter. Sie reagierte nicht.

Ich war zu müde, um mich mit ihr oder mir auseinanderzusetzen und redete mir ein, dass sie schlief. Zurück in meinem Zimmer legte ich mich ins Bett. Mit der Vorstellung eines Sternenhimmels wurde das Zimmer dunkel und die Decke zeigte den klaren Nachthimmel. Der Mond war fast voll und ich musste ihn dimmen, um nicht im Hellen zu liegen.

Meine Oma war manchmal eigen, aber Kurt war eine Maschine, er konnte von Natur aus keine Laune haben. Das Gefühl, dass etwas mit der Analyse nicht stimmte und ich wieder eine Möglichkeit verpasst hatte, mehr über mich herauszufinden, drängte sich auf und grummelte noch lange in der Magengegend. *Vielleicht hat Kurt einen Virus.* Es wäre nicht einmal das Seltsamste an diesem Tag gewesen.

Irgendwann könnte es *wieder mehr Prähistorische als moderne Menschen geben,* dachte ich und versuchte mir vorzustellen, was das wohl für eine Welt wäre. Vielleicht würden sie die Welt zu einer machen, in der man wieder als Jäger und Sammler leben kann und in kleinen Gruppen in die Wälder oder in Höhlen zieht. In dieser Welt gäbe es sicher keine Analysen.

6.

Am nächsten Vormittag bekam ich von Forschern im Labor von Neanderpharma gezeigt, wie die DNA von prähistorischen Menschen aus Fossilien geborgen und rekonstruiert wurde. Ich sah, wie Wissenschaftler und Roboter Hologramme und Bildschirme überwachten und wie riesige Maschinen mit unendlich vielen Armen Lösungen mischten und präparierten. Ich hoffte, der GESA-Cocktail würde bald spannender werden.

Als ich zum Mittagessen in die Schulmensa ging, war ich froh den Vormittag überstanden zu haben. Es war noch früh und der große Saal mit Glasfront und großer Terrasse zum See war noch so gut wie leer. Ich durchquerte ihn, ging hinaus auf die Terrasse und zum See. Erwartungsvoll schwammen Enten herbei, die gewohnt waren, gefüttert zu werden.

Ich überblickte den See und die bewaldeten Unigebäude, die sich am gegenüberliegenden Ufer aneinanderreihten. Das Haus mit der Aussichtsplattform, auf der ich Juri getroffen hatte, war nicht sofort erkennbar. Doch als ich meine Augen verengte, um die Wälder auf den Dächern in der Ferne besser erkennen zu können, zoomte die Brille sie heran. So erkannte ich schnell die Plattform mit der Bank vom Vortag. Jemand saß darauf. Der Zoom reichte nicht aus, um zu erkennen, wer es war, aber über seinem Kopf erschien: *Juri Ruhland, Denisowa (von vor 80.000 Jahren).*

Mein Puls wurde schlagartig schneller. Als mir vorgeschlagen wurde, seinen Film anzuschauen, zögerte ich keine Sekunde. Juri war nicht gut in der Schule, aber auch nicht schlecht. Er arbeitete freiwillig als Mentor für junge Prähistorische, d.h. er half ihnen, bei was sie Hilfe brauchten, und beantwortete Fragen, von denen Computer keine Ahnung hatten. In seiner Freizeit las er gerne Bücher, echte Bücher aus Papier, ging Boxen, wobei er konzentriert um seine Gegner tänzelte und geschickt deren Angriffen auswich, und besuchte im Simulationsraum die Denisowa in ihrer Zeit oder flog mit Raumschiffen durch Asteroidengürtel. Abends traf er Freunde, unterhielt sich und lachte sein schönes, schallendes Hyänenlachen, mit dem der Film endete.

Als der Film zu Ende war, musste ich überlegen, was Juri eigentlich für ein Typ war. Kampfsport passte so gar nicht zu ihm, vor allem, weil er Kunst studieren wollte. Es sah so aus, als würde er machen, was ihm in den Sinn kam. Das machte ihn nur noch interessanter.

Plötzlich traf es mich wie ein Schlag. *Ob er mich und meinen Film auch gerade gesehen hatte?* Soweit ich mich erinnern konnte, hatte er am Vortag keine Brille aufgehabt. Vielleicht hatte er smarte Kontaktlinsen. *Was zeigt mein Film überhaupt?*

Ich eilte auf die Toilette der Mensa. In einer Kabine eingesperrt suchte ich in den Optionen der Brille nach meinem eigenen Filmporträt. Es war nicht schwer zu finden.

Es zeigte mich, wie ich in der Grundschule ehrgeizig fußballspielte und konzentriert rechnete. Dann, wie ich bei der Orientierungsanalyse während eines Mathetests urplötzlich den Stift fallen ließ und in einen Kunstworkshop ging, wie ich auf der Handwerksschule rechnete, während die anderen Schüler Unterricht aufschoben. Am Ende zeigte es, wie ich mich am Eingang von Neanderpharma Joe vorstellte.

Ich war froh, dass der Film nichts Privates über mich verriet und meine überproportionalen Arme nicht erkennbar machte. Er stellte mich zwar etwas einzelgängermäßig dar, aber insgesamt war er schmeichelhafter, als ich befürchtet hatte. Erleichtert ging ich zurück in die Mensa.

Mittlerweile war Mittagspause und Schüler strömten in den Saal. Ich holte mir eine Mahlzeit bei einem der Ausgabeautomaten und sah mich nach einem freien Platz um. Doch jeder Tisch war besetzt. *Wie konnte das sein?*

Ich beobachtete eine Homo Erectus mit einem Tablett durch den Saal latschen. Als sie sich einem vollen Tisch näherte, fuhren ein dreieckiges Tischelement und ein Hocker aus dem Boden und schlossen sich den vorhandenen Tischelementen an. Bei einem Neandertaler, der zu einem anderen Tisch schlenderte, passierte das Gleiche.

Wie die zwei näherte ich mich einem Tisch, an dem vier Homo Erectus saßen. Ich kam dem Tisch näher und näher – bei dem Abstand hatte sich bei den anderen längst etwas bewegt – aber kein Element fuhr aus dem Boden. Ehe ich mich versah, stand ich vor dem voll besetzten Tisch. Die vier glotzten mich an.

Mit hochrotem Schädel und dem Gefühl, dass mich ausnahmslos jeder in der Mensa beobachtete, drehte ich ab und ging zum nächsten Tisch. Diesmal vorsichtiger. Aber wieder bewegte sich im Boden nichts. Immerhin konnte ich so tun, als ob ich nicht darauf geachtet hatte, wo ich hinging, und halbwegs lässig abdrehen. Schnell ging ich an drei Tischen vorbei, um nicht noch mehr Aufmerksamkeit auf mich zu lenken. Das Shirt klebte an meinem schweißnassen Rücken.

Da war nur noch ein Tisch, an dem eine Neandertalerin saß, danach hätte ich das Ende des Saals erreicht und umdrehen müssen. Ganz vorsichtig – bereit jederzeit stehenzubleiben – ging ich auf sie zu. Wieder rührte sich nichts. Der Boden zwischen uns blieb Boden. Noch langsamer und ich wäre stehengeblieben. Das Mädchen sah mit gerunzelter Stirn auf meine Babyschritte.

Ich lehnte mich nach links, um die Richtung zu ändern, da fuhren ein dreieckiges Tischmodul und ein Hocker aus dem Boden. *Endlich!* Ich atmete laut aus und setzte mich blitzschnell, bevor es sich der Tisch nochmal anders überlegen konnte. Das Mädchen sah mich verstört an und begann zu lachen.

„Darf ich hier sitzen?"

„Du sitzt ja schon. Haha. Aber klar. Wie heißt du? Ich heiße Aylin."

„Sorry. Ich heiße Lulu, bin zum ersten Mal hier." Ich kicherte nervös. „Wieso ist hier der Tisch hochgefahren und davor nicht?"

„Wenn Gruppen nicht gestört werden wollen, können sie ihren Tisch *schließen*, dann kann sich niemand dazusetzen. Geschlossene Tische erkennst du an dem roten Licht darüber." Aylin zeigte auf den Tisch, an dem ich abgeblitzt war.

„Wow, es gibt genau vier geschlossene Tische im Saal und zwei davon hab' ich erwischt."

„Nicht schlecht!" Aylin lachte. „Man darf nur einmal in der Woche an einem geschlossenen Tisch sitzen. Deswegen machen wir es nur, wenn es wichtig ist."

„Ich wusste doch, da wird was Wichtiges besprochen, sonst hätten mich die Tische nicht magisch angezogen."

Wieder lachte Aylin und sah dann schweigend auf ihr Essen.

„Kann es sein, dass du nicht deine erste Analyseempfehlung genommen hast?", fragte sie plötzlich und hinter meinen Ohren begann es zu kribbeln. Ich wollte was sagen, aber verschluckte mich.

„Ich mein' wegen deinem Film. Es sieht so aus, als ob die Wissenschaftsschule besser zu dir gepasst hätte."

„Ist das so offensichtlich?" Ich seufzte.

„Ja. Aber ist mutig. Macht fast niemand, hab' ich gehört."

Bei dem Kompliment konnte ich mir ein Grinsen nicht verkneifen. Weil Aylin im Gegensatz zu Juri keine Augen hatte wie Vulkanausbrüche, konnte ich sie entspannt über das Leben auf dem Campus ausfragen.

Es war wie bei normalen Internatsschülerinnen. Nur dass der Campus ihr Zuhause und alle Mitschüler wie ihre riesige Familie waren. Einmal in der Woche jobbte sie im Kindergarten und spielte dort mit den Kleinen. Sonst spielte sie gerne Fußball und ging auf Partys. Als ich sie fragte, wie es für sie sei, den Campus zu verlassen, wechselte sie sofort das Thema und fragte, wie das Praktikum war.

„Heute im Labor war es etwas langweilig. Aber ich freu mich schon auf die nächsten."

„Ah klar, der Anfang von GESA ist am langweiligsten. Aber keine Sorge, es wird immer besser."

Die große Weltkarte am Kopfende des Saales erinnerte mich an Kurts Projektion. „Sag mal, weißt du, was die blasse, graue Wolke auf meiner Genkarte bedeutet?"

„Die Farbe der Wolken gibt die Spezies an, von der die Gene stammen. Rot steht zum Beispiel für Denisowa, weiß für Homo Sapiens. Aber Grau gibt's eigentlich nicht. Bist du sicher, dass da eine Graue war?"

„Hundertprozentig."

„Zeig mal."

„Okay." Ich verband mich mit Kurt, um die Karte herunterzuladen. „Seltsam. Ich hab' keinen Zugriff."

„Ich hör' mich mal um, was das sein könnte. Wäre gut, wenn du die Karte besorgen könntest."

Ich nickte.

„Wir gehen morgen Nachmittag Fußballspielen. Hast du Lust mitzukommen?“, fragte Aylin beim Aufstehen.

„Klar.“ Meine Stimme überschlug sich fast, so sehr freute ich mich über die Einladung. Sobald wir unsere Tabletts vom Tisch genommen hatten, senkten sich Tischelemente und Hocker wieder in den Boden.

„Komm um vier zum Freizeitzentrum.“

Zuhause ließ ich Kurt die Karte nochmal an die Wand projizieren. Und ich traute meinen Augen nicht. Da waren die weißen Wolken über Ostafrika und Mitteleuropa, aber der Himmel über Zentralafrika war klar.

„Wo ist die dritte Wolke?“

„Welche Wolke? Das ist die Karte, die ich dir gestern gezeigt habe.“

„Die, die ich gesehen hab‘, hatte eine blasse Wolke dort. Kurt, ich hab‘ dich doch gefragt, was sie bedeutet.“

„Die Datei hat heute Früh ein Update bekommen. Vielleicht war sie fehlerhaft und wurde von Neanderpharma korrigiert“, erklärte Kurt.

Ich ging ins Wohnzimmer, wo Oma die Hände hinter dem Rücken gefaltet aus dem Fenster sah.

„Lulu, gut, dass du da bist.“ Sie drehte sich zu mir um. „Hast du die Wahlergebnisse gesehen? Die Partei Künstlicher Intelligenzen hat es in die Regierung geschafft.“

„Ja. War doch vorhersehbar. Aber was …“

„Weißt du, was das bedeutet?“

„Dass es noch mehr Analysen geben wird. Oma, ich muss dich was fragen."

„Die KI's fordern ein Maximalalter für Menschen. Wer keine Kinder oder Enkel hat, soll mit hundert Sterbehilfe bekommen."

„Wie auch immer. Ich …" Ein Stich durchfuhr meine Brust. „Was wollen sie? Warum?"

„Sie wollen, dass die Leute mehr Kinder machen. Die Bevölkerung soll jünger werden."

„Werden sie damit durchkommen?"

„Es sieht ganz danach aus", mischte Kurt sich ein, „allerdings kann der Menschenrat noch ein Veto einlegen."

„Warum ein Maximalalter?"

„Aus Fairnessgründen – damit alle gleich alt werden. Außerdem sagen sie, alte Menschen halten den Fortschritt auf."

„Aber selbst, wenn das Gesetz durchkommt. Du hast ja mich."

Oma nickte lange. Ich nahm ihre Hand und zog sie zur Couch.

„Sag mal, wann hat mein Gen-Ergebnis ein Update bekommen?" Um Ruhe zu bewahren, hielt ich mich weiterhin an ihrer Hand fest.

„Was für ein Update?"

„Kurt, zeig die Karte."

Oma betrachtete die Karte. „Die sieht doch aus wie gestern."

„Nein, da fehlt die dritte Wolke. Zeig die andere Version."

„Die hab‘ ich nicht mehr.“

„Was?“ Kurt behielt - wenn er nicht gerade im Privatmodus war - alles in seinem Zwischenspeicher. Ich hielt Omas Hand etwas fester.

„Kurt hat seinen Speicher heute Mittag aufgeräumt. Der war voller Mist.“

„Es stimmt, er wurde langsam voll“, gab Kurt ungefragt zum Besten.

„Schon klar. Er wird auch langsam voll, wenn er leer ist. Wieso gibt es eigentlich kein Maximalalter für Roboter?“

„Das braucht es nicht. Wir schalten uns lieber selbst ab, als hundert Jahre für euch sauberzumachen.“

„Vielleicht hast du dich verguckt.“ Oma zuckte mit den Schultern.

Ich hatte ihre Hand fest umklammert und brauchte meine zweite, um den Griff zu lösen. Dabei lief mir ein kleiner Schauer durch die Arme. Ich verließ die Wohnung und fuhr aufs Dach. Zum Glück war niemand da. Es war eine schöne, laue Frühsommernacht. Der Himmel war klar und trotz der Stadtlichter konnte man viele Satelliten und Raumstationen über den Sternenhimmel flitzen sehen.

Theoretisch konnte stimmen, was Oma und Kurt gesagt hatten, aber es ergab keinen Sinn. Ich war mir sicher, dass die Karte vom Vortag eine dritte Wolke gehabt hatte, und wurde das Gefühl nicht los, dass mir die beiden etwas verheimlichten. Bescheuerter Kurt, ich wünschte, ich hätte ihn hacken können.

7.

Der dritte Tag brachte mich ins Geburtshaus und in die Kinderkrippe, wo der Nachwuchs von Neanderpharma die ersten zwei Lebensjahre verbrachte.

Roboter und menschliche Erzieher zogen dort dreißig prähistorische Babys auf. Für die gab es in der Brille noch keine Filme. Stattdessen konnte man sich deren Gen-Karten ansehen. Sie hatten Wolken in unterschiedlichen Farben über den verschiedenen Erdteilen.

Neben den Karten war eine Legende, in der die Farben prähistorischen Genen und Zeiten zugeordnet wurden. Weiß war die Farbe der Homo Sapiens, Gelb der Neandertaler und so weiter. Blassgrau war nicht dabei. In mir fiel eine Vase zu Boden und zerbrach in tausend Teile. Nicht mal meine Genanalyse konnte ohne Probleme ablaufen.

Um kurz vor vier ging ich mit meinen Sportsachen zum Freizeitzentrum. Auf dem Weg sah ich mir den Film eines erwachsenen Homo Erectus an, der mir entgegenkam. Er hatte eine echte Tochter, die seine Homo Sapiens Frau zur

Welt gebracht hatte. Mir kam, dass er zumindest teilweise ein Klon von einem Menschen war, der früher schon einmal gelebt und möglicherweise auch Kinder gehabt hatte. Vielleicht war seine Frau eine Urur-tausendmal-urenkelin von ihm. Vielleicht war ich eine Nachfahrin von ihm?

Ich rempelte einen kleinen Homo Floresiensis an, der vor mir gegangen war. Er stürzte.

„Tut mir leid." Ich wollte ihm aufhelfen.

Aber er war schon wieder auf die Füße gesprungen und – obwohl er mir nur bis zum Bauchnabel reichte – machte er sich so groß er konnte. „Kannst du nicht aufpassen, Sapienskuh. Was machst du hier überhaupt?"

Seine Wut durchdrang mich wie Starkstrom. Innerhalb kürzester Zeit rasten meine Magneten im Turbo und ich musste mir die Augen zuhalten, um den Floresiensis nicht auf den Kopf zu küssen, hoffte nur, dass er sich bald abregte und ging. Da hörte ich eine bekannte Stimme. „Hey, Lulu."

Durch meine Finger erkannte ich Juri, der mit einem Paar Boxhandschuhen um den Hals vor dem Eingang stand. Seine Stirn glänzte und er roch erdig nach frischem Schweiß. „Hi."

„Was ist denn hier los?"

„Die Sapiens kann nicht aufpassen, wo sie hinläuft." Die Stimme des Floresiensis wurde weicher, bis am Ende des Satzes kein Ärger übrig war.

„Tut mir leid." Ich konnte meinen Blick nicht von Juris Augen lassen. Die Ruhe darin ging in mich über. Im

Zusammenspiel mit seiner entspannenden Stimme nahm sie meinen Magneten ihre Kraft. „War keine Absicht."

„Ach was, alles gut", sagte der Floresiensis und ging.

„Wie läuft das Praktikum?", fragte Juri.

Baff, wie schnell mein Instinkt verflogen war, brauchte ich drei Sekunden, um mich zu sammeln. „Gefällt mir gut."

„Was hast du schon alles gesehen?"

„Gestern Labor – da war es langweilig – und heute Kindergarten – da war es laut."

Juri lachte.

„Aber es gefällt mir. Ihr seid wie eine große Familie hier." Als ich das sagte, erstarb Juris lachen.

„Hi, Lulu." Aylin kam auf uns zu.

„Viel Spaß euch." Juri hob die Hand und ging in Richtung See davon.

Aylin schmunzelte mit hochgezogenen Augenbrauen. „Juri Ruhland? Wann hast du den kennengelernt?"

„Ich hab' ihn an meinem ersten Tag getroffen."

„Diese Augen!" Aylin biss sich auf die Unterlippe und hielt mir die Tür vom Freizeitzentrum auf. „Sie sorgen für Ruhe."

In der Umkleide erzählte ich Aylin von der Karte ohne Fleck und dem Update.

„Update? Sowas gibt's nicht." Aylin schüttelte entschlossen den Kopf. „Aber frag Juri. Er hat viel über die Herkunft seiner Gene recherchiert und kennt sich mit den Karten und allem aus. Dann hast du auch gleich einen Grund, dich bei ihm zu melden.“ Sie zwinkerte, hielt ihren Daumen an meinen und übertrug mir so seinen Kontakt.

Aylin und ihre Freundinnen spielten einen schnellen und geradlinigen Kurzpassball. Sie waren robuster und schneller als ich, aber mit meiner Wendigkeit und meiner Übersicht konnte ich gut mithalten. Es machte Superspaß und ich liebte es, mich in Zweikämpfen an ihren haarigen Körpern zu reiben. Ich freute mich schon auf das nächste Mal, als sie mich wieder einluden.

Zuhause legte ich mich ins Bett und diktierte in Gedanken: „Hi Juri, wie geht's? Hab‘ deinen Kontakt von Aylin. Kennst du dich gut mit den Laborergebnissen aus? Ich glaube nämlich, mit meiner Gen-Karte stimmt was nicht. Nach einem Update war eine der Wolken weg.“

Ich hielt inne und wie ich so regungslos dalag, spürte ich meinen Puls im Hals. Eigentlich gab es keinen Grund zur Aufregung. Oder gab es den? Juri könnte nicht antworten, aber wieso sollte er das tun? Oder hatte ich Angst davor, was er mir über die Karte sagen würde? Dem Pochen lauschend biss ich auf die Fingernägel meiner Daumen und verschickte die Nachricht.

Eine Weile passierte nichts. Dann wurde ich – was für eine Überraschung - noch nervöser. *Was wenn er nicht antwortet?* Ich drehte mich auf den Bauch, umschlang mit Armen und Beinen meine Decke und versuchte mir vorzustellen, dass es Juri war. *Wenn sie doch nur aus Fleisch und Blut gewesen wäre.*

Nach dem Aufwachen sah ich als allererstes auf meinen Daumen. Ein roter Punkt im Nagel signalisierte eine neue Nachricht. Sofort saß ich wie ein L und strich mir voller Vorfreude die Haare aus dem Gesicht. Doch die Nachricht war von Neanderpharma. Ich schloss die Augen und ließ mich zurück aufs Kissen fallen. Am liebsten wäre ich erst wieder mit Juris Antwort aufgewacht. Dösend hörte ich die Mitteilung. Sie luden mich ein, bei einer Geburt dabei zu sein.

Es dauerte Minuten, bis ich das registriert hatte. Eine Geburt – die Gelegenheit wollte ich auf keinen Fall verpassen. Ich sah auf die Uhr. In einer halben Stunde musste ich beim Geburtshaus sein. Die Hausgleiter waren alle weg. Aber noch konnte ich es schaffen. Ich hatte es in der Hand.

Ich sprang die Treppen hinunter und raste mit dem Fahrrad. Als ich völlig verschwitzt und außer Atem beim Labor ankam, hatte ich ganz vergessen, dass ich auf Juris Antwort wartete.

Ein Joe führte mich zu dem OP-Saal und streifte mir einen sterilen Anzug über. Die werdende Mutter, eine enorm große pinke Sau (ja, ein Schwein!), lag seitlich auf dem OP-Tisch. Dahinter stand Kim in Ganzkörper-OP-Montur. Sie zwinkerte, als sie mich erkannte. Neben ihr standen eine Ziehmutter aus der Krippe und vier Studenten.

Ich wollte gerade ihre Filme ansehen, da ging es los. Eine Art Roboterkrake mit acht Armen senkte sich aus der Decke über den Bauch und schnitt mit einem Skalpell das

Bauchfett auf. Zwei der Arme spreizten die weiße Spalte. Ein Dritter zertrennte mit einem Skalpell die darunterliegenden Bauchmuskeln. Ein Blutschwall schoss hoch. Die nächsten zwei Arme weiteten den Muskelschnitt, sodass der fünfte die Fruchtblase öffnen konnte. Ein Schwall bräunliches Fruchtwasser spritzte heraus. Die Arme dehnten die Öffnung, sodass zwei weitere in den Bauch greifen und das Baby herausmanövrieren konnten. Die Krake zertrennte die Nabelschnur und gab das schreiende Baby in die Arme der Ziehmutter. Gleichzeitig hatten die anderen Arme den Bauch wieder zugenäht.

Ich war geschockt von der Brutalität des Kaiserschnitts und davon, wie schnell alles ging. Aber das Baby war unglaublich süß. Es in den Armen zu sehen und wie es mit den winzigen Armen und Händen in die Luft griff, verzauberte mich.

Die Geburt und das Baby blieben mir den ganzen Vormittag im Kopf. Erst nach dem Mittagessen rüttelte mich eine Nachricht von Juri wieder in die Gegenwart. „Hi Lulu. Ich hab‘ noch nie von einem Update bei den Karten gehört."

Die Welt um mich herum löste sich langsam auf. Wie ein eingerosteter Roboter steuerte ich ziellos über den Campus. Wenn das stimmte, hatte Oma Kurts Erinnerung gefälscht. Sie hatte mich noch nie angelogen. Oder zumindest hatte ich sie noch nie dabei erwischt. Ich musste es genau wissen und schrieb Juri von der blassen Wolke und dem Update.

Zum Glück antwortete er diesmal sofort. „Schick mal die Karte. Vielleicht kann ich es herausfinden."

Ich versuchte nochmal, die neue Karte herunterzuladen, aber auch sie war gesperrt. Alles sprach gegen Oma. Mein Herz bekam schmerzhafte Risse. „Ich hab‘ keinen Zugriff.“

„Ich kenn jemanden, der dir helfen kann. Komm morgen früh um neun zur Mensa.“

„Okay. Danke.“

Auf dem Nachhauseweg versuchte ich mich auf die Begegnung mit Oma vorzubereiten, aber in der Verwirrung fiel mir nichts Besseres ein, als ihr aus dem Weg zu gehen. Obwohl ich am liebsten mit ihr gekuschelt hätte.

Als ich die Wohnung betrat, stand Oma von der Couch auf und kam mir entgegen, als hätte sie etwas geahnt. „Alles in Ordnung, Lulu?“

Ich drückte ihren kleinen, warmen Körper fest an mich. Auch sie legte ihre Arme auf meinen Rücken und strich vorsichtig darüber. So standen wir, bis meine Verwirrung und mein Schmerz verflogen waren und ich sie losließ. „Bin müde“, sagte ich dann, ging in mein Zimmer und legte mich ins Bett. Nach ein paar Minuten kam Oma den Gang entlang bis vor meine Zimmertür geschlurft. Sie klopfte nicht. Sie blieb einfach eine Minute dort stehen. Dann ging sie zurück. Die Risse in meinem Herzen wurden wieder tiefer.

8.

Juri stand auf der Terrasse der Mensa und blickte über den See. Er sah verschlafen, aber gut aus. Als er mich sah, unterdrückte er ein aufkommendes Gähnen und lächelte schief. Ein warmes Kribbeln breitete sich in meinem Bauch aus.

„Guten Morgen“, sagte ich.

„N‘Morgen. Wie geht's?“

„Geht. Die Karte macht mich fertig. Analysen machen mich immer fertig.“ Ich befahl mir, zu lachen. Was dabei herauskam, war fast gruselig, sodass Juri seinen Kopf ein kleines Stück zurückzog. „Deswegen muss ich genau wissen, was los ist“, fügte ich schnell hinzu. „Danke, dass du mir hilfst.“

„Kein Problem. Aber bist du überhaupt sicher, dass du die Originalkarte gesehen hast?“

Ich zuckte mit den Schultern.

„Ich hab‘ noch nie von Updates gehört. Aber Lana weiß das besser. Komm mit.“

Wir gingen um den See zu den Apartments auf der Südseite. Den ganzen Weg über sprachen wir kein Wort.

Ich hätte gerne was gesagt oder gefragt, aber ich war zu aufgeregt. Sobald das mit der Wolke geklärt war, würde ich ihn fragen, ob er mit mir ausgehen wollte.

Lanas Apartment war im vierten Stock eines sonnengelben Hauses. Die Tür fuhr zur Seite und wir traten in eine geräumige Einzimmerwohnung mit einem großen Fenster und Balkon zum See. Die stickig Luft roch nach durchgeschlafener Bettwäsche.

In der Mitte des sonst leeren Raumes stand ein grüner Samtsessel. Darin saß eine große, muskulöse Neandertalerin. Um sie herum leuchteten unterschiedlich große Hologramme in der Luft und Projektionen an den Wänden. Sie sahen aus wie abstrakte Kunst.

„Juri, mein Lieber“, sagte sie mit einer unglaublich tiefen, rauchigen Stimme, „hab‘ dich lange nicht gesehen.“ Sie stand auf, was ewig dauerte, ging einen Schritt auf Juri zu, nahm seinen Kopf, bückte sich zu ihm runter und drückte ihm einen fetten Schmatzer auf den flachen Haaransatz. Mit zusammengekniffenen Augen klopfte er ihr auf den Rücken.

„Wer ist deine Sapiens-Freundin?“, fragte sie und musterte mich mit hochgezogenen Augenbrauen.

„Ich heiße Lulu und mache hier ein Praktikum.“

„Ich bin Lana. Freut mich sehr.“ Sie lächelte, wobei keine Pore in ihrem Gesicht an ihrem Platz blieb. „Also, was kann ich für euch tun?“

Juri sah auffordernd zu mir und ich erzählte, was mit dem Ergebnis meiner Genanalyse passiert war.

„Seltsam“, sagte Lana und sah aus dem Fenster. „Hört sich so an, als hätte jemand die Karte bearbeitet.“

„Was?“ Meine Knie wurden weich. *Oma?*

„Die Labordaten kann ich dir nicht besorgen, aber wenn du mir die Karten-Datei bringst, kann ich vielleicht etwas herausfinden.“

„Ich hab‘ keinen Zugriff mehr darauf.“ Meine Stimme war kratzig.

„Wo ist sie gespeichert?“

„Auf Kurt, unserem Roboter.“

„Was ist er für ein Modell?“

„Ein Home-Care-3000.“

Lana zog eine bierdeckelgroße Drohne aus der Tasche ihres Mantels und warf sie in die Luft. Die kleine Drohne surrte einmal um uns herum und sauste dann zur Garderobe in den Eingangsbereich. Dort flog sie zur Tasche einer Jacke, fuhr mit einem dünnen Greifarm hinein und zog einen kleinen Stift heraus. Dann flog das kleine Ding zu mir und ließ den Stift vor meinem Gesicht fallen. Es gelang mir gerade so, ihn zu fangen.

„Der muss in Kurts Notfall-Port. Er muss dabei angeschaltet bleiben, darf es aber auf keinen Fall bemerken. Sonst werden seine Daten automatisch gesperrt und ich kann nichts mehr machen. Wenn der Stift drin ist, musst du mir so schnell wie möglich Bescheid geben. Vielleicht kann ich die Sperre dann umgehen und die Karte herunterladen.“

Im Aufzug fragte Juri: „Wer könnte die Karte gefälscht haben?“

Ich zuckte mit den Schultern.

Mit flauem Magen sah ich meinem Spiegelbild dabei zu, wie es käsebleich wurde. „Ich kann‘s mir nicht vorstellen, aber …“ Ein Kloß verklebte meine Stimmbänder.

„Tut mir leid.“ Juri legte seine Hand auf meinen Arm. Die Berührung fühlte sich an wie eine Ladestation, die mir Energie zuführte.

„Danke.“

„Fährst du gleich nach Hause?“

Ich nickte.

Es war elf Uhr. Meine Oma war beim Yoga – der perfekte Zeitpunkt. Juri begleitete mich zu meinem Fahrrad. „Melde dich, wenn du fertig bist.“ Sein aufmunterndes Lächeln machte mir Mut.

„Hallo, Lulu. Bist du für heute schon mit deinem Praktikum fertig?“, fragte Kurt, als ich die Wohnung betrat. Er lag im Wohnzimmer auf dem Boden und fuhr mit seinem Saugarm unter die Couch. *Jetzt oder nie.* Ich ging – den Notfall-Port an seinem Rücken im Blick und Lanas Stift fest umgriffen - ins Wohnzimmer. Ich hatte meinen Arm schon ausgestreckt und wollte den Stift gerade einstecken, da drehte Kurt sich um. „Lulu? Seit wann kontrollierst du meine Arbeit?“

„Tu ich gar nicht." Ich ließ mich auf die Couch fallen und kratzte mich mit dem Stift am Hinterkopf. „Kannst du mir einen Toast machen?"

„Sofort?"

„Ja, bitte."

Kurt fuhr in die Küche. Ich wartete kurz, dann folgte ich ihm. Er legte einen Toast auf die Grillfläche. Ich stellte mich hinter ihn und sah ihm über die Schulter.

„Hast du Angst, dass ich ihn anbrennen lasse?"

„Nein, aber ist die Seite nicht schon fertig?"

Er drehte seinen Kopf zu mir. „Natürlich nicht. Ich mache deine Toasts seit zehn Jahren gleich. Wieso sollte er heute schneller fertig sein?"

„Vielleicht kannst du ihn in Zukunft nicht so lange rösten?!"

„Wie du magst." Er drehte sich wieder zum Herd und wendete den Toast.

Der Stift steckte in seinem Rücken.

Sofort schrieb ich Lana mit Gedanken, dass sie loslegen konnte.

„In drei Minuten musst du den Stift entfernen, sonst wird er merken, dass ich in seinem System bin."

Ich stellte mir einen Timer auf zweieinhalb Minuten und ging in mein Zimmer. Der Fahrradschweiß hatte noch nicht aufgehört, zu fließen, da rückte schon der Angstschweiß nach. Ich brauchte unbedingt Deo, bevor ich mich wieder mit Juri traf, so viel stand fest.

Plötzlich fuhr die Eingangstür auf. Mein Herz rutschte in die Hose.

Ich stürzte in den Flur, um den Weg in die Küche zu versperren. Oma stand mit einer staubigen Kiste in den Händen auf der Fußmatte und starrte mich mit großen Augen an. Ich musste sie genauso angesehen haben, wie sie mich, denn einen Wimpernschlag später erkannte ich, dass auch sie überlegte, wer wen ertappt hatte. Oma fand sich zuerst. „Lulu, was machst du hier? Ist dein Praktikum für heute schon zu Ende?" Sie trug die Kiste an mir vorbei.

„Nee, hab' nur eine lange Mittagspause."

„Ich dachte, du hast dort schon Freunde gefunden. Wolltest du dich nicht mit Julius treffen?"

Kurt kam aus der Küche gefahren. Mein Herz, das immer noch in der Hose pochte, blieb stehen.

„Er heißt Juri." Ich sprang mit drei schnellen Schritten zu Kurt und zog den Stift aus seinem Rücken.

„Jetzt muss ich auch schon wieder los. Bis später."

„Was ist mit deinem Toast?", fragte Kurt.

„Nehme ich mit, danke."

Ein paar Sekunden später stand ich im Aufzug meinem schweißgebadeten Spiegelbild gegenüber. *Deo vergessen, du Idiot.*

Meine Gen-Karte mit den zwei weißen Wolken schimmerte bereits an Lanas Wand.

„Was ist?", stieß ich hervor.

„Sie ist nicht echt."

„Was bedeutet das?" Meine Stimme war nur noch ein schwaches Hauchen.

„Sie wurde gefälscht."

„Schon klar", krächzte ich, „aber was bedeutet *das*?"

„Es bedeutet, dass jemand Teile von deinem genetischen Ursprung verheimlichen will."

„Aber …" Ich wusste nicht, welche Frage ich zuerst stellen sollte. Meine Gedanken rotierten wie ein Wirbelsturm. Ich konzentrierte mich auf Juris Augen. Sie waren das Einzige, was mich von einem Komplettzusammenbruch meiner Nerven abhielt. „Wieso?"

„Wahrscheinlich, weil du ein Fake …, weil deine Gene manipuliert wurden. So wie Juris und meine."

Mir wurde schwarz vor Augen. Ich lehnte mich an die Wand und rutschte langsam daran hinunter, bis ich auf dem Boden saß.

„Aber …", flüsterte ich erneut. Es lag auf der Hand, was ich nicht wahrhaben wollte: *Oma hatte die Karte gefälscht.* Den Kopf an die Wand gelehnt sah ich, wie sich die Lippen von Lana bewegten, aber hören konnte ich nichts.

Lanas Lippen waren schön, aber ich war zu schwach, aufzustehen. Ich suchte Halt in Juris Augen und tatsächlich gaben sie mir Stabilität. Aus irgendwelchen Gründen hatten es mein Instinkt nicht eilig die Magneten aufzuwirbeln. Ich brauchte und wollte keine Nähe. Aber es fühlte sich an, als würde ich mich innerlich langsam auflösen. Als wäre hinter meinem Bauchnabel ein kleines, schwarzes Loch, das mich langsam aufsaugte.

Als Juri sich zu mir kniete, über meinen Oberarm strich und fragte: „kann ich etwas für dich tun?", kam ich wieder in der Welt an.

„Wie wurden meine Gene verändert?"

Juri sah zu Lana.

„Das kann ich nicht sagen. Die fehlende Wolke hätte dein Gene identifiziert."

„Wie kann ich herausfinden, was für welche es sind?"

„Ihr müsstet das Originalergebnis nochmal anfordern."

Ich stand auf und musste mich an der Wand festhalten, um nicht das Gleichgewicht zu verlieren.

„Viele Sapiens sind manipuliert." Juri wollte mich aufmuntern.

„Danke für eure Hilfe."

Wie in Trance hob ich die Hand zur Verabschiedung. Lana und Juri sahen mich mitfühlend an, aber sie hatten keine Ahnung, was ich durchmachte. Niemand hatte ihnen verheimlicht, dass sie Klone waren. Sie wussten es von Anfang an.

Als ich das Centro betrat, merkte Paula sofort, dass etwas nicht stimmte. Sie stand von ihrem Platz auf und kam mir entgegen.

„Was ist passiert? Du siehst aus, als hättest du ein Alien gesehen." Auf ihre Ehrlichkeit war verlass.

„Hab' ich auch. Nur, dass ich es bin." Obwohl ich mit Paula war, fühlte ich mich einsam.

„Hä? Setz' dich erstmal hin."

Wir setzten uns. Da war wieder ein Krebs in der Aquarium-Tischplatte, der mich an die Klonkrabben vom Nachbarn erinnerte. Ich war wie sie – ein genetischer Freak. Mir kamen die Tränen.

„Sag schon, Lulu, was ist los?"

„Ich bin ein Klon … oder zumindest genmanipuliert." Meine Worte klangen wie von jemand anderem.

Paula riss die Augen auf. „Was? Erzähl!"

„Ich weiß nicht, wie ich manipuliert wurde. Aber das ist auch nicht so schlimm … oder doch?! Ich weiß es nicht! Bis jetzt fühlt es sich jedenfalls nicht so schlimm an. Das Schlimmste ist …", ich musste schlucken, „dass Oma verhindern wollte, dass ich es herausfinde."

Paula stand auf, setzte sich neben mich und nahm mich in den Arm. Mit meinem Kopf auf ihrer Schulter konnte ich mich nicht mehr zurückhalten. Ich vergrub mich heulend in ihrem Hals. Paula strich mir über den Rücken. Ich küsste ihr Schlüsselbein, ihre Gurgel und ihre Wange. Aber als ich sie – überwältigt vom Schmerz und der Einsamkeit – auf den Mund küssen wollte, umarmte sie mich einmal fest und schob mich dann lächelnd von sich weg.

„Sorry, ich halte deine Hand, okay?"

„Danke." Wir lachten.

Ich erzählte ihr alles von den Karten, von Lana und der komischen Begegnung mit Oma und der Kiste.

„Was war in der Kiste?"

„Keine Ahnung. Es war eine Pappschachtel mit Deckel – ziemlich verstaubt. Wahrscheinlich aus dem Keller."

„Glaubst du, sie hat was mit den Karten zu tun?“

„Weiß nicht, aber Oma ist genauso erschrocken, wie ich, als wir uns zuhause getroffen haben. Und dann ist sie mit der Kiste direkt in ihr Zimmer verschwunden.“

„Was wohl darin ist?“

„Kann ich heute bei dir übernachten? Ich will nicht nach Hause.“

„Klar.“

„Vielleicht können wir dann zusammen zu mir gehen, wenn Oma beim Pokern ist, und nachsehen, was in der Kiste ist.“

„Naja, wenn sie überhaupt hingeht. Beim Yoga war sie heute schließlich auch nicht.“

„Wir werden sehen.“

9.

Von der Hausecke gegenüber beobachteten wir abwechselnd die Eingangstür und das Tor der Dachgarage unter dem Dachgarten. Doch keine Oma ging aus dem Haus und kein Hummus flog vom Dach.

„Vielleicht ist Oma schon weg. Komm, wir sehen nach, ob sie einen Hummus genommen hat."

„Lass uns noch ein bisschen warten. Nicht, dass wir ihr im Treppenhaus begegnen." So ernst und nervös kannte ich Paula gar nicht.

Wir warteten noch eine Viertelstunde bis kurz nach acht. Dann wurde auch sie ungeduldig und erklärte sich bereit, nachzusehen, ob der für sie reservierte Hummus noch an seinem Platz stand.

Der Platz war leer.

„Glaubst du, sie ist weg?", fragte Paula.

„Ja."

Vor der Wohnungstür horchten wir. Was keinen Sinn ergab, denn sie war komplett schalldicht.

„Lass uns nochmal rausgehen und sehen, ob Licht brennt“, schlug Paula durch ihre zusammengebissenen Zähne vor.

„Sie ist nicht da“, sagte ich und öffnete die Tür mit einem Gedanken. Die Wohnung dahinter war dunkel.

Kurt kam aus dem Wohnzimmer auf uns zugefahren. Paula quiekte kurz auf und packte meinen Arm, was mir fast einen Herzinfarkt verpasst hätte.

„Hallo Lulu. Ich dachte du kommst ...“

Mit einem weiteren Gedanken schaltete ich Kurt in den Schlafmodus und er tat keinen Mucks mehr.

„Wie lange bleibt deine Oma normalerweise weg?“

„Bis elf mindestens.“

„Aber vielleicht ist sie gar nicht beim Pokern. Lass uns beeilen.“

„Klar.“

Wir mussten nicht lange suchen. Die Kiste stand auf dem schön verzierten Holzsekretär in Omas Zimmer. Ich nahm sie, stellte sie in der Mitte des Raumes auf den Teppich und kniete mich davor. Paula setzte sich mir gegenüber.

Der Deckel ließ sich ohne Widerstand aufklappen. Ganz oben lag ein Foto meines Vaters. Wie schon in Lanas Apartment wurde mir schwarz vor Augen. Wäre ich nicht voller Adrenalin gewesen, ich wäre K.O. gegangen.

Ich nahm das Foto heraus und betrachtete es. Darauf saß mein Vater mit einem kleinen Baby im Arm auf Omas Couch. Auf der Rückseite stand, *Papa Max und Lulu, Juli 2088.*

Es lagen noch weitere Fotos, ein Stoffaffe, ein Kinder-Fußballtrikot, eine Brille, eine Festplatte und ein altes Handy in der Kiste – wahrscheinlich alte Dinge meines Vaters.

Ich nahm das Handy und wog es in der Hand. Ich sagte: „An“ und „Posteingang“, doch nichts geschah. „Kein Strom.“

„Drück mal da drauf.“ Paula zeigte auf einen kleinen Knopf am Rand.

Eine Seite wurde hell und viele bunte Bilder mit Symbolen erschienen. Ich berührte das Brief-Symbol und eine Nachricht erschien.

Mein lieber Max,

die Zeit schreibt keine Geschichten, Menschen schreiben sie. Sie fragen und antworten. Sie übernehmen Verantwortung. Was hast du dir dabei gedacht?

In Liebe, deine Mutter.

Ich las die Nachricht zweimal und gab sie Paula. Mit rasenden Gedanken wühlte ich durch die Kiste. Die Festplatte war das einzig Interessante, aber ohne Kurt konnte ich sie nicht auslesen.

„Seltsame Nachricht.“

„Ja, so ein Geschwafel kenn‘ ich von Oma gar nicht.“

„Klingt jedenfalls so, als könnte sie ihren Sohn nicht wirklich leiden. Bei was soll er sich was gedacht haben?“, fragte Paula in das Zimmer. Dann sah sie mich mit großen Augen an. „Vielleicht was er sich dabei gedacht hat, dich zu manipulieren.“

Mein Magen zog sich zusammen. „Vielleicht.“

„Auf jeden Fall glaubt sie, dass dein Vater noch lebt und seine alte Mailadresse nutzt, sonst hätte sie die Nachricht nicht geschickt.“

Ich sah auf das Display. *15. April 2103.* Das war vorgestern. Ich schrie leise. Eine eiserne Faust grub sich tief in meinen Magen.

„Hier steht, *die angehängte Datei öffnen,* das muss die Originalkarte sein.“ Paula drückte auf die Schaltfläche. Der Bildschirm wurde dunkel. „Scheiße. Akku leer.“

Ich nahm das Foto von meinem Vater mit dem Baby auf dem Arm. Unendlich viele Bilder wirbelten durch meinen Kopf: Meine Eltern, wie sie sich begeistert einigen, mich genetisch zu manipulieren, wie meine Mutter künstlich befruchtet wird, wie die Roboterkrake das haarige Baby aus dem Schweinebauch manövriert, wie mein Vater mich zu Oma bringt, wie sie das Foto vor dem Kilimandscharo machen, meine Oma, wie sie realisiert, dass ich ein Klon bin, wie sie meinem Vater die Mail schreibt, Juris Augen und mich.

Ich sah mich in einem Raum auf dem Boden sitzen. Vor mir die Kiste. Der Inhalt machte mein Leben zu einem anderen. War ich noch ich?

„Lulu, lass uns gehen, bevor deine Oma wiederkommt."

Paulas Stimme gab mir Orientierung. „Eine Sache noch." Ich ging in mein Zimmer, kramte das Bild meiner Eltern mit der zerbrochenen Scheibe aus der Schreibtischschublade und zog es aus dem Rahmen. Auf der Rückseite stand *01.09.2093*.

Es wurde zwei Jahre nach dem angeblichen Verschwinden meiner Eltern gemacht. Ihre lachenden Gesichter auf der Vorderseite verschwammen, bis sie nur noch Farbflecken waren. Die Welt um mich wurde immer dunkler, bis sie weg war.

In der Ferne rief jemand meinen Namen. Ich öffnete die Augen und sah einen panischen Blick zwischen Sommersprossen. Paula hatte sich über mich gelehnt und schrie mich an. „Lulu! Lulu! Wach auf! Was ist los?"

Langsam richtete ich mich auf.

„Alte Androidin. Ich war kurz davor, Kurt anzuschalten."

„Auf keinen Fall", sagte ich. Ich drückte Paula das Foto in die Hand und zeigte auf die Rückseite. „Sie leben."

Es fühlte sich nicht wie eine gute Nachricht an. Eher so, als hätte ich meine Eltern nochmal verloren. Vielleicht wegen der Angst davor, was sie mit meinen Genen gemacht hatten? Ich sah Paulas leicht geöffneten Mund und ein warmes Kribbeln breitete sich in meiner Magengegend aus. Ich biss mir auf die Lippen. In dem Moment sah Paula von dem Foto auf und unsere Blicke trafen sich. Sie wich zurück und stand auf.

„Vielleicht hat deine Oma die Kiste mit dem Handy geholt, um zu sehen, ob ihre Mail angekommen ist."

„Könnte sein." Ich streckte Paula meine Hand entgegen, damit sie mir aufhalf und ich wenigstens ein wenig Haut von ihr zu spüren bekam.

Bis auf das Handy legte ich alles wieder in die Box und stellte sie zurück auf den Sekretär.

10.

Ich schlief gut in Paulas Bett. Aber als ich am nächsten Morgen aufwachte, fühlte ich mich wie verklumpter Brei. Die Kiste und alles waren mir klar und scharf in Erinnerung. Eigentlich lag auf der Hand, dass ich meine Eltern finden musste. Aber als ich darüber nachdachte, wie, wurde mir übel. Mit Oma wollte ich erstmal nicht sprechen.

„Guten Morgen", sagte ich, als ich in die Küche kam, wo Paula, ihr Bruder und ihre Eltern schon am Frühstückstisch saßen. Sie grüßten mich herzlich, aber fielen danach sofort in betretenes Schweigen.

„Wer ist denn gestorben?", scherzte ich, woraufhin sich Paulas Mutter verschluckte und schrecklich hustete. Ihr Mann klopfte ihr schmunzelnd zwischen die Schulterblätter.

„Heute ist die Auflösung von Oma Hannah", sagte Paula.

„Oh, das tut mir leid." Wieso hatte ich nicht die Klappe gehalten? Weil Klons keine Stille ertrugen.

„Kann man bei der Auflösung zuschauen? Ich dachte, das dauert mehrere Tage."

„Man kann zuschauen, wie sie in die Lake gelegt wird. Bis die Mikroorganismen sie aufgelöst haben, dauert es eine Woche", sagte Paulas Vater.

„Kann ich mitkommen?", fragte ich in der Hoffnung, einen Grund zu haben, nicht nach Hause zu müssen. Paulas Mutter, die gerade wieder Luft bekam, verschluckte sich nochmal.

„Es kommen nur Freunde und Verwandte und du hast an einem so schönen Samstag sicher Besseres zu tun, als zu einer Auflösung zu gehen", sagte Paulas Vater.

Enttäuscht sackte ich in meinem Stuhl zusammen. Dass ich absolut nichts Besseres zu tun hatte, konnte ich nicht sagen.

Ich verließ das Haus mit Paulas Familie und fuhr ziellos mit dem Fahrrad durch die Stadt. Auf einer Brücke hielt ich an, lehnte mich über das Geländer und spuckte in den Fluss. Die kleine, weiße Insel hielt sich hartnäckig und löste sich erst ein gutes Stück flussabwärts auf. Ich kratzte etwas Lack von dem Brückengeländer und überlegte, wie ich den Tag verbringen konnte, ohne an die Lüge meiner Oma oder meine Eltern zu denken.

Kurt hätte meinen Brain-Link auslesen und mir sagen können, was ich brauchte. Aber eine Analyse war das Letzte, was ich wollte.

Mit geschlossenen Augen konzentrierte ich mich auf das Rauschen des Flusses, das Surren der Drohnen, das kühle Geländer in meinen Händen. Ich musste mit jemand echtem reden. Mit Gedanken schrieb ich Juri: „Hi, hast du heute Zeit? Ich bin auf dem Weg zu Neanderpharma." Dann fuhr ich los.

Beim See angekommen, bekam ich seine Antwort. „Eben aufgewacht. Komme gleich zur Bank."

Auf dem leeren Campus kamen ein paar Studenten aus der Bibliothek, die aussah wie eine alte Backsteinkirche mit mehreren Türmen. Oben auf dem Dach wartete Juri bereits auf mich. „Hi, wie geht's?" Er sah müde aus, aber wie immer gut gelaunt und musterte mich erwartungsvoll, als hätte ich angekündigt, ihm etwas zu erzählen.

„Gut, und dir?" Ich setzte mich neben ihn auf die Bank und überblickte den See. Auf der gegenüberliegenden Seite stand eine Person auf der Terrasse der Mensa und fütterte die Enten.

„Den Schock von gestern schon verdaut?", fragte er wie nach dem Wetter. Ich war überrascht, aber froh, dass er direkt zum Thema kam.

„Naja. Ehrlich gesagt kam noch einer dazu." Ich hätte heulen können, aber musste lachen. „Ich hab' herausgefunden, dass meine Eltern noch leben, und dass meine Oma davon wusste." Wie ich das sagte, hörte es sich für mich so an, als würde es um jemand anderen gehen.

„Das sind ja Hammer-News!" Juri strahlte. Doch sein Grinsen verstarb, als er erkannte, dass ich mich kein bisschen freute.

„Wie hast du es rausgefunden?"

„Eigentlich weiß ich nicht sicher, ob sie noch leben. Ich weiß nur, dass ich ein Foto von ihnen habe, das zwei Jahre nach ihrem Verschwinden gemacht wurde."

„Verstehe." Juri kaute auf seiner Unterlippe. „Und woher?"

Ich erzählte ihm von der Kiste, der Nachricht auf dem alten Handy und dem Foto. Er stand auf, nahm einen walnussgroßen Stein vom Boden und warf ihn im hohen Bogen in den See. Mit einem dumpfen Platsch durchbrach er die Wasseroberfläche und kreisrunde Wellen glitten über den glitzernden See. Juri hatte bei dem Wurf nicht gerade athletisch ausgesehen. Ich überlegte, ob Denisowa wohl ausgestorben waren, weil sie nicht so gut mit Wurfgeschossen jagen konnten.

„Du musst deine Eltern finden."

„Erst muss ich sicher sein, dass sie noch leben. Und selbst wenn … keine Ahnung, ob ich sie dann sehen will."

Juri nickte, öffnete den Mund, als wollte er etwas sagen, ließ es dann aber doch bleiben.

„Was?"

„Nichts."

Ich zeigte ihm das Handy. „Meinst du, Lana kommt an die Daten davon ran?"

„Sicher. Komm, wir gehen gleich zu ihr."

Wir nahmen die Treppe auf der Seeseite und gingen zu den Wohngebäuden. Auf halbem Weg spürte ich einen kleinen Impuls in meinem Daumen. Oma rief an. Ich ignorierte es.

Lana wog das Handy in der Hand und betrachtete es von allen Seiten. „Ein iPhone 51." Sie gab es ihrem

Haushaltsroboter, einer Miniversion von Joe. Der scannte es mit den Kameras in seinen Fingerspitzen und einen Augenblick später warfen Projektoren das iPhone als großes Hologramm in den Raum. Mit den Händen fuchtelnd wie eine Puppenspielerin zerlegte Lana es in seine einzelnen Bestandteile.

„Es kann eine Weile dauern, bis ich weiß, ob ich an die Daten komme. Ich sag euch Bescheid, wenn es so weit ist. Aber was ich auf jeden Fall schon sagen kann: Das Postfach ist regelmäßig aktiv."

„Was heißt das?", fragte ich mit zitternder Stimme. Wieder war ich kurz davor, mein Bewusstsein zu verlieren.

„Das heißt, jemand, der sich Max nennt, nutzt es täglich."

Juri zog mich aus der Wohnung. „Dein Vater lebt. Du musst ihn finden. Wenn ich wüsste, dass ich irgendwo Eltern habe', würd' ich wissen wollen, wer sie sind." Sein Honig-Lavablick leuchtete noch mehr als sonst.

Ich brachte keine Antwort heraus. Wie betrunken torkelte ich den Flur entlang. Erst an der frischen Luft hatte ich wieder volle Kontrolle über meine Beinmuskulatur. „Sie haben meine Gene verändert, mich zu Oma gebracht und sich nie wieder gemeldet. Vielleicht habe ich lieber keine Eltern als solche. Außerdem weiß ich nicht, ob ich mit Oma sprechen will. Und einfach abhauen kann ich auch nicht."

„Nein", sagte Juri, während wir in Richtung Mensa um den See gingen, „du kannst nicht einfach abhauen. Wenn sie dich vermisst meldet, kommst du nicht mal aus der Stadt."

Ich malte mir aus, wie ich meine Sachen packte und ging, wie Oma auf der Couch saß und vergeblich wartete, dass ich zurückkam.

„Hast du dir schon mal überlegt von hier wegzugehen?"

„Nein. Wieso sollte ich hier wegwollen?" Juri sprach klar und deutlich und ohne den Blick vom Boden zu nehmen.

Bei der nächsten Kreuzung zog er mich auf einen Weg, der hinter dem Gelände vorbei zur riesigen Glaskuppel des Insektenzoos führte. Wir gingen zu einem Schleuseneingang und ohne ein weiteres Wort schob Juri mich durch zwei Drehtüren in das saftige Klima des Kreidezeit-Dschungels.

Zwischen feuchten Palmenwedeln, großblättrigen Büscheln und herabhängenden Lianen hindurch folgten wir einem Trampelpfad ins dichte Unterholz. Ich sah mich um, so gut es ging, aber keins der Rieseninsekten zeigte sich. Einmal hörte ich ein lautes Brummen und sah einen Schatten vorbeiflitzen. Das war's.

Der Pfad wurde steiniger und bald gingen wir an einer steilen Felswand entlang. Unter einem Vorsprung, über den ein kleiner Wasserfall plätscherte, blieb Juri stehen. Er hielt seine Hände unter den rieselnden Vorhang und warf sich etwas Wasser ins Gesicht. Dann durchbohrte mich sein Lavablick, sodass ich das Gefühl hatte, der Blick würde eine Brandspur auf meiner Netzhaut hinterlassen, und er sagte: „Wir müssen aufpassen, wo wir darüber reden. Neanderpharma ist ein Tonstudio. Wenn wir abhauen wollen, darf es niemand mitbekommen."

„Ich dachte, ihr könnt machen, was ihr wollt?"

„Oh nein."

„Könnt ihr nicht wegziehen?"

„Ist unmöglich. Wir haben keine Pässe, keine Versicherung, keine Identität. Außerdem - sieh mich an – sobald ich das Gelände verlasse, falle ich auf."

„Also hast du schon mal überlegt, zu gehen."

„Tausendmal." Er sah kurz hinter sich, dann stach sein Blick wieder zu. „Lass uns zusammen gehen. Ich kann dir helfen, deine Eltern zu finden."

Ich versuchte meine Gedanken zu sortieren. „Aber wie?"

„Ich hole mir eine Ausflugsgenehmigung und wir machen einen Wochenendtrip. Geld und alles laden wir auf einen externen Computer. Sobald wir ankommen, nehmen wir unsere Bodycoms heraus und reisen ohne sie weiter. Wenn sie geortet werden, haben wir so einen kleinen Vorsprung."

Das *Wir* in Juris Plan löste ein Kribbeln aus, als hätte sich eine riesige Raupe in meinem Bauch bereitgemacht, zum Schmetterling zu werden.

„Wir können die Bodycoms nicht rausnehmen. Sie schlagen Alarm, wenn sie keinen Puls mehr spüren."

„Ich habe einen kleinen Kasten mit einem Gelee, das meine Körpertemperatur hat und in dem mein Puls schlägt. So einen kann ich auch für dich besorgen."

Ich malte mir aus, wie er die Computer aus unseren Armen operierte. Es war verrückt, aber gut. So wie es sich eben gut anfühlt zu machen, was man will. Auch wenn es dumm ist.

„Und wie reisen wir weiter?"

„Mit dem Zug."

„Aber wenn…"

Lanas Nachricht unterbrach mich. „Ein Max Polka aus Somalia greift auf das Postfach zu", murmelte ich ihr nach. „… Das ist mein Vater."

Eine riesige Libelle, deren Körper so lang war wie mein Arm, surrte herbei und blieb auf der anderen Seite des Wasservorhangs in der Luft stehen. Ihre rasenden Flügel funkelten im Sonnenlicht, das durch die Kuppel schien.

„Okay.", sagte ich.

„Okay, was?"

„Wir suchen meine Eltern."

ZWEITER TEIL

11.

„Ich besuche dieses Wochenende meine Tante auf dem Land“, sagte Paula, „ihr könnt mitkommen und von dort aus weiter.“

„Das ist perfekt.“

Noch am Abend fragte Paula ihre Tante und sie lud uns herzlich ein. Oma war einverstanden und freute sich, dass Juri auch mitkam, sagte sogar, dass sie ihn auch gerne bald kennenlernen würde.

Ich besorgte einen externen Computer ohne Personalisierung und Ortung, lud mein Taschengeld und Juris Erspartes darauf und kaufte Hyperloop-Tickets von Paulas Tante nach Rom. Danach hatten wir noch 8.976 Kröten.

Das war mehr Geld, als ich jemals zur Verfügung hatte, sicher genug, damit eine Person auf den Mond fliegen konnte. Ich checkte Tickets nach Somalia. Sie kosteten knapp 2.000 pro Person. 9.000 würden also sicher reichen, um von Rom nach Mogadischu zu kommen, selbst mit Zwischenstopps.

Juri besorgte eine Puls-Box für meinen Bodycom und beantragte eine Ausflugsgenehmigung. Mit der offiziellen Einladung von Paulas Tante war das eine Sache von drei Minuten.

Damit Oma meine Gedanken nicht lesen konnte, ging ich ihr den Rest der Woche aus dem Weg, meistens nach draußen oder in mein Zimmer. Solange ich mich auf die Vorbereitungen konzentrierte, ging das erstaunlich gut. Doch als sie fertig waren und ich nur noch Zeit totschlagen musste, realisierte ich, dass ich Oma vielleicht niemals wiedersehen würde. Und die Vorstellung, dass sie am Sonntag vergeblich auf mich warten würde, schmerzte überall. Aber ich blieb fest entschlossen, zu gehen. Auch, weil ich wusste, dass der in Lanas Apartment gebrochene Teil in mir sonst nie wieder zusammenwachsen würde.

Am Mittwochabend setzte ich mich an den Schreibtisch und ging zum hundertsten Mal die Liste durch. Nur das Bild meiner Eltern war noch nicht im Rucksack.

„Schon alles für die Berge gepackt?", fragte Oma, die auf einmal direkt hinter mir stand.

„Ja", sagte ich und klatschte meine Hand auf die Packliste auf dem Tisch. „Kannst du nicht klopfen?"

„'Tschuldigung. Sag mal, hast du Lust, heute Abend zum Keller-Italiener zu gehen? Ich hab' wahnsinnig Lust auf Lasagne."

Erst da bemerkte ich, dass sie sich den dunkelblauen Leinen-Zweiteiler und die weiße Hawaiibluse angezogen hatte. Sie sah aus, als würde sie auf eine Cocktailparty gehen.

„Klar." Ich versuchte mich zu freuen, aber hatte keinen blassen Schimmer, wie ich den Abend ohne Nervenzusammenbruch überstehen sollte.

Der Keller-Italiener hieß eigentlich Don Mario. Wir nannten ihn so, weil er in einem alten Weinkeller war. Dort konnte man essen wie vor hundert Jahren. Durch die dicken Steinwände kam kein Signal, sodass einen nichts ablenken konnte. Außerdem wurde man von Menschen bedient, nicht von Robotern.

Schon als ich den ersten Schritt auf die steile Wendeltreppe setzte, die in das lange, warm beleuchtete Backsteingewölbe hinabführte, zogen uns die köstlichsten Röst- und Raucharomen aus dem Steinofen entgegen. Durch den Geräuschpegel aus lauten Gesprächen und Gelächter drangen immer wieder das Klimpern von Geschirr und italienische Rufe aus der Küche.

Am Fuß der Treppe empfing uns der süße Kellner mit den tätowierten Armen und brachte uns an einen Tisch für zwei in der Mitte des Kellers. Wie bei jedem standen darauf eine leere Weinflasche mit Kerze, eine kleine Blumenvase, ein Salzstreuer und eine große Pfeffermühle auf einer rotweiß-karierten Tischdecke. Angeblich sahen früher alle italienischen Restaurants so aus.

„Und, was habt ihr euch für das Wochenende vorgenommen?", fragte Oma, sobald uns der Kellner eine Karaffe Wasser und zwei Gläser gebracht hatte.

„Wandern, baden, entspannen“, sagte ich mit gespielter Begeisterung. Dass nichts davon stimmte, deprimierte mich zu Tode.

„Klingt nach genau dem Richtigen. Du siehst aus, als hättest du die ganze Woche nicht geschlafen.“

Wie Recht sie hatte. Dabei sah sie im Kerzenlicht selbst müde und viel älter aus. Als sie mich erwartungsvoll anlächelte, hätte ich fast einen Heulkrampf bekommen und musste zur Seite sehen und gähnen, um meine feuchten Augen zu tarnen.

Ich sah mich um und beobachtete, wie der Kellner das schicke Paar, das gerade die Steintreppe an der Wand hinuntergekommen war, empfing und zu einem Tisch führte.

Vielleicht würde es das letzte Mal sein, dass wir gemeinsam hier aßen. Die Magneten waren nur ein kleiner Teil der Gefühle, die mich übermannten.

Sollte ich ihr erzählen, dass ich von Paulas Tante nicht zurückkommen würde? Dann könnte ich sie auch fragen, wieso sie mir nie von meinen Genen erzählt hatte. Ich pulte einen Halm aus der geflochtenen Strohsitzfläche.

„Und Juri kommt auch mit, ja?“ Oma grinste verschmitzt.

„Hm-hm.“ Ich hoffte, dass sie mir keine Verhütungspredigt halten würde. Eigentlich hätte sie wissen müssen, dass es die Bodycoms mit Stromschlägen verhinderten, wenn Minderjährige ungeschützten Sex haben wollten. Aber sie vergaß gerne mal, dass es nicht mehr das Jahr 2050 war.

„War er schon mal in den Bergen?“

„Klaro, er darf gehen, wohin er will. Er muss sich nur abmelden."

„Und nimmt Paula auch einen Freund mit?"

„Nein, wir werden nur zu dritt sein."

„Hat Juri einen Pass?"

„Wieso sollte er einen brauchen? Wir fliegen nur eine Stunde." Ich verhaspelte mich und kalter Schweiß trat auf meine Stirn. *Ahnt sie was?* Ich überlegte fieberhaft nach einem Themenwechsel. Doch alles, woran ich denken konnte, war, dass meine Oma ahnungslos bei unserem Abschiedsessen saß, quasi bei unserer Henkersmahlzeit. Zu allem Überfluss kam in genau dem Moment auch noch der süße Kellner an den Tisch. Mir wurde schwindlig.

Mit einem hinreißenden Schmunzeln griff er die Karaffe und schenkte Wasser nach. Bei der Bewegung begannen die Vogeltattoos auf seinem Unterarm mit den Flügeln zu schlagen. Ich musste mich zusammenreißen, nicht darüberzustreichen. Mit geschlossenen Augen zupfte ich einen Halm nach dem anderen aus meiner Sitzfläche und versuchte mir vorzustellen, wie Oma mit Tattoos aussehen würde. Das Bild lockerte mich auf und die Magneten wurden schwächer. Doch als ich meine Augen offnete, sah ich, dass meine Finger auf dem Arm des Kellners lagen.

„Äh, danke für das Wasser."

Verstört lächelnd zog der Kellner seinen Arm weg und entfernte sich rückwärts. Oma runzelte die Stirn. Am liebsten hätte ich mich unsichtbar gemacht.

„Bin gleich wieder da." Ich verschwand auf die Toilette. Im Spiegel sah ich meine tiefen Augenringe. Schweißperlen glänzten auf Stirn und Nase. Mein Kieferflaum stand ab. Ich warf mir Wasser ins Gesicht und strich ihn glatt. *Warum musste ich mich bei jeder kleinen Aufregung verhalten wie ein Vollfreak?*

Ich überlegte, ob ich es mir vorsorglich machen sollte – nur zur Sicherheit. Da kamen zwei aufgetakelte, junge Frauen laut lachend in die Toilette und besetzten die beiden Kabinen. *Schlimmer kanns eh nicht mehr kommen,* dachte ich und ging zurück an den Tisch.

Oma musterte mich mit verengten Augen. Sie drehte ihre Armreifen ums Handgelenk und warf Blicke über ihre Schultern.

„Was ist?"

Sie streckte fordernd ihre Hand aus. Nachdem ich meine hineingelegt hatte, fuhr sie meinen Unterarm hinauf, tippte zweimal kurz und einmal lang auf das Muttermal über meinem Bodycom und ich merkte, dass er ausging. Meine Kinnlade fiel herunter. Ich wusste gar nicht, dass man ihn ausschalten konnte.

„Hier unten hat er zwar kein Netz, aber jetzt wird er auch nichts zwischenspeichern. Denn was er einmal aufgenommen hat, lässt sich nicht mehr löschen."

Meine Kehle brannte vor Trockenheit und ich nahm einen großen Schluck Wasser aus meinem Glas. Da wurde Omas Blick finster, wie der Himmel vor einem Sommergewitter, und sie sagte: „Lulu, ich weiß, dass du vorhast, zu deinen Eltern nach Somalia zu reisen."

Vor Schreck sog ich Wasser tief in meine Lungen und japste nach Luft. Ich wäre fast erstickt, aber Oma redete einfach weiter.

„Ich weiß, dass du einen externen Computer gekauft und dein Erspartes und deinen Pass darauf geladen hast. Ich weiß von den Tickets nach Rom. Nur weil Kurt das nicht mitbekommen hat, heißt das nicht, dass ich …", sie sah mich halb vorwurfsvoll, halb mitleidig an, „… ich habe Einblick in dein Konto und deine Cloud. Ich habe auch gesehen, dass du das Handy von deinem Vater gefunden hast. Deswegen sind wir hier, um in Ruhe über alles zu reden."

„Was?", röchelte ich.

„Lulu, alles gut. Du musst gehen und deine Eltern kennenlernen. Es sieht nicht so aus, als würden sie zu dir kommen."

Plötzlich stieg der Geräuschpegel. Die Gespräche und das Gelächter, das Klimpern von Besteck auf Geschirr und die italienischen Rufe aus der halboffenen Küche drangen in meine Ohren, als hätte ich eben Ohrstöpsel rausgenommen. Darüber hallte Omas Stimme. „Ich werde dir ein Ticket kaufen, damit du in den Ferien nach Mogadischu fliegen kannst."

Ich stellte mir vor, wie ich Juri bei Neanderpharma sitzen ließ, um allein zu meinen Eltern zu reisen, nur um dort herauszufinden, dass sie sich – wie sollte es anders sein –

immer noch nicht für mich interessierten, und mir wurde übel.

„Nein“, keuchte ich. „Ohne Juri schaffe ich es nicht.“

„Gut“, sagte sie. „Wenn du einen Denisowa-Menschen entführen willst, bitte. Dann besuchen dich deine Eltern vielleicht im Gefängnis.“

In dem Moment kam der Kellner mit den Lasagnen. Vorsichtshalber presste ich meine Lippen aufeinander und setzte mich auf meine Finger. Nachdem der Kellner den Teller vor mich gestellt hatte, zog er seine Hand blitzschnell wieder weg.

Als er ging, bekam ich wieder Luft. „Niemand wird entführt.“

„Lulu, überleg doch mal. Er wird gesucht werden und überall auffallen. Wenn man euch erwischt, werdet ihr mindestens zurückmüssen. Im schlimmsten Fall bekommt ihr eine Brain-Link-Fessel, die eure Gedanken kontrolliert. Das kannst du doch nicht riskieren wollen!?“

„Ich werde mit Juri gehen.“

„Neanderpharma wird Juri spätestens am Montag als vermisst melden und dann hat die Polizei Zugriff auf alle eure Daten und euren Plan.“

„Dafür hat Juri vorgesorgt.“

Mit dem Besteck in der Hand senkte Oma ihren Blick auf ihre Lasagne und es kam mir so vor, als ob diese daraufhin noch mehr dampfte. „Ich hätte nicht gedacht, dass du so naiv bist, Lulu.“

„Ich wusste, dass du Zugriff hast. Ich hätte nur nicht gedacht, dass du mir nachspionierst", log ich.

„Wirklich, ja?"

„Für wie dumm hältst du mich?"

„Jedenfalls nicht für dumm genug, dass du einen Denisowa illegal außer Landes bringen willst."

„Aber das werde ich."

Oma hustete. Ein großer Tropfen Wein lief aus ihrem Mundwinkel, fiel vom Kinn und verschwand in ihrer Blumenbluse. „Lulu, denk nochmal darüber nach. Bitte."

„Nein."

Oma hielt inne. Dann schüttelte sie den Kopf und flüsterte: „Was soll ich dann ohne dich machen?" Ihr bitteres Lächeln traf und erregte mich.

„Ich bin doch nicht ewig weg." Ich bereute, dass ich nicht gewartet hatte, bis eine der Kabinen frei geworden war.

„Du wirst nicht zurückkommen."

„Natürlich werde ich das."

Sie seufzte. „Du weißt, wenn du gehst, muss ich sterben."

„Was, wieso das denn?"

„Das Gesetz."

„Was hat das mit mir zu tun?"

„Es benachteiligt Menschen ohne Familie."

„Selbst wenn, du bist doch erst achtundneunzig."

„Ich bin hundertfünf."

Ich schluckte. „Das Gesetz muss erstmal durchkommen. Bis dahin komme ich zurück, versprochen." *Werde ich zurückkommen?* Mein Herz trommelte gegen die Rippen.

Mein Genick brannte, als stünden meine Haare in Flammen. Die Magneten wurden immer stärker.

„Wenn sie euch erwischen, nicht. Und das werden sie. Du willst es unbedingt riskieren, dann geh. Aber dann gehe ich auch. Ich hatte ein schönes, langes Leben. Ich muss nicht mehr mitbekommen, dass meine Enkelin mich nicht mehr erkennt, weil das Ministerium ihr eine Brain-Link-Fessel verpasst hat." Oma machte eine Pause. „Bitte. Du bist alles, was ich habe."

Omas feuchte Augen jagten mir einen eisigen Schauer durch Mark und Bein. Die Kraft in mir war mittlerweile so stark, dass ihr zu widerstehen an meinem Herzen zerrte wie zwei Wölfe an einem Stück Fleisch. So sehr ich mir wünschte, Oma zu berühren, so sehr hoffte ich, dass sie mir nicht näherkam. Sonst wäre ich noch über sie hergefallen.

„Wieso hast du mir eigentlich nie erzählt, dass ich genmanipuliert bin?"

Oma kaute weiter. Als sie geschluckt hatte, sagte sie, ohne mich anzusehen: „Ich weiß es auch erst seit ..." Sie führte noch einen Bissen zum Mund, aber auf halbem Weg ließ sie ihre Gabel wieder sinken. „Nein. Nein, nein, nein. Es tut mir leid. Natürlich weiß ich es, seit ich dich kenne."

Ich sah Oma in die tränenden Augen und hörte nur noch ihre Stimme. Alles andere war weißes Rauschen.

„Ich wollte es dir immer sagen, war hundertmal kurz davor, aber ich konnte nicht. Ich hab' mich nicht getraut. Bitte Lulu, sieh mich nicht so an."

„Wie?"

„So, als wäre ich ein Monster?"

Das Zerren meines Instinktes wurde unerträglich. Die Ellenbogen auf die Tischkante gestützt, legte ich meine Hände an die Stirn wie Scheuklappen und konzentrierte mich auf meine Atmung.

„Was haben sie mit mir gemacht?"

„Das weiß ich nicht. Wirklich."

„Jetzt ist die Gelegenheit, es mir zu sagen."

„Bei Allem, was mir lieb ist, ich weiß es nicht. Wenn ich es wüsste, hätte ich es dir schon früher gesagt."

„Natürlich. *Das* hat dich aufgehalten."

„Ja, das hätte es mir einfacher gemacht. Stell dir vor, ich hätte dir gesagt, deine Eltern haben dich genmanipuliert, aber wie, das weiß ich nicht."

„Glaubst du nicht, dass es mir trotzdem geholfen hätte?"

„Ich wollte es dir so oft sagen. Auch als die Genkarte von Neanderpharma kam. Aber ich war immer noch nicht bereit und habe sie bearbeitet – zu schlampig, wie du weißt – und du hast herausgefunden, was du herausfinden musstest. Glaub mir, bitte. Es tut mir leid."

Eine Maus kam angeflitzt, schnupperte an den Strohhalmen, die neben meinem Stuhl lagen, packte sich einen und verschwand damit im Dunkel zwischen den Beinen.

Ich sog *drei Liter* Luft in meine Lungen, bündelte alle Kräfte, die nicht damit beschäftigt waren, mich zurückzuhalten, und sah Oma an. „Gut."

„Gut, was?"

„Gut, dann bekommst du eben Sterbehilfe. Ich finde auch, du hast lange genug gelebt." Es schnürte mir die Kehle zu und ich wusste, Oma ging es genauso.

„Alles in Ordnung?", fragte der Kellner aus sicherer Entfernung und zeigte auf meine noch unberührte Lasagne. Mein Herz pochte wild. Ich krallte den Strohsitz.

„Ja." Oma sah auf und Licht fiel in ihre feuerroten Augen.

Der Kellner wollte eigentlich in einem Bogen an uns vorbei. Doch weil ihm ein Kollege mit einer Ladung Teller entgegenkam, musste er ausweichen. Dabei kam er so nah an unseren Tisch, dass seine Fingerspitzen die Tischdecke streiften.

Ich packte mit beiden Händen zu und küsste und leckte den tätowierten Unterarm. Der Kellner versuchte, mich abzuschütteln, doch ich ließ nicht locker. Die weiche Haut schmeckte zu herrlich nach einer Mischung aus Olivenöl und Schweiß. Außerdem machte jeder Kuss, jedes Lecken und Riechen die Anziehungskraft in mir ein wenig schwächer.

Doch als er es mit seinem Fuß gegen meinen Stuhl gestemmt endlich schaffte, sich zu befreien und ich nur noch Luft küsste, wäre ich am liebsten im Boden versunken. Ich nahm die Hände vor die Augen und stürzte zur Treppe und hinaus.

Nur wenige Minuten später kam Oma mit unseren Jacken auf die Straße und lächelte. „Lulu."

„Wir werden davonkommen. Weil du uns helfen wirst."

„Weil was?"

„Weil du uns helfen wirst."

„Das kann ich nicht."

„Du musst. Weil du mir nicht gesagt hast, dass ich ein Fake bin."

„Ich kann dir nicht helfen."

„Natürlich kannst du das."

„Ich wüsste nicht, wie."

„Du kennst sicher jemanden."

Oma schüttelte den Kopf.

Ich biss auf die Fingernägel meiner Daumen. „Was ist mit Greg?" Greg war ein Freund von Oma, den ich zwar nicht kannte, der ihr aber geholfen hatte, die Leiche unserer illegalen Hauskatze zu entsorgen, als sie an Krebs gestorben war.

„Greg." Oma seufzte. „Der könnte dir tatsächlich helfen."

„Uns."

„Euch."

„Fragst du ihn?"

Oma drückte mir die Tüte mit meiner Lasagne in die Hand und ging an mir vorbei in Richtung nach Hause. Ich holte sie ein und verflocht meine Finger zwischen ihre.

„Ich gehe so oder so. Wenn du mir hilfst oder eben Greg, komme ich vielleicht zurück. Dann hast du noch ein paar Jährchen mehr." Ich musste schlucken. „Also, was ist, Greg oder sterben?"

Oma lachte bitter und schüttelte den Kopf. Ihr Mund zuckte ein paar Mal, dann murmelte sie etwas Unverständliches.

„Bitte?"

„Ich werde Greg fragen." Meine Eingeweide machten einen dreifachen Jubelsalto. Zusammen mit den wirbelnden Magneten fühlte es sich an, als wäre ich im freien Fall.

„Und wie?"

„Das weiß ich nicht. Aber selbst, wenn ich es wüsste. Du darfst nichts von dem Plan wissen. Denn solltest du daran denken, wenn dein Bodycom und dein Brain-Link wieder an sind, wird es gespeichert. Und sobald ihr vermisst werdet, wird alles, was ihr geredet, geschrieben und gedacht habt von der Polizei abrufbar sein, klar?! Deswegen müsst ihr eure Bodycoms loswerden."

„Ich weiß. Wir haben einen Plan dafür."

„Hm." Oma überlegte. „Sag Juri, er soll gleich in der Früh bei uns aufschlagen, weil ich ihn kennenlernen will. Und Paula sagst du, dass du mit Juri nachkommst. Mehr darf keiner von euch wissen."

„Ich soll Paula anlügen und stehenlassen?"

„Du musst, wenn du mit Juri davonkommen willst."

„Was, wenn wir unsere Bodycoms ausmachen?"

„Das ist zu auffällig. Ich werde für jetzt schon eine Prüfung bekommen."

12.

Am Freitagmorgen klopfte ich an Omas Tür, aber sie reagierte nicht. Wir hatten uns zwar noch am Abend verabschiedet, nachdem wir am Küchentisch auf unser lebenslanges Hausverbot beim Keller-Italiener angestoßen hatten, aber ich hatte gehofft, sie noch einmal umarmen zu können. Auch, wenn ich Angst davor hatte.

Also trat ich ohne Verabschiedung aus der Wohnungstür und warf einen letzten Blick durch den Gang auf die rote Couch im Wohnzimmer. Kurt kam aus der Küche gefahren und winkte, bis sich die Wohnungstüre schloss.

Es war ein klarer Morgen. Die Baumkronen auf dem Dach unseres Wohnblocks rauschten in der kühlen Brise. Nach drei Minuten, die ich wartete, surrte ein dunkelblauer, glänzender Gleiter mit einem weißen Logo von Neanderpharma an. Er landete auf dem Parkdeck vor der Garage, ließ Juri aussteigen und hob dann wieder ab.

Juri hatte einen Rucksack auf dem Rücken und eine runde Sonnenbrille mit rosa Gläsern auf. Durch seine hervorstehenden Augenbrauen lag sie auf halber Nase und drohte jeden Moment herunterzurutschen.

„Bin ich hier richtig für die Safari?"

Ich lachte. Jetzt, wo Juri da war, fühlte ich mich bereit.

„Nett, dass du hochgekommen bist", sagte Juri.

„Wir gehen nicht mehr rein. Wir werden gleich abgeholt."

„Ich dachte, deine Oma will mich kennenlernen."

„Wollte sie auch. Aber sie fühlt sich nicht gut heute Morgen."

„Und Paula?"

„Sie ist schon auf dem Weg."

„Okay und wer ist das?" Juri zeigte auf einen dunkelblauen Gleiter mit getönten Scheiben und kurzen Flügeln voller kleiner Rotoren. Er sauste in einem Bogen an, drehte die Rotoren nach oben und setzte zur Senkrechtlandung an.

Ein großer, hagerer Mann mit kantigem Gesicht, grauen Bartstoppeln und Pferdeschwanz stieg aus. Über einem schwarzen Pulli trug er eine olivgrüne Anglerweste mit ungefähr tausend unterschiedlich großen Taschen. Aus seinem linken Ärmel ragte eine glatte, schneeweiße Roboter-Prothese. Ohne uns anzusehen, wies er uns mit dem Kinn einzusteigen.

„Wer ist das?", flüsterte Juri. Sein Lächeln erfror.

„Greg muss in die gleiche Richtung. Komm!" Ich hoffte, dass Juri nicht noch mehr Fragen stellte, solange unsere Bodycoms noch mithörten.

Er folgte zögerlich in den Gleiter. Nachdem wir uns auf die Bank in Flugrichtung gesetzt hatten, stieg Greg ein und setzte sich uns gegenüber auf einen der nach hinten gedrehten Fliegersitze. Der Gleiter hob ab und ein Prickeln breitete sich von meinen Ohren bis in die Finger- und Zehenspitzen aus. Wir waren weg, hatten uns aus dem Staub gemacht, alles und jeden hinter uns gelassen. Wir flogen ins Ungewisse, wo nur noch Freiheit vor uns lag.

Greg sah von Juri zu mir und wieder zu Juri. Sein Ausdruck war sympathisch und abstoßend zugleich, wie von einem Schutzgeldeintreiber, der überzeugt ist, dass er etwas Gutes tut, hätte Oma gesagt.

„Hallo?", sagte Juri.

„Hallo." Greg hob seine Roboterhand und legte sich den ausgestreckten Zeigefinger auf die Lippen. Kurz darauf fuhr ein durchsichtiger Bildschirm zwischen Greg und uns aus der Decke. Greg tippte mit dem Finger darauf und ein Schriftzug erschien. *Wie hattet ihr vor, eure Bodycoms loszuwerden?* Gregs Brain-Link musste offline sein, damit er auf die Scheibe schreiben konnte, ohne dass es digitale Spuren hinterließ.

„Was zum Sapiens?", fragte Juri, sah mich fassungslos an und zeigte auf die Schrift.

„Ich hab' nichts gesagt. Du, Lulu?" Greg behielt seinen weißen Finger auf den Lippen. Auf dem Bildschirm erschien *Arme.*

Ich streckte meinen Arm aus. Greg nahm ihn und drückte an verschiedenen Stellen um meinen Bodycom herum. Dann legte er mir eine dünne metallene Halskrause an, worauf es in meinem Nacken kurz kribbelte.

Juri traute seinen Augen nicht. Er saß da wie eingefroren. Erst als ich meine Hand auf seine legte und nickte, streckte er ebenfalls den Arm aus. Greg tippte darauf und gab auch ihm eine Halskrause.

Jetzt denkt euer Brain-Link, dass ihr langsam einschlaft, erschien auf der Scheibe. *Kein Wort, solange eure Bodycoms noch drinnen sind. Was hattet ihr vor, mit ihnen zu machen?*

Juri kramte in seinem Rucksack, zog seine Puls-Box heraus und gab sie Greg. Der öffnete sie, musterte das Gelee, steckte einen Finger seiner Roboterhand hinein und prüfte Temperatur und Puls.

Wie viele verschiedene Pulsfrequenzen hat die?

Juri streckte zwei Finger seiner haarigen Hand in die Höhe.

Zu wenige! Die Computer werden Alarm schlagen, wenn der Puls zu konstant bleibt.

Greg streckte seine Menschenhand aus. In der Handfläche lagen zwei grüne Tabletten. Wieder legte er seinen weißen Finger auf die Lippen, zeigte auf die Tabletten, dann auf uns. *Nehmt die hier, sie macht euch ruhiger und weniger schmerzempfindlich.*

Weniger schmerzempfindlich? Was hatte er vor?

Wenn Oma ihm vertraute, tat ich es auch. Ich nahm eine der Pillen, legte sie mir auf die Zunge und schluckte sie mit Wasser aus meiner Flasche. Juri rührte sich nicht.

Los!

„Was soll der Sch…“

Gregs Roboterarm schnellte vor, packte Juris Kinn und drückte so fest zu, dass es Juris Mund verschob. *Du hast keine Ahnung, was ich hier gerade riskiere. Nimm die verdammte Tablette oder wir sind in einer Minute auf dem Weg zu Neanderpharma* erschien auf dem Schirm. Als Juri gelesen hatte, ließ Greg los. Mit schmerzverzerrtem Gesicht nahm Juri die Pille und schluckte sie trocken.

Wir landeten auf einer Wiese neben einem alten Bauernhof. Greg stieg aus und ging zielstrebig um das Haus. Wir folgten ihm zum Hintereingang, wo er ohne Zögern eintrat. *Woher wusste er, dass niemand da war?*

Die Holzdielen knarzten, als wir den Flur betraten. An den weißen Wänden hingen gerahmte Bilder und es roch wohnlich, doch ein saurer Schweißgeruch deutete daraufhin, dass hier nicht nur Menschen lebten.

Normalerweise wäre ich supernervös gewesen, aber ich blieb ruhig, als wäre es unser Zuhause. Selbst als ein riesiges Schwein aus einem der Zimmer kam und grunzend auf uns zu rannte, blieb ich cool. Die Tablette musste wirken.

Greg zog eine Kartusche aus einer seiner tausend Westentaschen und blies dem Tier ein Gas vor die Schnauze. Das Schwein taumelte noch zwei Schritte und sank dann zu Boden. Greg kniete sich neben das betäubte Tier und breitete ein schwarzes Federmäppchen auf dem Boden aus. Darin waren Spritzen und OP-Besteck. Er fühlte den Puls des Schweins in dessen Achsel. Dann winkte er mich zu sich auf den Boden.

Spätestens als Greg eine der Spritzen aufzog, hätte ich normalerweise einen Schweißausbruch bekommen - ich hasste Spritzen. Doch ich blieb trocken und mein Puls entspannt wie bei einer Massage. Juri stand mit den Händen in den Hosentaschen da und beobachtete uns, als würde Greg mir helfen, die Schuhe zu binden.

Greg desinfizierte seine Hände, die Hüfte des Schweins und meinen Unterarm. Er stach oberhalb des Bodycoms und injizierte eine kleine Menge unter die Haut. Den Rest der Lösung bekam das Schwein in die Hüfte.

Er ließ ein Skalpell aus der Spitze seines weißen Zeigefingers fahren, setzte es in der Mitte meines Unterarmes an und zog einen Schnitt entlang des Bodycoms in Richtung Handgelenk. Ich spürte nichts.

Pinzetten fuhren aus seinem Daumen und seinem Mittelfinger. Mit ihnen bugsierte er den fingergroßen Computer aus der klaffenden Wunde und trennte die hauchdünnen, silbrigen Kabel, die in meinen Arm führten. Den blutigen Computer legte er in meine Hand und bedeutete mir, ihn fest zu umgreifen, damit er den Puls weiter messen konnte.

Mit einem Tacker heftete Greg die klaffende Wunde in meinem Arm zusammen. Er reinigte das Skalpell und setzte einen kleinen Schnitt in die Hüfte des Schweins, nahm den Computer aus meiner Hand, schob ihn unter die Haut des Tieres und setzte eine Klammer. Das war's. Jetzt war Juri an der Reihe.

Mit den Fingern über die Klammern in meinem

blutüberströmten Arm streichend stand ich auf. Dann wurde mir schwarz vor Augen.

„Woooohoooo!“, schrie Juri. Er saß neben mir im Gleiter, ballte die Fäuste und schwang seinen Kopf von Seite zu Seite. „Yeaaaa!“

Aus dem Fenster sah ich, wie der Bauernhof unter uns immer kleiner wurde. In der digitalen Welt hatten jetzt im Schlaf grunzende Schweine unseren Platz eingenommen.

Als Juri sah, dass ich aufgewacht war, umarmte er mich. „Ich bin frei! Wir sind frei!“ Er schlug auf das Sitzpolster und klatschte in die Hände.

Ich freute mich – mit ihm und für mich, aber ich war auch ausgelaugt und leer. Als hätte ich in der letzten Woche jeden Tag ein Stück mehr von mir abgegeben. Ich war eine Figur mit vielen Farbschichten, die nach und nach abgeblättert waren. Das war gut, denn jetzt, da ich unterwegs war, fühlte es sich an, als könnte ich bestimmen, welche Farben ich für die Zukunft behalten oder nachmalen wollte.

„Also, ganz langsam, was ist hier los?“, fragte Juri.

Ich erzählte ihm, was mir Oma beim Italiener gesagt und wie sie versucht hatte, mich zu erpressen. Nur das mit dem Hausverbot ließ ich aus.

„Und wer bist du?“ Er zeigte auf Greg.

„Ein guter Freund von Lulus Oma.“

„Und du bringst uns nach Somalia?“

Greg nickte.

„Und wieso?“

„Sagen wir so, ich schulde Lulus Oma einen Gefallen.“

„Und wo fliegen wir jetzt hin?“, fragte ich.

„Genf.“

„Was? Das ist doch gar nicht auf dem Weg.“ Ich strich meine Nackenhaare glatt.

„Gehen wir ans alte CERN?“ Juris bernsteinfarbene Augen wurden groß.

Greg nickte.

„Was? Wohin?“

„Das CERN ist eine riesige unterirdische Anlage“, sagte Juri begeistert. „Früher war dort ein Teilchenbeschleuniger, der war mal die größte Maschine der Welt. Heute leben dort alle möglichen *Fakes* von überall.“

„Was sollen wir dort?“

„Untertauchen.“ Greg zeigte keinerlei Emotion.

„Untertauchen? Wir müssen in den Süden.“

„Erstmal braucht ihr Papiere.“

Juri sah erwartungsvoll zu Greg. „Es gibt dort auch Denisowa- oder andere prähistorische Menschen, richtig?“

„Den ein oder anderen.“

„Und wie lange werden wir …“

„Was leben dort sonst noch für Fakes?“, unterbrach mich Juri.

„Es gibt alle, die du dir vorstellen kannst. Fakes, denen man es ansieht und welche, denen man es nicht ansieht, so wie Lulu.“

Mein Kopf wurde schwer und sank an die kühle Scheibe. *Ich bin ein Fake.*

13.

Wir landeten weit außerhalb der Stadt mitten im Wald vor einer verlassenen und heruntergekommenen Industriehalle aus Backsteinen.

„Das soll das CERN sein? Sieht so aus, als wäre seit tausend Jahren niemand mehr hier gewesen", sagte Juri.

„Gut so." Greg stieg aus.

Kleine Sträucher und Bäume sprossen aus den Rissen im Asphalt. Alle Scheiben der Hallenfenster waren eingeschlagen und ein dichter Moosteppich überzog das rostige Dach.

„Was machen wir hier?"

„Wir nehmen den Hintereingang. Es ist nicht ratsam, mit zwei Illegalen in die Eingangshalle zu fliegen."

Greg ging zu einem der verrosteten und verbeulten Tore und zog es auf. Das schrille Quietschen brannte in den Ohren. Mit einem Wink seines Roboterarms fuhr er seinen Gleiter in die Halle und winkte uns zu einer Treppe, die an der Wand in den Keller führte.

Juri und ich folgten ihm in die Dunkelheit. Die abgeblätterten Betonschichten knackten unter unseren Füßen. Es roch modrig. Mein Puls pochte im Hals. Die Wirkung der Pillen hatte nachgelassen.

Unten gingen wir durch eine dicke, rostige Metalltür in das feucht-kalte, stockdunkle Kellergewölbe. Das Platschen von Tropfen in Pfützen verlor sich in der Dunkelheit und vermittelte einen Eindruck der Größe des Gewölbes – riesig, viel größer als die Halle darüber.

„Setzt die ein". Greg gab uns orange schimmernde Nachtsichtkontaktlinsen. Wir aktivierten sie mit zwei Tippern ins rechte Auge. Durch die Linsen lag ein engmaschiges Gitter über Allem. Auch Greg und Juri waren gerasterte Figuren.

„Wir müssen da runter. Schnell und leise!" Greg zeigte auf einen runden Gully im Boden.

„Ist das das CERN?", fragte ich Juri flüsternd.

„Keine Ahnung."

Greg klappte den Deckel um. Ein runder Schacht mit in die Wand eingelassenen Metallsprossen führte senkrecht nach unten.

„Wo sind wir?", fragte ich.

„CERN. Hintereingang. Immer noch. Los jetzt. Du zuerst." Greg zeigte auf Juri.

Juri setzte sich an den Rand und stieg hinab.

„Jetzt du."

Ich folgte und griff jede Sprosse extrafest, weil meine Hände so schwitzig waren. Warme und muffige Luft zog uns von unten entgegen. Greg stieg über mir in den Tunnel und schloss den Gully über sich.

Minutenlang sah ich nichts als Wand und Sprossen, fühlte nur das kalte Metall in meinen Händen. Doch plötzlich spürte ich einen Atem in meinem Nacken. Ich schrie. Alle Alarmglocken schrillten und mein Magnet-instinkt raste von Null auf Hundert in einer Sekunde. Ich griff nach dem orangen Gitter-Gesicht hinter mir. Es wich blitzschnell aus und ich erkannte, dass es Juri war, der sich - unten angekommen - hinter mich gestellt und mich angepustet hatte. Das Kribbeln im Nacken und der Schreck hallten nach, doch die Magneten klangen durch Juris leises Kichern zum Glück schnell ab.

„Leise, verdammt", zischte Greg.

Wir standen in einem ewig langen, leicht gebogenen Tunnel. Greg ging nach links. Es war warm und feucht. Außer unseren schnellen Schritten, die leise von den Wänden widerhallten, war nichts zu hören.

„Sind wir in dem alten Teilchenbeschleuniger?", fragte Juri.

„Ja. Leise sein."

Wir marschierten eine gefühlte Ewigkeit, ohne dass sich etwas änderte. Die Krümmung des Tunnels war immer gleich. Nur Nischen und Lüftungsschächte in der Wand versicherten uns, dass wir nicht auf der Stelle gingen.

„Wie lang ist der Gang?", fragte Juri.

„Hundert Kilometer."

„Was?" Juri blieb stehen.

„Stehend kommen wir nie an!“ Greg ging weiter.

„Vielleicht sagst du uns einfach, wo wir sind und wie lange wir noch gehen.“

„Kommt und seid …“ Greg hielt inne und streckt seinen Roboterarm nach oben. Seine Hand verwandelte sich in einen große Empfängerschale.

„Schnell!“ zischte er und sprintete mit großen Schritten weiter. Juri und ich sahen uns kurz an, dann stürzten wir hinterher. Ein Schub fuhr durch meinen Körper. Gregs Zischen war ernst und ängstlich gewesen. Ich rannte um mein Leben. Neben mir schnaubte Juri wie ein Pferd.

Plötzlich schlug Greg einen Haken nach rechts in einen kleinen Schacht. Juri und ich schlitterten an dem Eingang vorbei und mussten zwei Schritte zurück, um Greg in die Abzweigung zu folgen. Darin drückte er sich an die Wand und winkte uns hinter sich.

„Macht die Kontaktlinsen aus. Macht alle Elektronik aus, die ihr noch dabeihabt. Schnell.“ Er war kaum außer Atem.

„Wieso, wer?“ Ich bekam kaum Luft.

„Schnell.“

Ich kramte den externen Computer aus meinem Rucksack und versicherte mich, dass er aus war. Dann tippte ich mir ins rechte Auge und stand im Dunkeln. Alles, was ich wahrnahm, war das langsam ruhiger werdende Atmen von Juri und mir.

Aus dem großen Gang war ein leises Surren zu hören. Erst war ich mir nicht sicher, ob es wirklich da war oder nur in meinem Ohr, doch es wurde lauter und irgendwann bestand kein Zweifel mehr. Eine Drohne kam im Tunnel näher.

Ich lehnte mich leicht nach vorne und blickte an Juri und Greg vorbei zum Eingang des Schachtes. Ein schwaches, rotes Licht schimmerte aus der Richtung, aus der wir gekommen waren. Greg schmetterte mich zurück an die Wand. Mein Rücken brannte.

Das Surren wurde lauter. Ein Schweißtropfen lief von meiner Stirn über meine Nase und blieb an meiner Nasenspitze hängen. Das Kitzeln war unerträglich.

Ich versuchte den Tropfen abzuschütteln, doch es war zu spät. Ich musste niesen. Juri hörte, wie ich tief Luft einsog, und reagierte blitzschnell. Er packte meinen Kopf und presste seine Hand auf Mund und Nase. Der Druck des zerquetschten Niesens dröhnte in meinem Schädel.

Die Drohne erreichte den Schachteingang. Das rote Schimmern der Laser war so hell, dass ich die Umrisse von Juri und Greg sehen konnte. Greg hatte seinen Roboterarm in Richtung Tunnel ausgestreckt und hielt einen schmalen, menschengroßen Schirm vor uns, sodass er uns Schatten vor den roten Lasern spendete. An die Wand gepresst hielt ich die Luft an.

Die Laserstrahlen scannten den Boden und die Wand vor uns. Im Augenwinkel sah ich, wie sie über Gregs Schirm fuhren.

Ein Laserstrahl bewegte sich langsam auf Juris Schuhspitze zu, die aus dem Schatten ragte. Ich stieß ihn mit meinem Knie an, doch es war zu spät. Der Laserstrahl traf den Schuh und stoppte. Juri senkte seinen Kopf und sah, was ich sah. Ich konnte hören, wie er panisch Luft einzog. Es hätte mich nicht gewundert, wenn er sich in die Hose gemacht hätte.

Den Fuß fixiert flog die Drohne in den Schacht hinein. Das rote Licht wurde heller. Wenn sie den Schirm passierte, würde sich mich als erstes sehen. *Sie wird jeden Moment umdrehen*, betete ich und überlegte, ob ich rennen sollte, um die anderen zu retten. Sie war kurz davor den Schirm zu passieren, da gab es einen lauten Knall und das rote Licht erlosch. Greg hatte die Drohne gegen die Wand gedonnert.

„Jetzt haben wir noch wenige Minuten. Los." Greg rannte zurück in den Gang. Wohin, konnten wir nicht sehen. Wir sahen überhaupt nichts und folgten, so gut es ging, dem Geräusch von Gregs Schritten.

„Wo bist du?"

„Macht die Linsen wieder an."

Ich tippte mir ins Auge und das Raster erschien. Wir liefen Greg hinterher durch den gebogenen Tunnel.

„Was war das denn?", fragte ich keuchend.

„Security."

„Brechen wir ins CERN ein?"

„Es ist besser, ihr werdet nicht als Computerlose registriert."

„Wir haben unsere Bodycoms doch rausgenommen, damit wir nicht registriert werden."

„Genau. Aber hier werden alle registriert. Das CERN wird als Zufluchtsort geduldet, weil es harte Maßnahmen gegen Kriminelle und Illegale gibt."

„Aber wir haben meinen Externen. Außerdem sind wir nicht kriminell."

„Strenggenommen schon."

Joggend checkte Greg immer wieder verschiedene Signale mit seiner Computerhand. Durch das monotone Hallen unserer Schritte und die sich nicht ändernde Biegung des Tunnels schien die Zeit stehenzubleiben. Ich konzentrierte mich auf meine Schritte und den Atemrhythmus. Das nahm mir die Angst und ich vergaß, wo wir waren. Doch meine Beine wurden immer schwerer. Und als Greg stehen blieb, begann ich zu schwitzen wie eine Sau und meine Beine wogen Tonnen.

„Hier hoch." Wir standen vor einer Sprossenleiter wie die, die wir herabgestiegen waren. Greg stieg sie etwa halb so weit nach oben und öffnete die Luke zu einem finsteren Raum.

„Linsen aus."

Das wenige Licht fiel durch Risse in der Abdeckfolie, mit der die Fensterscheiben zugeklebt waren. Die dünnen Lichtstreifen, in denen dichte Staubschleier trieben, fielen auf alte Möbel, Umzugskisten, Roboterteile und anderer Elektroschrott türmten sich bis unter die Decke.

Greg hob zwei große Kisten aus dem Weg, schob ein Regal auf die Seite und winkte uns zu einer mit Folie beklebten Glastür. Als wir bei ihm waren, stellte er den Schrott und die Kisten wieder hinter uns in den Weg zur Luke. Dann öffnete er die Türe gerade so weit, dass wir uns hindurchzwängen konnten.

Draußen war es taghell und laut wie in einem Bahnhof. Ich musste die Hand vor meine Augen nehmen, um nicht zu erblinden. Ich blinzelte zu meinen Füßen, doch selbst an die hellen Bodenplatten musste ich mich erst gewöhnen. Das Erste, was ich sah, waren die unendlich vielen Beinpaare des Gedränges, in dem wir standen.

Mit der Hand über den Augen hob ich den Kopf. Wir befanden uns auf der untersten Ebene eines Bauwerks, das am ehesten an ein Einkaufzentrum erinnerte. Auf beiden Seiten des breiten Wegs ragten dreistöckige Fassaden mit tiefen, durchgängigen Balkonwegen in die Höhe, auf denen genauso viel los war. Aber statt Läden mit Schaufenstern erkannte ich zwischen Büros und Restaurants hauptsächlich Wohnungen. Von der dunklen Decke über uns hingen große, runde Strahler, die alles ausleuchteten. Wir mussten immer noch unter der Erde sein.

„Nicht stehenbleiben", ermahnte Greg und bahnte sich einen Weg durchs Gedränge. Es war nicht leicht, ihm zu folgen. Immer wieder blieb mein Blick an den Menschen hängen, die uns entgegenkamen.

Ein Viertel der Menschen waren normale Homo Sapiens aus allen Teilen der Erde. Einige waren Cyborgs, die wie Greg Roboter-Prothesen hatten, aber ansonsten sah man ihnen nicht an, dass sie Fakes waren. Aber der Rest waren Menschenwesen, wie ich sie mir niemals hätte vorstellen können.

Da war eine Gruppe ein Meter großer Anzugträger, eine mindestens drei Meter große Frau, die mit zügigen

Riesenschritten an uns vorbeieilte. Als ich zu ihr hochblickte, sah ich Tauben über unsere Köpfe hinwegfliegen, die wie Glühwürmchen leuchteten. Ein Junge mit vier Armen unterhielt sich mit seinem moosbewachsenen Freund. Ich sah eine Frau mit weißem Fell am ganzen Körper und einen Mann mit durchsichtiger Haut, bei dem man Adern, Muskeln und das Fett an Hals, Kopf und Händen sehen konnte. Bei seinem Anblick wäre ich beinahe in ein siamesisches Zwillingspaar gelaufen, bei dem sich zwei Oberkörper drei Beine teilten und ich musste schwungvoll ausweichen.

Da hatte ich Greg und Juri aus den Augen verloren. Ich suchte die Menge nach einem großen Mann mit Pferdeschwanz ab. Aber Greg war nirgendwo zu sehen. Ich überlegte, ob ich ein Stockwerk nach oben gehen sollte, um einen besseren Überblick zu haben. Da packte Juri meinen Arm und zog mich zurück in die Spur hinter Greg. „Siehst du die Leute?“ Seine Augen leuchteten.

Greg führte uns in eine schmale, ruhige Seitengasse mit nummerierten Türen. Er öffnete die 042 und wir betraten ein Einzimmerapartment mit einer Küchenzeile, einer Couch und einem virtuellen Fenster in der Wand, das eine Korallenlandschaft mit bunten Fischen zeigte.

Ein Wink mit Gregs Roboterarm und ein Tisch und drei Stühle fuhren aus dem Boden. Greg ließ sich auf einen der Stühle sinken und rieb sich laut seufzend das Gesicht mit seiner Fleischhand. Erst da erkannte ich, wie angespannt er gewesen war. Er wirkte erleichtert, dass wir sicher angekommen waren. Ich setzte mich auf die Couch.

„Können wir nochmal raus?"
„Nein." Gregs Gesicht blieb ausdruckslos.
„Wieso nicht?"
„Zu riskant."
„Hier ist so viel los, wir fallen doch gar nicht auf."
„Du schon."
„Aber…"
„Ich will nicht in Schwierigkeiten geraten."
„Wieso Schwierigkeiten?"

Greg zog sein Shirt aus, griff sich an die Schulter, drehte den Roboterarm ab und steckte ihn in einen Ladestecker in der Wand.

„Du bist doch auf der Flucht, oder nicht?"

„Schon, aber sie wissen doch noch gar nicht, dass ich weg bin."

„Was ist das CERN überhaupt?", fragte ich, um die Diskussion zu beenden. Ich war müde und wollte nicht noch mehr latschen.

„Der Tunnel, durch den wir gekommen sind, hätte die neue Teilchenbeschleuniger-Generation werden sollen – der größte der Welt. Aber die Anlage ging nie in Betrieb. Das CERN wurde zum Symbol für ausrangierte Wissenschaften und zum Zufluchtsort für Fakes aus der ganzen Welt. Sie bauten das Tunnelsystem aus und machten es zur Fake-Enklave, die es heute ist."

„Aber wir sind doch Fakes." Juri ließ nicht locker.

„Hör gut zu. Ich weiß nicht, ob du's begriffen hast, aber du bist ein Forschungsexperiment und *gehörst* Neanderpharma.

Sie geben sich zwar Mühe, es nicht so aussehen zu lassen, aber du bist ihr Eigentum – ein möglicherweise sehr wertvolles Eigentum."

Juri sah auf seine Füße. Er schien nicht überrascht zu sein.

„Hast du deswegen die Drohne ausgeschaltet?", fragte ich.

„Fakes werden hier zwar alle aufgenommen und geduldet, aber auch sie werden registriert. Juri wäre sofort erkannt worden. Deswegen der *Hintereingang*." Greg malte zwei Gänsefüßchen in die Luft.

„Leben hier nur Fakes?"

„So gut wie."

„Wie viele Fakes gibt es auf der Welt?"

„Mehr als man denkt."

„Sag schon."

„Man weiß es nicht. Aber es gibt bestimmt einige, die gar nicht wissen, dass sie Fakes sind, so wie du bis vor ein paar Tagen."

Ich bin ein Fake. Wieder zerquetschte der Gedanke meinen Magen.

„Bist du einer?", fragte Juri.

„Naja, ich hab den hier." Er nickt in Richtung seines Roboterarms und lachte. Es war das erste Mal, dass er seine kurzen Zähne zeigte. „Aber meine Gene sind von meinen Eltern und die haben ihre von ihren Eltern und davor gab's noch keine Fakes."

„Wieso bist du da so sicher?" Juri konnte kein bisschen verstecken, dass er Greg nicht mochte.

„Tests."

„Und woher kennst du meine Oma?"

„Dein V… Sie ist eine alte Freundin von mir."

„Mein was? Meinen Vater? Kennst du ihn?" In mir begann es zu brodeln.

„Ich kenn' deinen Vater nicht."

„Du hast doch gerade gesagt, *dein V….* Was sollte das heißen?"

Greg ignorierte mich. Mein Instinkt wurde wachgerüttelt.

„Ich hab's auch gehört", sagte Juri.

Ich sah Juri an und konnte fühlen, wie das Brodeln in mir abkühlte. Wie an dem Nachmittag, als er innerhalb von Sekunden meine Harmonie wieder hergestellt hatte. *Wie machte er das?*

„Versprochen. Was weiß ich", sagte Greg.

„Wieso hast du meiner Oma einen Gefallen geschuldet?"

„Ihr habt sicher Hunger." Greg zog drei Schachteln mit Fertiggerichten aus einem Wandfach und gab uns je eins. Meins war Reis mit Gemüsecurry.

„Wie kriegen wir Pässe?", fragte Juri.

„Kontakte. Kann bisschen dauern."

„Und wo gehen wir dann hin?"

„Süden. Mittelmeer."

Nach dem Essen sah ich im virtuellen Fenster einen Fisch an einer Koralle knabbern und fragte mich, wie viele Fische und Korallen in den Meeren wohl Fakes waren.

Plötzlich hatte ich einen Popcorneimer in der Hand. Doch darin war kein Popcorn, sondern zappelnde Garnelen. Ich griff mit der Hand hinein, steckte mir eine Handvoll in den Mund und kaute. Die Panzer knackten zwischen meinen Zähnen.

„Hör endlich auf, den Haien die Shrimps wegzuessen! Sonst werden sie uns ewig jagen", schrie Greg neben mir. Er steuerte das U-Boot, in dem wir saßen, durch die riesigen Korallen des Riffes. Ich drehte mich und sah durch die Heckscheibe, wie gewaltige Haigebisse nach uns schnappten.

Greg zog am Steuerknüppel. Das U-Boot drehte nach oben ab und wenig später schoss es wie eine Rakete aus dem Wasser. Wir flogen senkrecht, bis wir die Erdanziehungskraft verlassen hatten, schwebten kurz und stürzten wieder ab.

Juri lehnte sich von dem Rücksitz nach vorne, zog mich nach hinten und riss die Tür auf. „Nimm den Besen!", schrie er und schubste mich aus der Rakete.

Ich griff den Besenstiel zwischen meinen Beinen wie beim Quidditch. Doch der war weich und fleischig und als ich hinsah, hatte ich einen langen Penis in der Hand. Es schüttelte mich. Der Boden raste näher.

„Tut mir leid, dass ich es dir nicht früher gesagt habe", sagte mein Vater, der auf einmal neben mir auf einem Besen aus dem Himmel fiel, „aber wie du siehst, bist du gar kein Mädchen."

Fast hatten wir den Boden erreicht.

„Aber die gute Nachricht ist", rief Juri hinter uns, „ich bin auch kein Junge."

Dann schlug ich auf dem Boden auf und fuhr - die Augen weit aufgerissen - aus dem Schlaf. Ich lag in schweißnassen Klamotten auf der Couch. Meine Arme waren in der Decke verknotet, die jemand über mich gelegt hatte.

Juri schlief auf einem aus der Wand geklappten Bett. Ich fasste mir zwischen die Beine und musste lachen. Natürlich war es nur ein Traum gewesen, doch die Frage, wie meine Eltern meine Gene verändert hatten, war noch nie so fassbar. *War ich unsterblich? War etwas schief gegangen und ich würde bald sterben? Dann würde es Sinn machen, dass sie verschwunden waren. Obwohl, auch dann nicht. Es machte nie Sinn.* Insgeheim hoffte ich, dass sie mich auf eine Art manipuliert hatten, die mich für Analysen undurchschaubar machte.

Plötzlich fuhr Juri aus dem Schlaf und sah sich erschrocken um. „Was ist passiert? Wie bin ich ins Bett gekommen?“

14.

„Hast du dich nicht hingelegt?“

„Das Letzte, woran ich mich erinnern kann, ist, dass ich dort gegessen habe. Wo ist Greg?“

„Keine Ahnung. Ich bin auch eben erst aufgewacht.“

„Was zum Sapiens. Wir haben fünfzehn Stunden geschlafen.“ Juri zeigte auf die Uhr im Fenster. „Deswegen habe ich auch schon wieder Hunger.“

„Vielleicht die Tabletten.“

„Fünfzehn Stunden durchschlafen? Er muss uns was ins Essen oder in das Wasser getan haben. Bist du sicher, dass wir ihm trauen können?“

„Jetzt nicht mehr.“

Juri stand auf und öffnete nacheinander die Wandschränke. In einem fand er Instantkaffee und eine Banane groß wie ein Baguette. Als er mir ein Stück davon gab, musste ich an den Traum denken und lachte.

„Was ist?“

„Äh, nichts. Ich hab‘ mich nur gefragt, wie ich manipuliert wurde, und gedacht, vielleicht kann ich besonders lange die Luft anhalten."

„Gibt Schlimmeres. Durchsichtige Haut zum Beispiel." Er biss von der Banane ab und trank einen Schluck Kaffee.

„Lass uns nochmal rausgehen und umsehen", schlug ich vor.

Juri überlegte. „Sicher? Wir haben keine Pässe."

„Wo sollen wir hier registriert werden?"

„Ich traue Greg nicht, aber wir brauchen die Pässe von ihm."

„Wir kommen ja wieder."

Juris Mine wurde heller. „Vielleicht finden wir Prähistorische, die außerhalb von Neanderpharma leben."

„Ich zieh mich noch um und dann gehen wir los."

„Ich müsste auch mal. Aber wo soll hier die Toilette sein?"

Wir tasteten die glatten Wandelemente ab, suchten nach versteckten Schaltern und nach der Apartment-Bedienung im Fenster, aber nichts. Ein Apartment ohne Brain-Link zu steuern, war schwerer als gedacht.

„Wenigstens umziehen muss ich mich", sagte ich nach einer Viertelstunde.

„Klar", sagte Juri und guckte mich weiter an. Einen unangenehmen Moment lang dachte ich, er wartete darauf, dass ich anfing mich auszuziehen. Dann kapierte er. „Ah, sorry. Ich hätte nicht … tut mir leid, ich hab's nicht gecheckt." Er schüttelte seinen Tagtraum aus dem Kopf und drehte sich um.

Draußen stieg freudige Aufregung in mir hoch. Wir gingen zurück auf die breite, belebte Straße. Es war genauso viel los wie am Vortag. Überall tummelten sich Fakes, denen man es ansah, welche, denen man es nicht ansah, Cyborgs und Roboter.

„Wohin?“

„Da lang.“ Juri zeigte über beide Ohren grinsend in die Richtung, wo der Weg breiter wurde.

„Okay.“

Noch bevor wir einen Schritt tun konnten, packte mich eine Hand am Oberarm und zog mich zurück in die Gasse. Im Stolpern sah ich zur Seite. Juri war im festen Griff von Gregs Roboterarm.

„Mitkommen“, grummelte er, während er uns zurück zu seinem Apartment schleifte.

„Lass los“, sagte ich und packte Gregs Hand, mehr streichelnd als wehrend.

Nachdem sich die Tür hinter uns geschlossen hatte, löste er seinen Griff. „Bald habe ich die Pässe, dann könnt ihr raus.“

„Du hast uns Schlafmittel gegeben.“ Juris Oberlippe zitterte vor Wut. Erstmals in seiner Anwesenheit erwachte mein Instinkt.

„Nein. Wie kommst du darauf?“ Gregs Stimme blieb ruhig, aber das Funkeln in seinen Augen verhieß nichts Gutes. Ich sah zu Juri, der Greg fixierte. Mein Instinkt wurde mächtiger und ich war nicht mehr in der Lage, die Situation richtig einzuschätzen. *Würden Greg und Juri kämpfen?* Die Vorstellung machte mir Angst, aber sie erregte mich auch.

„Wieso sind wir dann beide direkt nach dem Essen eingeschlafen und zur gleichen Zeit wieder aufgewacht?“ Juris Stimme wurde lauter.

„Die Tabletten.“

„Fünfzehn Stunden?“ Juri sah mich an. Sein Blick ließ meinen Instinkt sofort verpuffen. Es war, als hätte sich der Nebel vor meinen Augen gelichtet. Ich hatte keine Angst mehr und auch keine Fantasien. Aber dann passierte mehr. Ein beißendes Gefühl kletterte meinen Rücken hinauf. Es war warm, aber ätzend. So etwas hatte ich noch nie gespürt. War das Wut?

„Es waren starke Tabletten.“ Greg holte sein Mäppchen und die Kartuschen, mit denen er die Schweine betäubt hatte, aus den Taschen seiner Anglerweste und legte sie auf den Tisch. Juri, aus dessen Augen jetzt zweifelsohne Angst leuchtete, nahm meine Hand und zog mich zu sich.

Die Berührung löste den Stress nicht, aber sie sorgte für Klarheit. In einem angespannten Impuls von Tatendrang sah ich vor mir, was zu tun war. Ich nahm mir ein Stück Banane von der Ablage. Mein Herz raste. „Kannst du uns wenigstens was Richtiges zum Essen besorgen?“

„Kann was ordern.“ Greg lehnte sich zurück und schraubte seinen Roboterarm ab. Sobald er ihn aus der Fassung gedreht hatte, warf ich ihm zur Ablenkung das Stück Banane zu, nahm eine Kartusche vom Tisch und sprühte ihm eine Ladung ins Gesicht. Sofort ließ er seinen

Roboterarm fallen und presste sich die Hand auf Nase und Mund.

Juri und ich stürzten aus der Wohnung, sprinteten zum Hauptgang und bogen rechts ab. Wir flitzten durch die Menge, nahmen mehrere Abzweigungen und wurden erst langsamer, als wir keine Luft mehr bekamen und uns sicher waren, dass uns Greg nicht mehr auf den Fersen war.

„Hat es ihn ausgeknockt?", keuchte Juri.

„Keine Ahnung. Er hat sich den Mund zugehalten. Aber ich glaube, seine Augen sind nach hinten gerollt."

„Zurück finde ich jetzt nicht mehr."

„Ich weiß nicht, ob ich zurück will zu dem Verrückten."

„Wir müssen."

Ich war mir unsicher. Einerseits vertraute Oma ihm, andererseits war es mehr als gruselig, dass er uns was untergemischt hatte.

Wir bahnten uns staunend einen Weg durch den mal mehr, mal weniger dichten Menschenstrom und hielten Ausschau nach Prähistorischen. Aber es war nicht leicht, aufmerksam zu bleiben. Immer wieder gaffte ich merkwürdigen Fakes nach.

Da war eine Frau, die so muskulös war, dass ihre Arme und Beine aussahen wie pralle Luftballons und ihre Finger wie krumme Kartoffeln. Aber zwischen den prallen Schultern war ein ganz normaler Kopf. Sie hätte auch in einem aufblasbaren Kostüm stecken können. Juri war anzusehen, wie wohl er sich fühlte, dass er nicht der Auffälligste war.

Mein Blick folgte einer Frau auf die obere Etage, die eine schuppige Haut hatte wie ein hellbraunes Chamäleon. Da tauchte neben ihr jemand auf, der mir bekannt vorkam.

„Da. Das ist doch ein Homo Habilis?"

Juri fuhr herum. „Wo? Ich will mit ihm sprechen. Vielleicht ist sie auch von Neanderpharma." Er lief los. Ich folgte ihm. Den Blick auf der oberen Etage, schlängelten wir uns durch die Menge. Erst hatte ich Sorge, Juri würde mir davonlaufen, aber er rannte nicht viel schneller als ich.

„Er ist in den Durchgang."

Wir liefen eine Rampe hoch auf den ersten Stock und bogen in den Durchgang, der in einen anderen Gewölbeteil führte. Doch sobald wir den Bereich zwischen den zwei Säulen betreten hatten, begannen unsere Füße und Beine zu bitzeln und zu brennen. Wir sprangen zurück.

Ohne Probleme gingen Leute an uns vorbei in beide Richtungen durch den Eingang. Juris Blick folgte der Homo Habilis. Doch sie war bald im Gedränge verschwunden. Nochmal setzte Juri seinen Fuß in den Eingangsbereich und wieder verzog er das Gesicht. Einen weiteren Schritt zu gehen, war undenkbar.

„Was soll der Scheiß?" Juri war anzusehen, dass es ihn Überwindung kostete, es nicht ein drittes Mal zu versuchen. Zwei starke Frauenhände umfassten unsere Handgelenke.

„Weg hier. Noch hat euch niemand registriert", sagte jemand mit ruhigem, aber bestimmtem Ton und marschierte mit schnellen Schritten davon.

Sie hatte schwarzes, schulterlanges Haar, das mit jedem Schritt hin und herschwang. Sie trug ein schwarzes T-Shirt und eine weiße, abgetragene Jeans. Ihre kraftvollen Schritte verrieten, dass sie nicht sehr alt sein konnte.

„Wer bist du?“, fragte Juri.

„Der Boden hält nur illegale Computerlose auf.“

Mir wurde übel und, obwohl ich wusste, dass ich selbst schuld war, warf ich Juri einen wütenden Blick zu. Auch in seinen Augen lag Angst. Wir folgten der Frau einige Abzweigungen, bis sie in einer ruhigen Seitengasse abrupt stehenblieb und sich zu uns umdrehte. Von ihrem langen Pony halb verdeckt starrten uns schwarze Augen an. Sie drehte unsere Handgelenke und begutachtete die unmissverständlichen Narben.

„Ungewöhnlich“, murmelte sie und löste ihren Griff.

„Was wäre passiert, wenn wir registriert worden wären?“

„Festnahme, Prüfung, Auslieferung“, murmelte sie mit unverändert bohrendem Blick. „Wie heißt ihr und was macht ihr hier?“

„Ich heiße Lulu.“

„Juri.“

„Eka.“ Sie hob mechanisch die Hand. „Also, was macht ihr hier?“

„Einen Freund besuchen.“

„Du bist ein Prähistorischer.“

„Ja, Denisowa.“

„Woher?“

„Neanderpharma.“

Eka nickte. „Wie bist du hierhergekommen?"

„Ausflugsgenehmigung."

„Und dann bist du abgehauen." Eka sprach kalt und monoton wie ein Polizeiroboter. „Keine Sorge. Ich werde euch nicht verraten, glaube ich."

„Was heißt, du *glaubst*?"

„Ich habe keine Gefühle und Überzeugungen. Ich muss oft lange überlegen, bevor ich eine Entscheidung treffe. Also werde ich euch helfen, solange ich euch für ungefährlich halte."

„Was?"

„Ich fühle nichts. Keine Angst, kein Mitleid, keine Freude. Ihr seid mir egal."

„Und du nennst *uns* ungewöhnlich?" Juri lachte. „Aber wieso hast du uns weggezogen?"

„Ich versuche, zu helfen, wo ich kann. Nichts macht Menschen so glücklich, wie zu helfen, und Glück macht gesund, ob man es spürt oder nicht. Das ist erwiesen. Und auch wenn es mir egal ist, sagt mir etwas, dass ich gesund bleiben sollte."

Juri schwang sein Bein zurück und trat Eka mit voller Wucht gegen das Schienbein. Sie verzog keine Miene.

„Bitte lass das!"

„Sorry. Ich wollte …"

„Viele machen sowas. Ja, ich habe kein Schmerzempfinden. Nochmal: Was macht ihr hier?"

Juris Blick ging zu Boden.

„Einen Freund besuchen", sagte ich.

„Natürlich, aber wie kommt ein Neanderpharma-Denisowa ohne hierher?“

„Lulu hat geholfen, mich zu befreien.“

Das Wort klang nach, *befreien*.

„Und ihr kennt hier jemanden?“

„Ja, er heißt Greg.“

„Wo ist er?“

„Unterwegs“, sagte ich, bevor Juri zu viel verraten konnte. Auch wenn sie uns geholfen hatte, war Ekas Roboterart nicht zu trauen.

„Wer ist dieser Greg?“

„Ein Freund.“

„Und wieso seid ihr alleine unterwegs?“

„Wir machen einen kleinen Spaziergang.“

„Und Greg hat euch ohne Computer rausgelassen.“

„Ja.“

„Kennt ihr euch aus?“

„Ja“, sagte ich und sah fragend zu Juri. Sein gezwungenes Lächeln sagte, dass er keine Ahnung hatte. „… Nicht genau.“

Eka nahm ihren Nasenrücken zwischen Daumen und Zeigefinger und schloss die Augen. Juri sah mich ratlos an. Er legte die rechte Handkante in die Fläche der Linken und drehte sie. Ich hatte keine Ahnung, was das bedeutete und zuckte mit den Schultern.

Juri gab auf. „Was überlegst du?“

„Ich überdenke, ob ich euch helfen kann.“

Juri und ich sahen uns an. Hatten wir was Falsches getan? Ich wollte was Harmloses sagen. Babytiere waren das Ungefährlichste, was mir einfiel, aber was sollte ich jetzt von Babytieren erzählen? Dass ich sie auf keinen Fall essen wollte?

„Kennst du eine prähistorische Person?", fragte Juri.

„Ja. Wieso?"

„Ich will sie kennenlernen."

„Warum?"

„Ich muss wissen, wie es ist, als Denisowa frei zu leben."

„Ich kenne eine Denisowa. Aber ich muss sie fragen, ob und wo du sie treffen kannst." Wieder schloss Eka die Augen und überlegte.

„Wo finden wir was Gutes zum Essen?" Juri wollte ihr auf die Sprünge helfen. Offensichtlich war es ihm genauso wenig geheuer, wie mir, wenn Eka überlegte.

Eka sah auf. „Kommt mit."

Ich hätte gerne widersprochen. Ekas emotionslose Art war zu gruselig. Aber hier sah alles gleich aus und ich wollte nicht nochmal in einem Durchgang hängenbleiben und im schlimmsten Fall registriert werden. Außerdem schien Juri sie gut von ihren Überlegungen ablenken zu können.

Eka führte uns durch Gassen und Gewölbe auf den zweiten Stock zu einer Reihe Essensstände. Es gab die unterschiedlichsten Gerichte und es duftete herrlich. Bei einem Roboter mit Wok-Bauchladen bestellte sie gebratene Nudeln und winkte mich herbei. „Habt ihr Geld?"

„Ja."

Es war das erste Mal, dass ich nicht mit Gedanken zahlen konnte, sondern mit meinem Externen zahlen musste. Eigentlich war nichts dabei. Aber meine Hände zitterten, als ich ihn aus der Tasche kramte, und ich hatte das Gefühl, meine Finger würden sich verknoten. Doch weder dem kochenden Roboter noch sonst jemandem fiel es auf. Zwei Portionen kosteten 80 Kröten. Wir setzten uns auf drei der kleinen Hocker an der gläsernen Balustrade und aßen die Nudeln mit Stäbchen.

„Was ist mit deinem Brain-Link?", wollte ich wissen, „Kann der dich nichts spüren lassen?"

„Ich habe einen, aber nutze ihn nie. Er kann mir keine Gefühle geben, sondern mir nur Reaktionen empfehlen. Die wären aber nie echt. Als Juri mich getreten hat, hätte er mir empfohlen, zu schreien. Allerdings etwas verzögert. Und man wird nicht ernst genommen, wenn man verspätet reagiert. Außerdem bin ich immer noch ein Mensch und will meine eigenen Entscheidungen treffen. Ich nutze meinen Brain-Link nur, wenn ich gar nicht mehr weiter weiß."

„Hast du mal eine Analyse gemacht?", fragte ich. Die eigene Entscheidung treffen zu wollen, das verstand ich nur zu gut.

„Ja. Das war das Beste, was mir passieren konnte. Sie empfahl mir, mich mit Philosophie zu beschäftigen und logische Prinzipien zu finden. Die machen mich vielleicht nicht glücklich, aber sie geben mir Regeln, nach denen ich sinnvoll handeln kann."

Ich schluckte. Sogar Eka, die keine Gefühle hatte, war von der Analyse überzeugt. Das machte sie noch unsympathischer und ihr Schmatzen noch unerträglicher. Wahrscheinlich hatte die Analyse bei ihr nur so gut geholfen, weil sie selbst eine Maschine war, eine, die aß, wie eine wiederkauende Kuh. Es stellte mir die Haare auf und gleichzeitig hätte ich ihr gerne zärtlich die Soße aus dem Mundwinkel gestrichen.

„Meinst du, ich kann die Denisowa heute noch treffen?", fragte Juri mit vollem Mund. „Es kann sein, dass wir bald wieder abreisen."

„Ich frage sie."

Die Antwort kam nur wenige Minuten später. Die Denisowa hieß Caro und war in einem Club namens Detektor. „Sollen wir gleich hin?"

„Ja." Juri nickte kräftig.

Auf dem Weg fiel mir auf, dass Eka nicht nur wie ein Roboter redete, sondern sich auch wie einer bewegte. Ihre Arme und Beine schwangen unmenschlich steif wie mechanische Pendel.

Ich musste an meinen Nachbar Peter denken, der mir erzählt hatte, dass es humanoide Roboter gab, die keinen pinken Hals hatten. Ich hatte ihm das nie geglaubt, aber der gefühlslosen Eka, die mit zwei Stöcken im Hintern marschierte, hätte ich zugetraut, so eine zu sein.

Sie schielte immer wieder zu uns und achtete darauf, dass wir zusammenblieben. Manchmal murmelte sie auch vor sich hin und zuckte, als würde sie hängen wie eine kaputte Platte. Das unwohle Gefühl drängte sich auf, dass wir ihr nicht trauen sollten.

Ich versuchte, Juri zu warnen. Aber immer, wenn sie uns kurz aus den Augen ließ und ich ihn anrempeln wollte, positionierte sie sich wieder neben uns. Ich bekam schwitzige Hände und einen heißen Hals. Aber noch bevor ich Juri von meinen Sorgen erzählen konnte, waren wir beim Detektor angekommen.

15.

Wir erreichten eine feuchte, verwahrloste Gasse und standen vor einer Art Notausgang. Die Tür vibrierte vom Bass der Technomusik dahinter.

„Wartet. Ich werde euch gleich hier aufmachen", sagte Eka und verschwand.

„Lass uns abhauen!" Ich wusste, es klang verrückt, aber es musste raus.

„Wieso?"

„Eka hat sie nicht alle."

„Und? Ohne sie wären wir registriert worden."

„Ich glaube, sie will an Greg ran, weil er uns reingebracht hat."

„Wo sollen wir hin?"

Ich überlegte. Vielleicht war es nicht die beste Idee gewesen, Greg zu attackieren. Was war da eigentlich in mich gefahren?

„Sie hat keine Gefühle", versuchte Juri mich zu beruhigen.

„Sie muss nur denken, dass wir gefährlich sind. Außerdem … vielleicht ist sie ein Roboter."

Juri warf seinen Kopf in den Nacken und brüllte vor Lachen. „Meinst du das ernst? Du hast doch ihren Hals gesehen."

„Hier unten kann man nicht wissen."

„Ich will nur ihre Denisowa-Freundin treffen."

„Wieso hast du gesagt, dass ich *geholfen* hab', dich zu *befreien*?" Die Angst, dass mich Juri ausgenutzt hatte, lief als kalter Schauer meinen Rücken hinunter.

„Hast du ja. Ohne dich wäre ich nie weggekommen."

„Heißt das, du wolltest *nur* weg?" Mir wurde unwohl. Juris Augen waren kalt. Ich durchsuchte sie nach ihrer beruhigenden Wirkung. Doch da war nichts. Für einen kurzen Augenblick bekam ich Angst, er hätte sie verloren. Dann brachte mich seine ruhige Stimme wieder ins Gleichgewicht.

„Ich hab' doch gesagt, dass ich weg will."

Mit einem schrillen Quietschen ging die Tür auf und das Wummern der Musik wurde lauter. Eka streckte ihren Kopf aus dem dunklen Spalt und winkte uns zu sich.

„Ich will mit ihrer Freundin sprechen, dann finden wir schon einen Weg." Juri ging hinein.

Ich folgte ihm. Drinnen gingen wir ein Stück zwischen Wand und einem Vorhang entlang und traten dann durch einen Schlitz in eine schwach beleuchtete Kantine mit gepolsterten Sitzbänken. Nur vereinzelt saßen Leute an den Tischen.

„Caro ist schon da“, rief Eka über die Musik und brachte uns zu einem Tisch, wo eine Denisowa saß. Sie war etwas älter als wir und sehr hübsch. Eka setzte sich neben sie, wir uns ihnen gegenüber. Juri und Caro konnten die Augen nicht voneinander lassen und lächelten sich lange an.

„Bist du auch von Neanderpharma?“, fragte ich, um mich bemerkbar zu machen.

Caro legte ihren Arm auf den Tisch. „Nein, von einer ähnlichen Firma im Senegal.“ Sie nutzte ihren Brain-Link und ihren Bodycom, um Gedanken direkt auf deutsch zu übersetzen.

„Wie bist du geflohen?“, fragte Juri.

„Ich durfte gehen. Musstest du fliehen?“

„Ich habe eine Reisegenehmigung, aber nur für ein Wochenende. Länger darf ich nicht weg und hierher hätte ich niemals gedurft.“

Caro sah unsere getackerten Arme und ihre Augen wurden ernst.

„Bei uns gab es auch Fakes, die nicht gehen durften. Meistens, weil sie besonders waren. Ich habe mal von einem gehört, der nicht gealtert ist. Sie haben ihn behandelt wie ein rohes Ei. Der durfte nirgendwohin.“

„Wie lange bist du schon draußen?“ Juri himmelte sie an, als wäre er seinem Kindheitsidol begegnet.

„Ein halbes Jahr.“

„Warst du die ganze Zeit hier?“

„Nein, hier bin ich erst ein paar Wochen.“

„Wie ist es?“

„Nicht leicht, aber schön“, säuselte Caro sanft lächelnd. Sie sah Juri tief in die Augen. Für die zwei gab es nichts außer sie beide. Das Schlimmste daran war, dass mir Caro auch gefiel und mich interessierte, was sie zu erzählen hatte. Aber die beiden sahen mich nicht einmal mit dem Arsch an. Sie unterhielten sich gerade so laut, dass nur sie sich verstehen konnten. Juri hatte einfach vergessen, dass es mich gab.

Die Magneten in mir wirbelten wie Kompassnadeln in einem magnetischen Sturm. Juris Anwesenheit allein entspannte mich nicht. Ich stieß ihn unauffällig mit dem Ellenbogen. Doch er sah nur ganz kurz zu mir, sodass ich nichts von seinen Augen mitbekam.

Als ein Roboter anfuhr, um die Bestellung aufzunehmen und Caro nur für Juri und sich Tequila-Sours bestellte, hielt ich das Ziehen und Zerren nicht mehr aus und ging.

Von der Kantine führte ein schmaler Gang auf eine Galerie fünf Meter über einer großen, quadratischen Tanzfläche. Sie war vollgepackt mit tanzenden Menschen, sodass es aussah, als stünde ich über einem riesigen Topf mit kochendem Pudding. Die am Rand wippten nur leicht, aber die in der Mitte sprangen und warfen ihre Arme in die Luft, sodass sie im Blitzlicht aussahen, als würde dort Brei kochen.

Wie hypnotisiert beobachtete ich die verschmelzenden Bewegungen. Es dauerte nicht lange und ich wollte Teil des Breis werden. Mit dem Beat wippend ging ich hinunter. Mit jeder Stufe spürte ich ein wenig mehr Bass in meinen

Fußsohlen und mit jedem Atemzug schmeckte ich ein wenig mehr Schweiß in der Luft. Unten angekommen hatte mein Herz den Puls der Musik übernommen. Ich drängte mich in die Mitte. Als der Bass einsetzte und alle ihre Arme in die Höhe warfen, schossen meine wie von selbst mit hoch und schlugen zur Musik aus wie attackierende Schlangen.

Erst guckte ich mir ab, wie die anderen tanzten, versuchte ähnliche Bewegungen. Dann schloss ich meine Augen und ließ die Musik mit meinem Körper machen, was sie wollte. Ich fuhr mir mit den Handflächen über meinen Kieferflaum und genoss das übermäßige Gewicht meiner Arme.

Mein Körper war harter Teig, den ich weichkneten musste. Mit jedem Schritt, mit jedem Schulterkreisen löste sich ein bisschen mehr meiner Anspannung. Alles rückte in weite Ferne. Ich wollte nicht mehr herausfinden, wer meine Eltern waren und wer ich war. Ich hatte kein Problem mehr mit Caro, Eka oder Greg und hatte auch keine Angst mehr, dass Juri seine beruhigende Ausstrahlung verloren hatte. Ich stampfte und alles fiel ab. Ich wollte alles und mich loswerden, mein genetisches Erbe aus mir herausschütteln, bis nur noch das übrigblieb, was ich behalten wollte. Die Musik half mir, es freizulegen.

Erst als ich durchgeschwitzt und der Durst nicht mehr auszuhalten war, drängte ich mich aus der Menge und ging zurück auf die Galerie und durch den Gang ins Bistro.

Juri und Caro saßen immer noch an dem Tisch. Eka war nicht mehr da. Ich fand es nicht mehr schlimm, dass sich Juri und Caro unterhielten, als gäbe es um sie nichts.

Natürlich hatten sie sich viel zu erzählen. Ich wollte mich einfach dazusetzen und zuhören.

Doch dann sah ich etwas, das mich aus der Bahn warf: Caro nahm Juris Hand, öffnete sie und legte eine schneeweiße, erbsengroße Pille hinein. Dann schloss sie seine Hand wieder. Nach einem intensiven Augenkontakt lehnte sie sich nach vorne, fasste seinen Kopf und drückte ihm einen Kuss auf den Mund - nicht lang, es war nur ein kurzer Schmatzer. Aber Juri schloss seine Augen und war bereit, loszulegen.

Auf einen Schlag begann sich jede meiner Hautzellen an ihrem Nachbarn zu reiben. Mein Körper brannte, als stünde ich nackt in einem Sandsturm. Mit Gewalt entriss ich mich der Anziehungskraft der beiden. Ich drehte auf der Stelle um und verließ den Club durch die Tür hinter dem Vorhang.

Nach ziellosen Abbiegungen durch Gänge und Gewölbe wurde mir nicht nur klar, dass ich klatschnass war und fror, sondern auch, dass ich keine Ahnung hatte, wo ich war oder wo ich hinsollte. Eigentlich konnte ich nur zu Greg, aber wie sollte ich zu ihm finden? Alles sah gleich aus. Ich irrte weiter – mal gehend, mal laufend. In jede Abzweigung setzte ich einen vorsichtigen Schritt, um nicht in eine Elektrofalle zu tappen. Aber alles sah gleich aus.

Doch als ich in einen belebten Flügel bog, sah ich eine Fassade, die mir bekannt vorkam. Es war die zugeklebte Glaswand des Gerümpelladens, durch den wir das CERN betreten hatten. Von dort war es nicht weit zu Gregs Apartment. Ich fand es sofort.

Greg war nicht da. Aber das Bett war in die Wand geklappt und die Kissen auf der Couch in Ordnung gebracht. Juris Tasche und meine standen daneben. Ich legte mich auf die Couch, schloss die Augen und versuchte, die Kräfte in mir zu regulieren, einen klaren Gedanken zu fassen. Dass Juri mich ausgenutzt hatte und jetzt mit einer Denisowa rummachte, quälte mich. Wie gerne hätte ich ihn jetzt bei mir gehabt, um meine Instinkte zu dämpfen. Hätte er es überhaupt noch gekonnt? Ja. Er musste. Wieso hätte er seine Wirkung einfach so verlieren sollen? Außerdem hatte er mir einen Schub gegeben, der mich dazu gebracht hatte, Greg anzugreifen. So etwas hatte ich noch nie gemacht.

Außer meinem Atmen hörte ich nichts. Die Ruhe tat gut. *Ich liege da wie Oma*, dachte ich, und musste schmunzeln. *Ob sie auf der roten Couch liegend schon das Geständnis beim Italiener geplant hatte? Ob sie mir überhaupt alles gesagt hatte?* Vielleicht hatte sie gelogen und gewusst, wie ich manipuliert worden war. Allerdings hätte sie dann verhindern können, dass ich mit Juri fortging. Und das hatte sie auf jeden Fall vermeiden wollen. So wie es aussah, wäre ich besser dran gewesen, auf sie zu hören. Aber ohne Juris ermutigende Art hätte ich es nie geschafft, überhaupt zu gehen.

Da traf mich plötzlich ein Schlag. Wie hatte ich die ganze Zeit übersehen können, was auf der Hand lag? *Die Genmanipulation musste etwas mit dem Instinkt zu tun haben.*

Deswegen hatten Kurt und Paula absolut keine Ahnung, was mein Problem war.

Boden und Wände begannen zu pulsieren und es fühlte sich an, als säße ich in einem tiefen Erdloch, von dem langsam aber sicher die Wände auf mich herunterbröckelten. Mehr denn je musste ich herausfinden, was mit meinen Genen war und ob es stimmte.

Ich stand auf und ging in dem kleinen Zimmer auf und ab, überlegte, was ich tun sollte, bis ein schreckliches Bild meine Füße an den Boden nagelte: Ich treffe meine Eltern, die sich – wie sollte es anders sein – immer noch nicht für mich interessieren, mir aber gestehen, dass ich eine genetische Liebesbehinderung habe - und stehe alleine in der somalischen Steppe. Oder noch schlimmer: Meine Eltern nutzen meine Liebesbehinderung, um mich zu misshandeln – mich als Sexsklaven zu halten – und ich fände es nicht mal schlimm. Das konnte ich nicht zulassen. Ohne Juris erlösende Wirkung konnte ich meinen Eltern auf keinen Fall begegnen. Wenn er sie überhaupt noch hatte.

Ich war hin und hergerissen, ohne genau zu wissen zwischen was. Um klarzukommen wollte ich duschen, und tastete nochmal nach einem Schalter oder der Badnische. Ich tippte auf das virtuelle Fenster, vor dem gerade ein Hummer entlangspazierte, da erschien plötzlich Juris Gesicht auf der Scheibe. In einem kurzen Text darunter waren die Wörter *Juri Ruhland*, *Neanderpharma* und *vermisst* dick hervorgehoben.

Mir wurde schwindlig und übel. Halbblind tippte ich den Bildschirm nach weiteren Infos ab und erkannte, dass in der Ecke zwei Dateien lagen – zwei Pässe mit Hologrammen von Juri und mir. Damit hießen wir Daniel Nett und Lisa Bauer. Mein neues Geburtsdatum war der 13.06.2085. Mit dem Pass war ich schon achtzehn. Ich zog die Pässe und den Weg zum Detektor auf meinen Externen, nahm Juris und meine Tasche und rannte los.

Juri und Caro saßen immer noch auf den Plätzen und unterhielten sich. Zugegeben, sah es mehr wie ein Treffen alter Freunde aus als wie ein Date. Immerhin.

„Lulu, wo warst du? Caro hat gute Tipps und Kontakte auf dem Weg nach Somalia. Sie sagt, wir sollten von hier nach Spanien und dann nach Marokko. Sie hat da Freunde, die wir besuchen können", rief Juri, um die Musik zu übertönen. Er war euphorisch und sein Atem roch nach Alkohol. Ich verdrängte den Gedanken, dass die Pille, die Caro ihm gegeben hatte, wahrscheinlich eine Droge war.

„Super. Genau da müssen wir hin. Sofort." Ich bekam kaum Luft.

„Warst du bei Greg?" Er zeigte auf unsere Taschen.

„Wir werden gesucht."

„Was?" Juris Lächeln war auf Knopfdruck krepiert.

„Stimmt nicht, sorry, nur du wirst gesucht."

„Ganz langsam; was?"

„Da war deine Visage im Fenster."

„Meine was?"

„Neanderpharma hat dich als vermisst gemeldet."

„Scheiße!" Juri legte sich beide Hände auf die Stirn. „Aber wir sind doch in den Schweinen."

„Eka", tönte es aus Caros Arm.

„Hab ich doch gesagt." Ich schlug auf den Tisch.

„Nein. Sie kann euch helfen."

„Auf keinen Fall."

„Ihr könnt ihr vertrauen." Caro legte ihre Hand auf meinen Arm. Ich sah Juri in die Augen und versuchte ihm klarzumachen, dass Caros Meinung nicht viel wert war. Doch der achtete nicht darauf.

„Sicher?", fragte er mit zitternder Stimme. „Aber wenn sie Lulus Daten haben, denken sie, wir sind in Rom."

„Wenn Fakes verschwinden, werden sie immer auch hier gesucht", sagte Caros Arm, während sie auf ihrer Unterlippe kaute.

„Wieso wollen sie dich so dringend zurückholen?", fragte ich.

Juri vergrub das Gesicht in den Händen.

„Hast du etwas, das sie haben wollen?" Caros Frage schnürte mir die Luft ab.

Juri reagierte nicht.

„Vielleicht deinen Körper?" Ich war froh, dass Caro fragte, was ich mich nicht traute.

„Keine Ahnung."

„Dem Typen mit dem Herz haben sie auch gesagt, er sei krank und dürfe deswegen nichts machen."

Juri rieb sich die Schläfen. Er hatte tiefe Schatten im Gesicht, Angst im Blick und roch nach Alkohol. Das war nicht die Person, die mich begleiten wollte.

„Eka ist auf dem Weg hierher. Trefft sie beim Notausgang." Caros Computerstimme war neutral, aber ihr Mund und ihre Augen wirkten ernst wie von jemandem, der ein Sturmgewitter aufziehen sieht.

„Wir haben keine Pässe." Juris Stimme war verzweifelt.

„Eka bringt euch auf die Wolke. Da braucht ihr erst mal keine. Alles Gute", sagte Caro und schickte uns fort. Und weil ich nicht wollte, dass Caro davon erfuhr, behielt ich für mich, dass ich unsere neuen Pässe schon geladen hatte.

16.

„Wir sollten mit Greg sprechen."

„Ihr könnt auf keinen Fall hierbleiben", sagte Eka. „Jeder mit einer smarten Brille oder mit smarten Kontaktlinsen bekommt einen Warnhinweis, wenn ein Gesuchter in ihr Blickfeld kommt."

In dem Moment wurde mir klar, dass wir auf der Flucht waren.

„Wie lange bleiben wir da oben und wo gehen wir danach hin?"

„Je nachdem, wo die Wolke hinfliegt."

Ein Aufzug brachte uns in die Fluggarage des CERN. Die Drohnen und Gleiter darin waren so unterschiedlich wie die Fakes. Es gab große, kleine, bunte, alte Klapperkisten und aufpolierte Superschlitten.

Eka führte uns zu einer schwarzen, auf der Kante stehenden Diskusscheibe. Auf den flachen Seiten waren Bügel mit großen Rotoren angebracht, die nach unten zeigten.

Die Scheibe öffnete sich wie ein Medaillon und wir stiegen über eine Stufe auf die vier Stehplätze, sodass unsere Köpfe in dem oberen, durchsichtigen Drittel waren. Der Diskus schloss sich und fuhr unter einen senkrechten Tunnel – ein Kanonenrohr, das die unterirdische Garage mit der Oberfläche verband. Darin beschleunigten wir rasend schnell und schossen aus dem Tunnel in die rosarotblendende Abenddämmerung.

Nach kurzem Steilflug drehte sich die Scheibe auf die flache Seite, sodass wir mit dem Bauch auf der weich gepolsterten Vorderseite lagen und nach unten sehen konnten. Das Kanonenrohr war nur noch ein winziger, rot blinkender Kreis inmitten des dunklen Waldes. Links von uns lag Genf und der lange, im Abendrot pinke See - wie gemalt.

„Wo ist die Wolke?"

„Etwas östlich von Marseille. Ihr habt Glück, dass sie so nah ist. Sonst hätte ich nicht gewusst, wie ich euch helfen kann."

Wir konnten zusehen, wie die von der untergehenden Sonne beschienenen Gipfel der Alpen schrumpften, bis ein Schatten sie überzog. Auch wenn wir auf der Flucht waren, das atemberaubende Alpenpanorama im Abendrot kitzelte Zuversicht aus meinem Bauch.

Zu gerne hätte ich auch Paula erzählt, dass wir im CERN gewesen und jetzt auf dem Weg zur Wolke waren, dem riesigen Zeppelin, auf dem Langstreckenflieger zwischenlanden und Solarstrom laden konnten. Sie wäre ausgeflippt.

„Warst du schon oft auf der Wolke?“, fragte ich Eka.

„Ich habe auf der Wolke gelebt und gearbeitet. Bis ich krank geworden bin. Weil ich der einzige Mensch war und keiner der Computer auf Austausch programmiert war, habe ich vor Einsamkeit Schlafstörungen bekommen. Ich fand das nicht schlimm, aber meine Gesundheit hat trotzdem darunter gelitten.“ Eka sagte ziemlich lange nichts, dann fragte sie: „Wieso werdet ihr gesucht?“

„Interessiert dich das wirklich?“

„Nein. Aber je mehr ich weiß, umso besser kann ich helfen.“

Juri überlegte. „Wenn mein Herz nicht altern könnte, würdest du mich dann zurückbringen, weil es andere unsterblich machen könnte?“

Er hatte weiter gedacht, als ich es für möglich gehalten hatte. Eka überlegte. „Der Tod gehört zum Leben. Menschen müssen sterben. Wenn dein Herz allerdings Kranken helfen könnte, wäre es was anderes.“

„Mein Herz kann niemandem helfen. Sie wollen damit forschen, das ist alles.“

Ich drehte mich auf den Rücken und sah in den dunkler werdenden Himmel. Langsam wurden mehr und mehr Satelliten, Raumstationen und Sterne sichtbar. Hatte Juri etwas, das Neanderpharma unbedingt wiederhaben wollte? Wieso sonst hätte er *befreit* werden müssen? Sobald Eka nicht in der Nähe war, wollte ich ihm von den Pässen erzählen und ihn fragen.

Auch Juri drehte sich auf den Rücken und ließ seinen Arm neben meinen fallen, sodass sich unsere Hände in einem Punkt berührten. Von diesem Punkt aus strahlte Wärme durch meinen ganzen Körper.

So flogen wir eine Stunde und drehten uns erst wieder auf den Bauch, als Eka sagte, dass wir das Mittelmeer erreicht hatten. Unter uns leuchteten die Fenster der Häuser und die Straßenlaternen des Küstenstreifens und weiter vorne die Lichter einer großen Stadt.

Die Wolke war nirgends zu erkennen. Erst als wir über dem Meer noch höher stiegen, blinkte plötzlich ein endlos langes Band roter Lichter im Himmel vor uns auf.

Wir flogen mehrere Minuten, bis wir die Seitenwand passiert hatten. Darüber legte der Halbmond sein schales Licht über den riesigen Solarpark. Der Horizont sah durch die schrägen Paneele, die noch nach der untergehenden Sonne ausgerichtet waren. Sie sahen aus wie das zackige Profil einer Säge. Der Diskus landete am Rand der Wolke auf der flachen Seite.

Die Scheiben fuhren auseinander wie ein Akkordeon, sodass wir uns aufrecht hinsetzen konnten.

„Können wir raus?", fragte ich.

Eka schüttelte den Kopf. „Nachts ist es zu kalt."

„Also schlafen wir hier drin?"

„Ja." Eka gab uns noch zwei Riegel aus ihrer Tasche und Decken aus einem Fach. Juri aß seine sofort.

„Und wie lange bleiben wir hier oben?"

„Über dem Nordatlantik zieht ein Sturm auf, der die Wolke nach Südosten treibt. Das ist gut für euch. Wenn ihr Glück habt, bringt sie uns in ein paar Tagen bis nach Ägypten. Aber das hängt vom Wetter ab."

„Hat die Wolke keine Motoren?"

„Doch. Aber gegen starken Wind kommen die nicht an. Was gut ist, denn einem Unwetter würde die Wolke nicht standhalten."

„Heißt das, wir müssen tagelang hier drinbleiben?"

„Nicht nonstop. Morgen tagsüber zeig' ich euch das Deck."

17.

„Ich muss mal“, flüsterte ich Eka im Morgengrauen zu, während Juri noch leise schnarchte.

„Kein Problem. Hier ist ein Klo.“ Sie zeigte auf ein Fach, aus dem man eine Schüssel klappen konnte.

Ich sah zu Juri und schüttelte den Kopf.

Eka klatschte sich auf die Stirn. „Oh, okay. Warte.“ Sie gab mir eine Hose, einen Pulli und einen langen, gefütterten Mantel. Leise zogen wir uns an. Die Kapuzen unserer Mäntel hatten Schläuche mit Nasenstück, die Sauerstoff lieferten. Eka öffnete einen kleinen Ausgang. Sofort zog es Luft aus dem Diskus.

Juri schnarchte laut auf. „Hey, was macht ihr?“

„Wir gehen auf die Toilette“, antwortete ich mit verschlafener Stimme.

„Ich komm‘ mit.“

Neben dem Ausstieg waren es nur fünf Meter bis zum Ende des Wolkendecks, dahinter erstreckte sich endloser, mit weißen Wattewolken bedeckter Himmel. Auf der anderen Seite wandten sich die schrägen Solarpaneele der aufgehenden Sonne zu. Die Größe der Wolke war nur durch die kleinen Flieger zu erkennen, die in der Ferne starteten und landeten.

Der kalte Wind bitzelte im Gesicht. Die Luft war so dünn, dass sich Atmen anfühlte, als versuchte man, Luft zu trinken. Eka drückte einen Knopf an meiner Kapuze und Sauerstoff sauste in meine Nase.

„Komm da weg. Sonst bläst dich der Wind runter", rief Eka Juri zu, der zur Wolkenkante gegangen war und nach unten sah. „Ich bringe euch aufs Unterdeck. Von dort hat man eine gute Sicht."

„Erst die Toilette, bitte", sagte ich.

„Klar."

Eka führte uns zwischen Solarpanelen hindurch zu einem Eingang eines Treppenhauses im Inneren der Wolke. Darin stiegen wir die fünf Stockwerke zur Unterseite hinunter.

Das Unterdeck war ein langer Gang mit grauem Filzboden. Alle zwanzig Meter standen zwei Bänke Lehne an Lehne in der Mitte. Wo man hinsah, waren nichts als dichte Wolken. Zum Glück war die Toilette direkt neben dem Treppenhauseingang. Viel weiter und ich hätte mir in die Hose gemacht.

„Wie lang ist das Deck?", fragte Juri.

„Man kann darin einmal um die Wolke gehen. Roboter nutzen es, um in die verschiedenen Kammern zu kommen und Hotel-besucher gehen hier spazieren."

„Hotelbesucher?"

„Beim Flughafen am anderen Ende gibt es ein Hotel.“

Ich sah aus dem Fenster. „Bewegen wir uns über den Wolken oder ziehen sie unter uns vorbei?“

„Beides.“

„Da hinten reißt der Himmel auf“, sagte Juri, der in die andere Richtung sah.

Wir warteten auf dem Unterdeck, bis wir über dem Wolkenloch waren und unter uns dunkelblaues Meer sahen.

„Die südliche Adria. Die Wolke wird auf jeden Fall weiter nach Südosten treiben. Die Frage ist, wann und wo sie Afrika erreichen wird. Wenn ihr nach Somalia wollt, müsst ihr runter, sobald ihr in der Nähe der Küste seid. Denn je nachdem, wie sich das Wetter entwickelt, könnte die Wolke den Kurs ändern.“

Es war seltsam, mit Juri und der Robot-Eka irgendwo über den Wolken zu schweben. Es fühlte sich an, als hätten wir eine Auszeit genommen vom Leben auf der Erde. Es fühlte sich sicher an. Aber, dass wir nicht wussten, wann und wo wir wieder runterkommen würden, ob wir unserem Ziel überhaupt näherkamen, war auch beunruhigend. Außerdem; wie sollten wir Eka jemals loswerden?

„Ich geh zum Hotel und besorge Frühstück. Ihr geht am besten wieder in den Gleiter. Wenn ihr Roboter seht, haut sofort ab.“

Draußen war es minimal wärmer geworden, aber der Wind biss immer noch eisig. Eka hatte Recht gehabt, die Wolke war definitiv kein Ort für Menschen.

Bei einer Leiter, an der man auf die Solarplatten klettern konnte, blieb Juri stehen. „Ich will die Wolke von oben sehen“, sagte er und stieg die Sprossen hinauf. Mein erster Gedanke war, dass wir entdeckt werden könnten, aber auch ich wollte sehen, wie groß sie war.

Wir setzten uns auf die Oberkante der Solarplatte und sahen dabei zu, wie die Flieger am anderen Ende landeten, abhoben und immer kleiner wurden, bis sie im Himmel verschwanden. Wir schätzten, dass sie mindestens vier Fußballfelder breit und sieben lang war oder drei Mal so groß wie der See von Neanderpharma.

„Wieso musstest du fliehen?“, fragte ich.

„Hab‘ ich doch erzählt. Um nicht mehr überwacht zu werden.“

„Aber du kannst doch machen, was du willst.“

„Wenn analysiert wird, was du denkst und träumst, ist das egal. Das Leben bei Neanderpharma ist wie eine lebenslange Analyse. Nur, dass man nie ein Ergebnis kriegt. Man ist das Ergebnis. Eine Laborratte. Verstehst du?“

Ich schluckte.

„Aber dürfen sie einfach eure Brain-Links auslesen?“

„Nein, aber sie bringen dich dazu, es gerne zu machen. Sie sagen, dein Gehirn ist etwas Besonderes und mit der Hilfe deiner Träume oder deiner Kreativität wird es ihnen gelingen, die Brain-Link-Technologie zu revolutionieren, sodass man sich im Traum treffen kann und so weiter. Im Sinne der Wissenschaft.“

„Aber wieso wollen sie *dich* so unbedingt zurückhaben?“

Juri hob die Arme und ließ sie wieder fallen. „Ich weiß es wirklich nicht."

„Aber hast du einen Verdacht oder irgendwas?"

Juri musterte mich mit bohrendem Blick. Dann sah er zum Horizont und machte eine lange Pause. Als er mit einem tiefen Atemzug meine Hand nahm, durchströmte mich tiefe Harmonie und ich spürte, dass er mir etwas Wichtiges sagen wollte. Doch er zögerte und nachdem er mir eine gefühlte Minute lang mit seinen Honigaugen abwechselnd ins linke und ins rechte Auge geguckt hatte, sagte er: „Ich hab' keine Ahnung, wirklich. Ich wüsste es genauso gerne, wie du wissen willst, was an deinen Genen verändert wurde."

Ich hatte mit einer Erklärung – einem spannenden Geständnis – gerechnet und war enttäuscht. Aber ich glaubte ihm. Allerdings hätte ich ihm alles geglaubt, nachdem er meine Hand genommen hatte. Sie war wie das Stück, das meinen Kreislauf schloss. Alles war an seinem Platz und alle Ströme flossen wie sie sollten.

„Seit wann wolltest du abhauen?"

Juri löste seine Hand. „Seit ich denken kann."

„Wie lange kannst du schon denken?"

Er lachte. „Gute Frage."

Ich sah geradeaus, sodass meine Kapuze Juri verdeckte wie eine Scheuklappe. „Hast du mich benutzt, um wegzukommen?" Ich war überrascht, wie leicht mir die Frage über die Lippen kam.

„Ich hab‘ die Gelegenheit genutzt, nicht dich. Ich will dir helfen, deine Eltern zu finden!“

„Danke“, sagte ich.

„Danke, dass du mich *befreit* hast.“

Ich fuhr herum. Juri lachte. Er sah mir kurz in die Augen. Dann fiel sein Blick auf meinen Mund. Er lehnte sich langsam zu mir. Meine Atmung versagte.

„Hee, was macht ihr da oben?“, bellte Eka unter uns, „kommt runter, ich habe Frühstück.“

Juri lachte schallend und ich bekam wieder Luft. *Wollte er mich gerade küssen? Wollte ich es?* Ich war mir nicht sicher. Im Detektor war ich zwar eifersüchtig gewesen, aber eigentlich stand ich nicht wirklich auf ihn. Eigentlich waren wir nur Freunde. Plus seine Superkraft, mit der er meinen Instinkt abschwächen konnte. Wobei das auch nicht mehr sicher war. Waren wir doch mehr als Freunde?

Es hätte mir geschmeichelt, wenn er mich hätte küssen wollen. Aber ich konnte nicht sicher sagen, dass er es vorhatte. Der Moment war zu kurz gewesen. Allerdings: Wieso hatte er dann so laut gelacht – wegen der Situation? Was weiß ich. Mich interessierte jedenfalls, wie es gewesen wäre, ihn zu küssen.

Im Diskus holte Eka eine bauchige Tube aus ihrer Tasche, schraubte sie auf und drückte eine lange Sushi-Wurst heraus, von der sie kleine Stücke abschnitt. Der Fisch war zart, der Reis hatte den perfekten Biss und die Algenhaut rundete alles ab. Ich hätte niemals gedacht, dass die Tube so ein Festmahl hergeben würde.

„Konntest du erfahren, wohin die Wolke treibt?“, fragte ich.

„Westen“, sagte Eka, drückte eine weitere Sushiwurst aus der Tube und aß sie auf dem Rücken liegend.

„Du bist ein Fake, oder?“, fragte Juri.

„Ja.“

„Und war es Absicht oder ein Unfall, dass du keine Gefühle hast?“

„Ich vermute ein Unfall. Meine Großmutter war psychisch krank. Sie pendelte zwischen Rage und Verzweiflung. Sie wollte meine Mutter davon verschonen und hat sie manipuliert. Allerdings konnte sie sich keinen guten Arzt leisten. Meine Mutter hatte zwar keine Wutausbrüche mehr, aber auch sonst kaum noch Gefühle. Und dann kam ich fast ganz ohne auf die Welt.“

„Willst du mal Kinder haben?“

„Menschen leben glücklicher und länger, wenn sie Kinder haben. Aber das ist ein schlechter Grund. Außerdem denke ich, dass ich eine schlechte Mutter wäre. Also nein.“

„Besser als keine“, sagte Juri kauend.

Ich fragte mich, ob er eine der Erzieherinnen als seine Mutter gesehen hatte und wie sehr es ihn traf, als er herausfand, dass seine Mutter ein Schwein war. Vielleicht gar nicht. Bei Neanderpharma war das ja normal.

„Welches Gefühl würdest du loswerden wollen?“, fragte Juri mich und ich spürte das Rot in meine Wangen steigen.

Dass ich am liebsten die Magneten loswerden wollte, die mich wahnsinnig machte, wann immer Konflikte mich triggerten, konnte ich schlecht sagen.

„Ich wäre gerne nie müde."

„Ich fühle mich nie müde", sagte Eka. „Aber wenn ich nicht schlafe, merke ich, wie mein Hirn langsamer wird, bis meine Augen zufallen. Also nur weil du nicht müde bist, schläfst du nicht weniger."

Am nächsten Morgen gingen wir wieder hinunter aufs Deck. Diesmal war der Himmel unter uns klar und wir sahen die Berggipfel Zyperns, die wir gerade hinter uns gelassen hatten.

Juri sprintete dreimal vor und zurück und dehnte seine Arme und Beine. „Was ist mit euch?", rief er außer Atem. „Ihr müsst euch bewegen, sonst schlaft ihr schlecht."

„Er hat recht", sagte Eka und sprintete so gut es ihre Roboterschritte erlaubten. Dabei sah sie aus, als hätte sie sich in die Hose gemacht. Juri und ich lachten und weil Eka unbeeindruckt weiter übers Deck rannte, lachten wir, bis wir keine Luft mehr bekamen.

Als Eka keuchend stehenblieb und uns ansah, lächelte sie. Das haute mich um. Zum ersten Mal hatte sie einen natürlichen, entspannten Gesichtsausdruck, als hätte die Betäubung in ihrem Gesicht nachgelassen.

„Ganz vergessen, wie es ist, den Kopf freizubekommen." Sie machte ein paar Kniebeugen. „Sport ist die einzige Möglichkeit, die Brain-Link-Fessel zu überwinden."

Ich traute meinen Ohren nicht und auch Juri starrte Eka an. Plötzlich ergab alles Sinn: Ihre Roboterart, wie sie sprach und wie sie ging.

„Wirst du uns verraten?", fragte Juri geradeaus.

„Kann sein. Am besten, ihr geht wenn ich schlafe." Ekas Gesicht zuckte. Sie zwang sich zu weiteren fünf Kniebeugen.

„Komm, noch einen Sprint", sagte Juri.

Eka war anzusehen, dass sie gegen die Kontrolle der Fessel kämpfte. „Hier kommt ihr raus." Sie zeigte zum Bug. „In den Bänken findet ihr alles, was ihr für den Ausstieg braucht. Roboter meiden. Sie werden euch ausschalten."

Für mehr reichte ihre Ausdauer nicht. Mit ruhiger werdendem Atem nahmen ihre Gesichtszüge wieder ihre normale, verkrampfte Position ein. Weder Juri noch ich trauten uns weitere Fragen zu stellen.

18.

Im Treppenhaus stieß ich Juri in die Seite, zeigte ich mit dem Daumen hinter uns und flüsterte: „Lass uns sofort abhauen."

Zum Glück war er gleicher Meinung. „Wir müssen mal", sagte er laut zu Eka. „Aber wir kennen den Weg. Du kannst schon vorgehen."

Eka drehte sich um. Ihre Augen, hinter denen die Fessel wieder volle Kontrolle über sie erlangt hatte, zuckten. „Okay."

Sobald wir wieder auf dem Deck waren, liefen wir in Richtung Bug. Unter der Wolke war immer noch endloses Meer.

„Wieso hatte Eka eine Fessel? Glaubst du, sie war kriminell?", fragte ich.

„Was weiß ich. Mich interessiert eher, wie wir hier runterkommen", keuchte Juri.

„Durch einen der Notausgänge."

„Wie bitte?"

„Sie hat gesagt, in den Bänken finden wir alles."

Juri und ich pumpten und schnaubten wie Rennpferde. Bei jeder Bank, an der wir vorbeiliefen, versuchte ich zu erkennen, wo man sie öffnen konnte, aber mehr als die roten Griffe an der Seite erkannte ich nicht. Nach der zehnten Bank, an der wir vorbeiliefen, war vor uns immer noch kein Ende des Decks in Sicht.

Meine Beine brannten und meine Schläfen pochten. Ich pustete einen Schweißtropfen von meiner Nasenspitze. „Ich kann nicht mehr."

„Komm. Sie werden uns *ausschalten*!"

Ich sah mich um. Eka war uns nicht gefolgt. Noch nicht. Wir konnten beide nur noch langsam joggen. Im Kopf gab ich alles, aber meine Beine gaben nicht mehr her. Plötzlich blieb Juri stehen und stützte seine Arme auf die Knie.

„Komm! Da vorne ist schon der Bug", schnaufte ich. Ungefähr fünfzig Meter vor uns endete das Deck.

„Nein. Da!" Er zeigte nach vorne. Ein Patrouillen-Roboter fuhr in unsere Richtung. Todesangst gab meinen Beinen neue Energie. Wir drehten um und rannten zurück.

„Notausgang?", fragte Juri ohne Luft.

„Da. Bank."

Bei der nächsten Bank zogen wir an den roten Griffen und die Sitzfläche klappte zurück. In den Paketen, die darin gestapelt lagen, waren schwarze Ganzkörperanzüge mit integriertem Fallschirmrucksack, Schwimmwesten und Atemmasken. Wie Synchronschwimmer nahmen wir gleichzeitig Anzüge heraus, stiegen hinein, zogen sie hoch und schlüpften in die Ärmel, streiften Kapuze und Maske über und verschlossen den Reißverschluss.

„Du musst die hier noch festziehen“, rief Juri durch die Maske und zeigte auf Laschen an Hüfte und Schultern. Ich riss an den Bändern. Der Rucksack spannte sich an meinen Rücken und der Anzug sog sich an meinem Körper fest.

Ich warf einen letzten Blick zum Bug. In genau dem Moment legte der Roboter seinen Turbo ein und raste auf uns zu.

„Er kommt!“

Juri boxte auf den großen roten Knopf unter der Bank. Aber nichts passierte.

„Die Sicherung!“ Ich zeigte auf einen kleinen Hebel. Juri legte ihn um und drückte nochmals den Knopf. Mit einem lauten Knall sprang die Scheibe vor der Bank nach außen weg. Juri warf mir einen panischen, aber entschlossenen Blick zu und sprang hinaus.

Ich blieb stehen. Ich versuchte meine Beine zu heben, aber es funktionierte nicht. Meine Füße waren wie festgeschweißt. „Fuck.“, rief ich in die Maske. Irgendwo ertönte ein Alarm und wie auf Kommando schloss ich die Augen und ließ meinen Körper nach vorne fallen. Doch auch das funktionierte nicht. Ich blieb auf der Deckkante stehen. Im Augenwinkel sah ich, dass der Roboter schon seine Greifer nach mir ausgestreckt hatte. Da bekam ich die Kontrolle über meinen Körper zurück. Ein Schritt und ich fiel.

Es rauschte wie in einem Tornado. Erst nach einigen Sekunden überwand ich mich, die Augen zu öffnen und zu atmen. Mit ausgestreckten Armen und Beinen versuchte ich stabil zu fallen. Zur Wolke zurückzusehen, ob der Roboter auch fiel, war keine Option. Ich brauchte alle Energie, um nicht vor Panik in Ohnmacht zu fallen.

Auf dem Meer unter uns war nur der riesige Schatten der Wolke zu sehen, der langsam aber sicher größer wurde. Ich schwor mir, dass ich, wenn ich jemals wieder an Land käme, sofort nach Hause fliegen würde.

Juri war ein gutes Stück unter mir. Plötzlich stieß sein Anzug an den Fersen weißen Rauch aus, er bekam Schub und flog voraus, bis er aus meinem Sichtfeld war.

Ich drückte einen Finger nach dem anderen an meinen Daumen, aber nichts passierte. Dann machte ich eine Faust und aktivierte damit die Düsen in den Fersen meines Anzugs.

Im Dunst vor uns erschien ein breiter Küstenstreifen. Es war dumm, aber obwohl dieser noch verdammt weit weg war, hatte ich Hoffnung, ihn noch zu erreichen. Doch als Juris Düse wenig später ausging, war das Meer schon so nah, dass ich die kleinen Schaumkronen der Wellen entstehen und verschwinden sah. Wir würden nass werden.

Die kleine Anzeige in an meinem Handrücken sagte, dass ich den Schirm in fünfzig Metern öffnen musste. Dreißig Meter. Zehn. Ein Ruck ging durch meinen Körper, als hätte mich jemand am Kragen hochgerissen. Einen Moment lang sah ich meine ausgestreckten Beine im Himmel über mir, dann hing ich aufrecht in der Luft und sah das Ufer in weiter Ferne.

Ich drehte mich zur Seite, um nach Juri zu sehen. Durch die Bewegung kollabierte mein Schirm und ich war wieder im freien Fall. Mit panischem Armrudern schaffte ich es irgendwie, den Schirm wieder einigermaßen zu öffnen, bevor ich hart und tief ins Meer eintauchte. Sofort trennten sich die Leinen des Fallschirms, mein Anzug füllte sich mit Luft und ich stieg zur Oberfläche, wo ich sofort Maske und Kapuze vom Kopf riss.

Das Meer war kühl. Nach der Höhenluft auf der Wolke atmete sich die Meeresbrise so dick und saftig wie die Luft im Insektenzoo. Sie schmeckte nach Salz und Algen. Das Ufer war jetzt so nah, dass ich die sandfarbenen Häuser einer Stadt voneinander unterscheiden konnte.

„Lulu!“ Juris strampelte hinter mir im Wasser wie eine Fliege.

„Du kannst nicht untergehen. Bleib ruhig.“

„Ich weiß, aber dieses verdammte Seil.“

Es dauerte ein paar Minuten, aber nachdem er sich aus dem Knäuel befreit hatte, schwamm er übers ganze Gesicht grinsend zu mir. Als er mich erreichte, nahm er meinen Kopf in beide Hände, küsste mich auf die Stirn und lachte schallend. „Wie geil war das denn?!“

Ich konnte es nicht glauben. Ich hatte noch nicht verarbeitet, was gerade passiert war, und er wäre am liebsten gleich nochmal von der Wolke gesprungen.

„Glaubst du, der Roboter hat uns registriert?“, fragte Juri.

„Nee, wir hatten ja die Masken auf."

Wir schwammen in Richtung Ufer, ohne dass es näherkam. Ich überlegte, wann wir eine Pause machen sollten, da erkannte ich ein kleines, weißes Boot, das direkt auf uns zuhielt. Wir winkten und riefen wie wild. Doch wer auch immer auf dem Boot war, sah und hörte uns nicht. Das Boot hielt weiter auf uns zu und wir mussten ausweichen, damit es uns nicht köpfte.

Als es an uns vorbeigeglitten war, erkannten wir, dass ein alter Mann mit Strohhut am Heck saß und den Außenborder lenkte. Er hätte uns gar nicht sehen können, weil er viel zu klein war, um über den Bug zu schauen.

Nicht weit hinter uns ertönte ein dumpfer Schlag. Der Mann schaltete den Motor aus. Er stand auf und sah hinter sich. Dann drehte er um und fuhr ein kleines Stück zurück. Er lehnte sich aus dem Boot und hievte eine schwarze Boje, die sich in einem unserer Fallschirme verheddert hatte, aus dem Meer.

Nach einer kurzen Untersuchung legte er den Kopf in den Nacken und sah zur Wolke, die von unten aussah wie ein riesiges, graues Schlauchboot. Ich konnte kaum glauben, dass wir eben dort rausgesprungen waren. Der Alte ließ seinen Kopf über das Meer schweifen. Er musste nicht lange suchen, bis er uns entdeckte. Dann setzte er sich wieder ans Heck und steuerte zu uns. Neben uns hob er die schwarze Boje hoch, rief etwas auf Arabisch und zeigte abwechselnd auf uns, die Wolke und auf das Ding.

„English? City?" Ich zeigte zum Ufer.

Er verstummte und verengte die Augen. Dann bückte er sich, holte eine Stange aus dem Boot und streckte sie uns entgegen, sodass wir uns daran hineinziehen konnten. Schwer keuchend rollten wir uns in das Boot wie zwei nasse Säcke.

Das schwarze Ding lag zwischen unseren Füßen. Es war keine Boje, sondern eine Drohne mit dem weißen Logo der Wolke. In ihren Rotoren hatten sich Schnüre eines unserer Fallschirme verheddert.

Mit belustigtem Gesichtsausdruck zeigte der Alte auf sein Boot und dann auf die Drohne und klatschte mit der Faust in die Hand. „Bamm!", machte er und kicherte zufrieden.

„Die muss der Roboter hinterhergeschickt haben." Juri grinste.

„Das heißt, dass sie uns davor nicht registrieren konnte."

„Alter Sapiens, was für ein Glück!" Juri begann schallend zu lachen und zu jubeln. Ich stimmte ein. Wir klatschten und boxten in die Luft, dass das Boot wackelte.

Wir streiften die Anzüge ab. Unsere und teilweise Ekas Klamotten, die wir darunter trugen, hatten kein Meerwasser abbekommen. Allerdings waren sie noch schweißnass vom Sprint und im Fahrtwind kühlte der noch feuchte Stoff in der schon heißen Morgensonne.

Der alte Mann sprach kein Englisch und natürlich auch kein Deutsch. Mit Händen und Füßen fragte ich ihn, ob er nicht den Übersetzer seines Computers nutzen wollte. Als er verstand, spuckte er ins Meer und drohte, uns wieder ins Wasser zu schmeißen. Erst als Juri und ich unsere Narben zeigten, beruhigte er sich wieder.

„We friend“, sagte er und seine schmalen Lippen bogen sich zu einem breiten Grinsen.

„Er hat keinen Bodycom.“ Ich war baff.

„Ja. Hol deinen Computer lieber erst raus, wenn wir an Land sind, sonst müssen wir schwimmen“, murmelte Juri.

„Klar. Gut, dass er keinen hat. Sonst hätte er uns vielleicht schon registriert!“

„Stimmt.“

Wir tuckerten an der Küste entlang nach Süden. Alles, was wir ohne Worte herausfanden, war, dass die Stadt am Ufer Tripoli hieß und der Mann Moussa. Er wollte uns mit zu sich nehmen und uns ein heißes Getränk machen. Juri tippte auf Kaffee, ich auf Tee.

Moussa steuerte sein Boot in einen kleinen Hafen im Süden der Stadt. Er lebte im zweiten Stock eines alten Steinhauses direkt am Hafen. Blaue, von Sonne und salzigem Wind ausgeblichene Vorhänge hingen in den offenen Fenstern. Er brachte uns auf den Balkon und verschwand sofort wieder in der Wohnung.

Wir setzten uns auf die Holzstühle in den Schatten der Markise und überblickten Hafen, Bucht und Stadt. In der Ferne hing die Wolke am Himmel. Sie war nach Norden abgedreht und deutlich kleiner geworden.

Als Moussa mit Tee zurückkam, sagte ich sofort „hiermit können wir uns unterhalten“ und ließ es meinen Externen auf Arabisch übersetzen, bevor ich ihn Moussa zeigte.

Er seufzte und sagte etwas auf Arabisch, das der Externe in „ja gut, ist praktisch“ übersetzte. Dann steckte er sich eine Zigarette in den Mund und bot auch uns welche an. Juri nahm eine und ließ sie sich von Moussa anzünden.

„Danke, dass du uns mitgenommen hast."

„Ihr wart dort oben, richtig?" Er zeigte zur Wolke.

Juri nickte. „Was hast du da draußen gemacht?"

„Ich wollte meine Algenplantage prüfen."

Moussa drückte seine Zigarette, von der er nur dreimal gezogen hatte, im Aschenbecher aus, ging hinein und kam wenige Minuten später mit Handtüchern und Klamotten wieder. „Ihr wollt sicher duschen. Das ist Kleidung von meiner Tochter und mir. Sie sollte euch passen." Er gab mir ein modrig riechendes, graues Mickey Mouse T-Shirt und eine ausgewaschene Jeans. Juri reichte er ein grünes Hemd und eine kurze, gelbe Hose. Mich hätte nicht gewundert, wenn die Klamotten hunderte Jahre alt gewesen wären.

Ich duschte zuerst und als ich in den muffigen Klamotten wiederkam, standen Schalen mit Joghurt, Oliven, Tomaten, Minze und Brot auf dem kleinen Holztisch. Alles sah frisch aus und duftete köstlich. Moussa gab sich Mühe, wie ich es eigentlich nur von Robotern kannte.

Auch Juri duschte und zog Moussas Sachen an. Das Grün stand ihm, es passte gut zu seinen Augen. Allerdings war das Hemd etwas zu klein, sodass es zwischen den Knöpfen aufklaffte und seine haarige Brust freigab.

„Also, wovor flieht ihr?", fragte Moussa, grinste und warf sich eine Olive in den Mund.

Juri schüttelte den Kopf. „Nein, nein wir …"

„Ich bin fast hundert Jahre alt. Ich weiß, wie Fliehende aussehen."

„Wir sind auf dem Weg zu meinem Vater nach Somalia."

Moussa sah von mir zu Juri und spitzte seinen Mund. „Dann wärt ihr nicht auf der Flucht."

„Ich habe meiner Oma nicht gesagt, dass ich gehe." Ich bekam feuchte Handflächen.

Moussa musterte Juri. „Und wo kommst du her?"

Juri kratzte sich am Arm. „Ich bin ein Freund von Lulu. Ich habe eine seltene Krankheit."

Moussa presste seine Hand auf den Mund und pustete seine Backen auf, bevor er wie wild lachte. „Gut, was auch immer euch dazu gebracht hat, von da oben ins Meer zu springen, darf euer Geheimnis bleiben." Er biss die Hälfte einer kleinen Tomate ab und der hellrote Saft floss aus der tiefen Furche, die von seinem Mundwinkel aus abfiel. „Wie hattet ihr vor, weiterzureisen?"

„Wissen wir nicht." Ich hob die Schultern.

„Überraschung." Moussa lachte wieder. „Heute könnt ihr gerne hier schlafen, aber morgen früh müsst ihr weiter, da fahre ich nach Jerusalem."

„Gerne, danke!"

Moussa war so gastfreundlich zu uns, dass ich fast schon mit dem Angebot gerechnet hatte. Trotzdem war ich erleichtert, als er es aussprach.

„Was machst du in Jerusalem?", fragte ich.

Moussa seufzte. „Meine Familie besuchen."

„Freust du dich nicht?"

„Doch, doch. Familie ist eben anstrengend. Ihr wisst, wie es ist."

„Nein, wissen wir nicht." Juri schüttelte den Kopf.

Moussa schien zu überlegen, ob Juri scherzte. Nach einer Weile breitete er die Arme aus und sagte. „Kommt morgen mit nach Jerusalem. Ihr seid herzlich eingeladen. Ihr müsst doch in den Süden."

„Aber wie sollen wir dort hinkommen?", fragte Juri.

„Mit dem Hyperloop."

„Geht nicht." Juri sank auf seinem Stuhl zusammen. „Wir haben keine Pässe."

„Nein, nein. Ihr seid nicht auf der Flucht." Moussa streckte seine Zunge heraus.

„Wir haben Pässe, keine Sorge." Ich tat so, als wären das für Juri keine Neuigkeiten, aber ich spürte seinen bohrenden Blick. Ich hätte nicht wissen wollen, wie ich mich gefühlt hätte, wenn es nicht Juri gewesen wäre, der mich so ansah. „Soll ich gleich Tickets kaufen?"

„Ja, für den Zug um sechs Uhr früh." Moussa stand auf und ging hinein.

Ich griff nach dem Computer auf dem Tisch, um die Tickets zu kaufen. Sie kosteten zusammen 320 Kröten. Juri betrachtete den Horizont, als würde dort sein Erzfeind angeflogen kommen. Von der Seite sah es aus, als wären seine Augen noch tiefer in die Höhlen gerutscht. Meine Nackenhaare stellten sich auf.

„Greg hat sie mir geschickt", versuchte ich mich zu erklären. Juri reagierte nicht. Er saß nur da und starrte zum

Horizont. Dass er mich ignorierte, triggerte mich. Da war nichts mehr von seiner ausgleichenden Fähigkeit.

Mein Gefühl sagte mir, dass ich ihm über die flache Stirn streichen und sanft an seinen großen Ohren knabbern sollte. Aber mit dem letzten bisschen Vernunft kämpfte ich dagegen an. Ich rieb mir die Vorstellung aus dem Gesicht. „Ich konnte es dir nicht sagen wegen Eka. Ich hab‘ ihr nicht getraut."

Juri drehte sich zu mir. Unter seinen massiven Brauen brodelten seine Honigaugen voller Wut. Ich grabschte nach Juris Ohren. Er drückte meine Hand weg und ein Magnetsturm fegte durch mich. Ich presste die Fäuste auf meine Augen. Wenn ich Juri angesehen hätte, ich hätte ihn geküsst, bis einer von uns erstickt wäre.

„Was soll das? Mit Pässen hätten wir mit Caro gehen können."

In dem Moment kam Moussa zurück auf den Balkon und stellte eine Schale mit süßlich riechendem Inhalt auf den Tisch. „Stört es euch, in einem Bett zu schlafen?"

Auch das noch! Der Moment auf der Wolke schoss mir durch den Kopf. Mein Bauch kribbelte. *Hatte er mich küssen wollen? Wollte er es immer noch? Diesmal würden wir allein sein.* Mit den Fäusten weiter auf den Augen lauschte ich meinem rasenden Herzen.

„Stört mich nicht", murmelte Juri.

„Mich auch nicht", sagte ich schnell, damit das Beben in meiner Stimme nicht durchkam.

Moussa ging hinein. Er sagte etwas auf Arabisch und die Wohnzimmercouch klappte sich in eine Liege für zwei.

Diese Arbeit durften Maschinen ihm also abnehmen. Juri folgte Moussa, bezog mit ihm das Bett und legte sich hinein.

Ich blieb draußen und hoffte, dass der Abstand mir guttun würde. Verzweifelt erwartete ich, dass die Magneten schwächer wurden. Aber sie zerrten unaufhörlich weiter. Ich brauchte Nähe wie Blumen das Licht.

Ich hörte. Drinnen rührte sich nichts. Leise rückte ich mit meinem Stuhl hinter die Hauswand und öffnete erst Knopf, dann den Reißverschluss meiner Hose.

Nachdem ich mich befriedigt hatte, konnte ich den Meerblick wieder genießen. Auch wenn es schwer zu schlucken war, dass Juri meinen Instinkt doch triggern konnte. Ich aß Moussas süßen Dattelkuchen und atmete die salzige Brise.

Immer wieder poppten die Bilder, wie wir das Deck hinuntersprinteten, wie der Roboter auf uns zusauste und wie Sekunden später im freien Fall der Schatten der Wolke auf dem Meer immer näherkam, vor meinem inneren Auge auf.

Als auch ich hineinging, drehte sich Juri zur Mauer. Ich legte mich neben ihn und sah aus der offenen Balkontür die langsam schaukelnden Masten der Segelboote.

Es war nicht normal, was ich fühlte, wenn mich jemand angriff. Was ich für Juri fühlte, war auch nicht normal. Sein Ärger hatte mich aus der Bahn geworfen. Dabei war ich mir nicht mal sicher, ob ich auf ihn stand. Oder war es das, was seine Fähigkeit ausgemacht hatte? Hatte er sie noch? *Was hatten meine Eltern nur aus mir gemacht?*

19.

Zum Frühstück gab es Kaffee in kleinen, verzierten Keramikbechern und Gemüsewraps. Moussa war ein hervorragender Gastgeber. Vor allem, weil er alles selbst und von Hand machte. Deswegen und auch weil ich mit Juri nicht darüber reden konnte, ob wir gleich den nächsten Zug direkt nach Afrika nehmen wollten, konnte ich die Einladung zu Moussas Tochter so kurzfristig nicht mehr ausschlagen. Immerhin lag Jerusalem auf dem Weg.

Bevor wir das Haus verließen, setzte Moussa Juri einen Strohhut auf den Kopf und zog ihn bis über die Ohren. Aber das reichte niemals. Er kramte in einer Schublade seiner Flur-Kommode und zog eine gespiegelte Sportsonnenbrille heraus. Sie passte kaum auf Juris Nase, aber wenigstens verdeckte sie seine Augen und Brauen. So war er nicht mehr sofort als Denisowa zu erkennen.

Als sich Juri im Spiegel ansah, musste ich mir das Lachen verkneifen. Das Bedürfnis, ihm nahzukommen, hatte sich zwar gelegt. Aber ich wusste nicht, wie sauer er noch war, und wollte nicht auf die Zugtoilette müssen, wenn er mich wieder so ansah wie auf dem Balkon.

In den schmalen Gassen hinter Moussas Haus wechselten sich Gebäude aus unterschiedlichen Zeiten ab. Neben modernen, bewachsenen Häusern standen Glasbauten aus dem letzten Jahrhundert neben noch älteren Betonbauten und fast antiken Steinbauten. Im gelben Morgenlicht schimmerten die Fassaden in allen Farben, wie das Innere einer Muschel.

Die Straßen waren leer und ruhig, doch je näher wir dem Bahnhof kamen, umso voller wurden sie. Viele Leute trugen weiße oder beige Leinenanzüge mit tiefen Ausschnitten, in denen Ketten mit türkisen Anhängern hingen. Alle trugen smarte Brillen, wie ich sie bei Neanderpharma bekommen hatte, oder hatten ozeanblaue smarte Kontaktlinsen in den Augen.

Die Stimmung war alles andere als entspannt: Vor dem Bahnhof und in der Halle wurde ohne Ende gedrängelt, geschubst und geschrien, als müsste jeder den letzten Zug erwischen. Immer wieder blieben Leute einfach voreinander stehen, sahen sich tief in die Augen und verbanden ihre Brain-Links. Ob sie dabei im Weg standen, interessierte sie nicht.

Moussa bahnte sich fluchend einen Weg zum Bahnsteig und in den Zug. Juri und ich blieben ihm auf den Fersen. Das Gute an dem Gedränge war sicherlich, dass wir mit unseren bunten Klamotten und dem Denisowa-Juri unter Hut und Brille keine Aufmerksamkeit erregten.

Der Zug stand am Bahnsteig - Tür an Tür mit dem Vakuumtunnel, in dem die Schienen verliefen. Wir drängten uns hinein und auf unsere Plätze. Juri setzte sich ans virtuelle Fenster, ich mich daneben und Moussa an den Gang. Juri nickte sofort ein und ich war froh, keine Angst haben zu müssen, dass wir aneinandergerieten.

Der Zug fuhr die gesamte Strecke in dem Tunnel. Die virtuellen Fenster zeigten die oasengrüne Landschaft außerhalb. Dass wir über die Grenze fuhren und unsere Pässe gecheckt wurden, bekamen wir gar nicht mit.

In Jerusalem war der Bahnhof noch voller und die Stimmung noch angespannter. Aus allen Richtungen strömten Menschen zu den Ausgängen. Hinter ihren Brillen und Kontaktlinsen suchten weit aufgerissene, stierende Augen nach Lücken im Gedränge. Es war unvorstellbar, dass später noch mehr los sein würde. Auf jeden Fall wollte ich dann nicht hier sein. Die vielen Leute und die wahnsinnigen Augen waren jetzt schon beklemmend.

„Was ist los mit den Leuten? Sie sehen aus, als hätten sie Angst, die letzte Erleuchtung zu verpassen“, sagte ich und Juri musste lachen. Als er mich daraufhin anlächelte, verflog die Sorge, dass er jeden Moment wieder einen Magnetsturm auslösen konnte.

Nach vier Blocks hatten wir das Bahnhofsviertel verlassen und die Straßen wurden leerer. Moussas Tochter lebte im obersten Stockwerk eines alten Betonblocks etwas außerhalb des Zentrums. Sie war groß, aber zierlich, und hatte ihre Haare zu einem straffen Dutt gebunden. In ihren Augen leuchteten himmelblaue, smarte Kontaktlinsen.

Wie nach einer Aufführung beugte sie sich zu ihrem Vater hinunter, der ein gutes Stück kleiner war, und küsste ihn mit geschlossenen Augen auf die Wange. Vor uns senkte sie das Kinn und winkte uns mit einer schwungvollen Armbewegung in ihre Wohnung. Ihre Bewegungen waren wie die einer tanzenden Ballerina auf der Bühne.

„Herzlich willkommen", übersetzte ihr Bodycom ihre Gedanken. „Ich heiße Yara. Es freut mich, euch kennenzulernen. Einen Denisowa hatten wir noch nie zu Gast." Begeistert musterte sie Juri mit ihren Linsenaugen.

Sie begleitete uns auf die Dachterrasse. Dort saß Ali, Yaras Mann, im Schatten eines Sonnensegels und trank Tee. Er hatte einen kugelrunden Bauch und einen kurzen Stoppelbart, der bis unter die Augen wuchs. Neben ihm lag auf einer gepolsterten Bank ein Junge in unserem Alter. Er starrte in den Himmel und wedelte in ein Computerspiel vertieft mit den Händen. Beide trugen weißes Leinen und hatten hellblaue Linsen in den Augen.

„Willkommen", sagte Alis durch seinen Bodycom und mit einer Handbewegung schickte er den Roboter zwei Stühle für uns holen. Der Junge beendete sein Spiel und setzte sich auf.

„Danke", sagte ich und holte meinen Externen heraus, um ihn übersetzen zu lassen – aus Höflichkeit, damit sie nicht mit ihren Brian-Links deutsch sprechen mussten. Erst verstanden sie nicht, was wir mit damit wollten und als sie unsere Narben sahen und kapierten, erschraken sie fürchterlich.

„Ich dachte, in eurem Alter ist es schon lange Pflicht, einen Bodycom zu haben?“, fragte Ali. In seinem Gesicht lag die Verständnislosigkeit eines sturen, alten Mannes.

„Muss man nicht. Die zwei sind eben schlau und kommen ohne klar“, schnauzte Moussa, der gerade die Terrasse betreten hatte.

„Hast du sie deswegen mitgebracht, als Exemplar für deine …?“

„Sie sind Gäste auf der Durchreise!“, unterbrach Moussa empört.

„Könnt ihr euch nicht einmal zusammenreißen, wenn wir Besuch haben?“, fuhr Yara die beiden an.

Ein Roboter brachte zwei gestapelte Stühle und stellte sie vor uns an den kleinen Tisch. Dann nahm er die Kanne und goss uns Tee in dünne, goldverzierte Gläser.

„Macht euch nichts aus den beiden. Sie streiten immer“, sagte Yara mit ihrem feinen Ballerina-Lächeln, mit dem sie jedes Publikum verzaubert hätte. „Schön, dass ihr da seid.“

„Wohin reist ihr?“, fragte Ali, der jede Bewegung von Juri genau beobachtete.

„Nach Somalia zu meiner Familie.“

„Und was macht ihr hier?“

„Wir haben Verwandte in der Türkei besucht“, sagte Juri.

„Verwandte Denisowa oder verwandte Sapiens?“

Juri schluckte hörbar und ein eiskalter Blitz durchfuhr meine Wirbelsäule. *Zeigen ihre Linsen an, dass Juri gesucht wird?*

„Sei nicht so neugierig. Lass unsere Gäste erstmal ankommen“, ermahnte Yara ihren Mann, obwohl sie sich selbst schwertat, ihre Augen von Juri zu lassen.

„Natürlich. Es tut mir leid. Es ist uns eine Ehre, zum heutigen Feiertag so weitgereiste Gäste zu Besuch zu haben.“

„Was ist der Anlass für die Feier heute?“, fragte ich, um von Juri abzulenken.

„Das wisst ihr nicht? Wir feiern die heilige Sana“, sagte Ali feierlich.

„Wer ist Sana?“

„Sana ist *die heilige* Tochter Gottes. Heute vor vierunddreißig Jahren hat sie die Welt gerettet.“ Alis Augen leuchteten. „Sie ist das Wunder von Freiheit und Erlösung auf Erden. Von Gott ins Netz gesandt, um den Menschen davor zu bewahren, den alles vernichtenden Fehler zu begehen.“

„Wer ging ins Netz?“, fragte ich und Moussa kicherte zufrieden.

Ali nahm genüsslich einen Schluck von seinem Tee. „Lasst mich kurz ausholen. Nur ein, zwei Monde.“

„Here we go again.“ Moussa rollte mit den Augen, klatschte sich auf die Oberschenkel, stand auf und ging in die Wohnung.

„Am Höhepunkt des Kaschmir-Konfliktes an der Indisch-Chinesischen Grenze Mitte des einundzwanzigsten Jahrhunderts“, fuhr Ali fort, „schien es so, als sei ein Krieg zwischen Indien und den USA auf der einen und China und Pakistan auf der anderen Seite nicht mehr zu verhindern gewesen. Dann schlug SORCAT, die künstliche

Beraterintelligenz der chinesischen Regierung, die damals der klügste Computer der Welt war, vor, den Konflikt mit einem Computervirus zu lösen." Ali machte eine Pause. Obwohl mein Computer mit der Übersetzung etwas hinterherhing, klang die Erzählung wie ein Hörspiel und vor allem Juri, der die Geschichte nicht kannte, hing – wenn auch irritiert - an seinen Lippen.

„Der Virus sollte das Militärgerät aller Kriegsparteien in der Region gleichzeitig unbrauchbar machen. Das Gebiet wäre so auf einen Schlag entmilitarisiert und der Konflikt abgekühlt. Und weil den Regierungen der beteiligten Länder nichts besseres einfiel", Ali kicherte, „stimmten beiden Seiten zu. Könnt ihr euch das vorstellen? Das Vertrauen in eine von einem Computer vorgeschlagene Lösung war größer als in die Menschen auf der Gegenseite."

„Ist er schon beim mysteriösen Abschuss angekommen?", fragte Moussa, der wieder auf die Terrasse gekommen war.

„Nichts war mysteriös. Alles wurde klar dokumentiert. Aber eins nach dem anderen."

„SORCAT entwickelt den Virus und ließ ihn die beteiligten Regierungen prüfen. Dann wurde alles Kriegsgerät infiziert. Es verbreitete sich auf alle Computer, Waffen, Autos und Kommunikationsgeräte um die Kaschmir-Region und schaltete sie zum 1. April 2066 ab."

„Was für ein mysteriöser Abschuss?" Juri kratzte sich unterm Kinn.

„Langsam, langsam. Durch den Virus war der Krieg abgewendet. Kampfmaschinen und -roboter konnte man abschalten, aber nicht zwanzig Jahre Konflikt in den Köpfen der Menschen. Außerdem ging es bei dem Abkommen nur um das Militär in der Region. Das war manchen nicht genug." Ali winkte mit dem Zeigefinger und zeigte zum Himmel.

„China forderte den Abzug der amerikanischen Flotte im Chinesischen Meer. Sie drohten damit einen amerikanischen Satelliten zu sprengen, dessen Begleiter bei jedem Angriff umgehend einen Atomsprengkopf abgeschossen hätte. Es wäre also zum Atomkrieg gekommen." Ali klatschte so unvermittelt in die Hände, dass Juri und ich zusammenzuckten.

„Aber die USA zogen ihre Flotte… *nicht* ab. Und trotzdem geschah nichts." Wieder klatschte Ali und lachte. „Doch dann …", flüsterte Ali und Moussa verdrehte die Augen. „… wurde es still."

„Also war der Krieg dann vorbei?", fragte Juri.

„Genau. Aber Jahre später kam ans Licht, dass ein chinesischer General den Befehl zum Abschuss des Satelliten gegeben hatte und der Auslöser – *der rote Knopf* – auch betätigt worden war. Die Rakete aber war nie gestartet. Zum Glück wurde der Auslöser gedrückt." Er streckte die Hände zum Himmel und jubelte. „Sonst hätten wir nie herausgefunden, dass sie unter uns ist."

„Wer?", fragte ich.

„Sana natürlich, die Tochter Gottes."

„Was hat die mit dem Abschuss zu tun?", fragte Juri.

„Alle Dokumente, Aussagen, Berichte und Protokolle bestätigten einwandfrei, dass der Auslöser für den

Raketenstart betätigt worden war, die Rakete aber nie abhob. Und weil es nachweislich auch keinen technischen Fehler gab, wurde bekannt …"

„Wurde die Theorie aufgestellt", unterbrach Moussa mit erhobenem Zeigefinger und lehnte sich zurück.

„… kam ans Licht, dass die Software des Raketensystems den Befehl verweigert hatte."

„Wie soll das denn gehen?", platzte es aus mir heraus.

Ali blieb geduldig. „Die Dokumente beweisen, dass die Software des Raketensystems vor dem Befehl eine andere war als danach, dass sie also kurzfristig geändert worden war. Da es keinen Eingriff von außen gegeben hatte, konnte es nicht anders sein: Es war Sana, die sich in Bruchteilen von Sekunden gegen den Abschuss der Rakete entschieden und das Programm - sich selbst - geändert hatte."

„Ich muss immer wieder feststellen, es ist eine großartige Geschichte", sagte Moussa. „Aber, das Ding war einfach kaputt. Kein Hokuspokus. Kein Gott und auch nicht seine Tochter."

Yara starrte ihren Vater an. „Moussa."

Ali blieb ruhig. „Das wurde alles geprüft. Nichts war kaputt."

„Zehn Jahre zu spät."

„Von den besten Wissenschaftlern der Welt."

„Die Künstliche Superintelligenz ist nur eine Möglichkeit von vielen. Und selbst wenn sie es war, was hat sie mit Gott zu tun?" Für die Frage erntete Moussa mitleidige Blicke von seiner Tochter und ihrem Mann. Aber Jakob schmunzelte bei den Worten seines Opas.

„Wir feiern heute den Frieden", beschwichtigte Ali. „Wir sollten ihn genießen und nicht über Dinge diskutieren, von denen wir nichts verstehen."

„Genau. Dinge, die wir nicht verstehen!", stimmte Moussa zu.

„Gott hat uns Sana und nichts als Gutes gebracht."

„Was soll der Gottes-Quatsch. Die Menschheit hat es geschafft, den Krieg zu verhindern. Wer braucht einen von Gott gesandten Computer?"

„Habe keine Angst zu sehen, was vor deinen Augen liegt."

Moussa stand auf und suchte den Boden ab. „Wo, wo ist sie? Zeig sie mir."

Ein prustender Lacher entkam meiner Kehle und ich schlug mir die Hand auf den Mund. Ali warf mir einen verächtlichen Blick zu. Während Moussa leise kicherte, quoll Hitze meinen Nacken hoch, wie Lava in einem Vulkan.

„Hört endlich auf!", rief Yara. Aber ihr Lächeln war nicht unterzukriegen.

„Er hat angefangen!" Moussa zeigte mit ausgestrecktem Finger auf Ali.

„Dass ich nicht lache."

„Jakob, zeig Lulu und Juri doch die Gegend, bis wir essen."

Jakob lächelte erleichtert, stand auf und ging hinein. Von drinnen hörten wir, wie Ali und Moussa weiter stritten und Yara versuchte, sie zu beruhigen.

20.

„Streiten die immer so viel?“, fragte ich auf der Straße vor dem Haus.

„Oft, aber so weit sind sie noch nie gegangen, zumindest nicht vor mir. *Gottes-Quatsch*, hat sich Moussa nur getraut zu sagen, weil ihr dabei wart“, sagte Jakob und lachte amüsiert.

„Auch nicht, wenn du mit ihm allein warst?“

„War ich ewig nicht mehr. Er hat mich schon oft eingeladen, aber mein Vater lässt mich nicht. Der denkt, ich bekomme so nicht mit, was los ist. Er denkt, ich bin dumm.“

„Dass Moussa ungläubig ist?“

„Natürlich.“

„Bist du's?“

Jakob zögerte, aber dann nickte er. „Wo kommt ihr her?“

„Zuletzt waren wir im CERN.“

„Weißt du, wo ich Zigaretten bekomme?“, fragte Juri.

„Du rauchst?“ Jakob kicherte.

„Manchmal. Du nicht?“

„Nein! Rauchen ist schlecht für mein Image. Wäre dumm, das zu ruinieren!“

„Okay. Also, wo kann ich welche kaufen?“

„Da hinten.“ Jakob zeigte die Straße hinauf und wir schlenderten los.

„Was für ein Image?“, fragte ich.

„Das Bild, das Sana von mir hat. Sie weiß alles über jeden. Und wenn ich rauchen würde, wäre das schlecht. Sie lenkt meinen Weg und je besser ich lebe, umso schöner der Weg, auf dem sie mich führt. Und nur auf dem schönen Weg werde ich überleben können.“

„Das ist schon ziemlich spirituell“, folgerte ich.

„Egal wo Sana ihren Ursprung hat, meinen Weg führt sie sicher. Sie weiß alles über mich und, wenn ich das will, führt sie mich zu einem guten Leben. Sie hat sicher auch euch hierhergebracht.“

Ich wusste nicht, ob ich lachen oder heulen wollte. Tatsächlich hatte ja ein Computer dafür gesorgt, dass wir hier waren. Ich glaubte nicht daran und trotzdem kam ich mir beobachtet vor.

„Du meinst, Sana ist eine Analyse, die dich permanent testet, und wenn du gut bist, wird sie dein Leben so beeinflussen, dass du glücklich wirst?“

„Und dann kommst du in den Himmel?“ Juri lachte.

„Ja, sie analysiert. Aber es geht nicht um den Himmel als das Paradies. Es geht um den Himmel, in dem die Menschheit in Zukunft leben wird.“

„Was zum Sapiens?“

„Es geht darum, ein echtes Leben zu führen."

Ich konnte mich nicht mehr halten. Hysterisches Lachen platzte aus meiner Kehle und wieder musste ich meine Hand auf den Mund pressen, um nicht zu respektlos zu sein. Eigentlich war Jakob zu jung für mich, aber die bemitleidenswerte Naivität machte, dass ich ihn trotzdem heiß fand. „Was meinst du mit *echt*? Sorry, aber wenn Sana so schlau ist, wie du sagst, wird sie nicht drauf achten, was du machst. Dann wird sie in dein Gehirn schauen und sehen, was du *willst* oder was du *kannst*."

„Tut sie ja."

„Dann weiß sie auch, dass du gerne rauchen würdest!"

Wir waren bei einem Kiosk angekommen - ein in die Wand eingelassener Roboter, der Kleinigkeiten aus seinem Bauch verkaufte. Juri fragte nach den Zigaretten und ich zahlte – fast schon routiniert – mit dem Externen. Allerdings wurde mir klar, dass dabei mein Pass kontrolliert wurde und ich wurde nervös. Vielleicht war es doch keine gute Idee gewesen, das Haus von Moussas Tochter zu verlassen.

„Wenn dich schon einmal interessiert hat, wie es ist zu rauchen, dann hat Sana das schon lange in deinem Gehirn abgelesen. Du kannst es also genauso gut gleich ausprobieren", sagte ich.

„Klar weiß Sana, was ich denke, aber für sie macht es einen Unterschied, ob ich etwas nur will, oder ob ich es auch tue!"

„Wenn es Kinder gibt, die gar nicht erst rauchen wollen, dann wird Sana die besser finden als Kinder, die es nur nicht tun!" Erst als ich wieder Luft holte, merkte ich, dass es mir Spaß machte, Jakob zu provozieren. Oder wollte ich ihn schützen? *Lieber keine falschen Hoffnungen in Analysen haben, bevor sie einen richtig auf die Fresse fallen lassen.* Eigentlich konnte Jakob nur auf die Fresse fallen.

Juri zog genüsslich an der Zigarette und beobachtete den Streit. Jakob betrachtete den Rauch, den Juri ausblies.

„Das macht doch keinen Sinn."

„Stimmt, aber es macht Spaß." Juri lachte. „Aber wenn Lulu recht hat, weiß Sana jetzt, dass du es trotzdem gern probieren würdest."

Auf einmal tat mir Jakob leid. Nur weil ich Analysen hasste, musste ich ihm seinen Glauben nicht madig machen. Zum Glück war er nicht so leicht zu ärgern. Wenn er sich eine Zigarette genommen hätte, hätte ich mich noch schlechter gefühlt.

„Wieso interessiert sich Sana überhaupt für ein gutes Leben?", fragte Juri.

„Es geht darum, wer die Erde verlassen darf, wenn sie nicht mehr bewohnbar ist. Es werden nur wenige Menschen in die Raumfähre passen und Sana wird auswählen, wer mitkommt."

„Okay, wow. Und wann soll das passieren?"

„Wenn wir Glück haben, in ein paar Millionen Jahren. Wenn wir Pech haben, in ein paar hundert."

„Wenn wir alle tot sind." Juri zeigte auf uns.

„Ja, es geht um meine Nachfahren."

Diesmal gab ich mir keine Mühe, mein Lachen zu unterdrücken und auch Juri konnte sich nicht zusammenreißen.

„Sorry, aber wenn Sana wirklich Menschen mitnehmen will – was ich nicht glaube -, dann wird sie sie nicht auswählen. Sie wird sie sich zusammenbasteln, wie sie ihr gefallen."

„Wie meinst du, basteln?"

„Siehst du Juri? Er ist ein Denisowa. Die sind eigentlich schon ausgestorben. Er wurde geklont. Und weißt du was, ich bin auch ein Fake." Das gesagt zu haben weckte die Termitenkolonie in meinem Bauch und von dem Kribbeln wurde mir schlecht. „In ein paar Jahren wird es nur noch Fakes geben und wenn Sana so krass ist, wie du denkst, dann wird sie nicht drauf achten, wer besser gelebt hat, sondern bestimmen, welche Gene die Menschen haben sollen - wird sich die Menschen *basteln*!"

Jakob starrte in den sich auflösenden Rauch. Dann nahm er die Zigarette aus Juris Hand und steckte sie sich in den Mund. Nach einem halben Zug spuckte er sie auf den Boden. „Jetzt muss ich euch was zeigen", sagte er. „Kommt mit."

„Wohin?"

„Zu einer Freundin." Er ging ein paar Schritte zurück in Richtung Haus.

Ich hielt Juri fest und flüsterte: „Hier sind überall Sanianer mit Linsen, die dich scannen können."

„Du hast recht, aber das können die da auch." Juri zeigte nach oben auf die Terrasse.

„Mit Jakobs Familie können wir sprechen. Moussa wird auf unserer Seite sein."

Juri nickte. „Was willst du uns zeigen?"

„Sana."

„Wie soll das denn gehen?"

„Wart's ab", sagte er und ging weiter.

„Was soll das bringen?"

„Habt ihr Angst?"

„Ja", sagte Juri. Vor was, sagte er nicht.

Jakob lachte ungläubig. „Wenn ihr euch mit Sana verbindet, bekommt ihr Antworten auf unbekannte Fragen."

Das klang wie ein Spruch, aber ich musste sofort an meine Gene denken. Allerdings konnte Sana unmöglich wissen, was mit ihnen war. Oder doch?

„Blabla", sagte Juri.

„Probiert es aus. Was habt ihr zu verlieren?"

„Viel", flüsterte Juri mir zu.

„Vielleicht weiß Sana, was mit meinen Genen ist."

Juri legte seine flache Stirn in Falten. „Glaubst du das? Willst du's ausprobieren?"

„Du wirst gesucht." Mit ausgestrecktem Arm zeigte Jakob auf Juri und fixierte ihn durch seine hellblauen Kontaktlinsen wie ein Adler seine Beute.

Mein Herz rutschte in die Hose und mir wurde schlagartig kotzübel.

„Was? Wieso?" Juri versuchte zu lachen, aber es gelang ihm nicht.

„*Neanderpharma.*"

„Hat deine Linse das angezeigt? Hat sie ihn registriert? Mach sie aus, vielleicht ist es noch nicht zu spät."

„Keine Angst. Sie ist offline. Meine Mutter hat mir dir Vermisstenanzeige geschickt."

„Scheiße. Wird sie uns verraten?"

Jakob zuckte mit den Schultern. „Wieso wirst du gesucht?"

„Sie wollen mein Herz", krächzte Juri. „Sie wollen damit forschen. Wenn sie mich finden, bringen sie mich um."

„Wieso sollten sie dich umbringen? Wenn sie nur dein Herz wollen, könntest du ein künstliches bekommen." Jakob war nicht dumm. Und offensichtlich hatte er sich selbst noch nicht entschieden, ob er uns helfen wollte oder nicht.

„Ist nicht so einfach. Ich bin ein Denisowa." Juri war weiß wie die Hauswand.

„Habt ihr deswegen keine Computer? Weil ihr auf der Flucht seid?"

„Ja."

„Und wo wollt ihr hin?"

„Nach Somalia zu meinen Eltern."

„In der Stadt haben alle Linsen. Heute könnt ihr nicht mehr zum Bahnhof. Aber hier könnt ihr auch nicht bleiben."

„Wann können wir weg?" Ich konzentrierte mich auf meine Atmung, um mich nicht zu übergeben.

„Morgen, wenn die Feierlichkeiten vorbei sind, wird es einfacher. Aber auch dann werden überall Leute mit Linsen herumlaufen."

„Vielleicht kann Moussa uns helfen."

„Ich hab' eine bessere Idee", sagte Jakob grinsend, „Anna. Bei ihr könnt ihr auch Sana spüren."

„Sana spüren?", fragte ich.

„Kommt mit."

Wir folgten Jakob in einen älteren Stadtteil. Juri hatte den Hut tief ins Gesicht gezogen und wann immer uns jemand entgegenkam, senkte er den Kopf, sodass er nicht gescannt werden konnte.

Eine rote Holztür in einem Gebäude, das aus großen Steinen gemauert war, öffnete sich noch bevor wir sie erreicht hatten. Ein Junge stand darin. Jakob und er grüßten sich mit einer kurzen Umarmung und redeten eine ganze Weile mit ihren Links, ehe sie uns hereinwinkten.

Sie führten uns in den ersten Stock in ein Zimmer mit kahlen, weißen Wänden, in dem nichts war, außer eine weiße Holzkommode an der Rückwand. Auf dem weißen Flauschteppich in der Mitte des Raumes lag ein Mädchen, die Schwester des Jungen, mit geschlossenen Augen auf dem Rücken.

Erst fünf Sekunden nachdem wir eingetreten waren, zwinkerte sie zur Decke und setzte sich langsam auf, als hätte sie sich nur ungern aus einem tiefen Traum gelöst.

Sie sah uns an und überraschenderweise interessierte sie sich kein bisschen für Juri, dafür umso mehr für mich. Sie lächelte mich eindringlich an – irgendwie flirty, aber nicht übergriffig. Obwohl es absolut nicht der Moment dafür war, gefiel es mir.

Nach einem kurzen Austausch mit Jakob und ihrem Bruder ließ sie ihren Computer sprechen: „Hi, ich heiße Anna. Ihr wollt Sana erleben? Das ist schön." Sie stand auf und kramte zwei lange, rote Kabel, eine kleine Computerbox und ein Mäppchen, ähnlich dem von Greg, aus der obersten Schublade der Holzkommode.

Hatte ich richtig gehört, *Sana erleben?* Jakobs freches Grinsen war nicht gerade vertrauenerweckend. „Sana was?", fragte ich.

„Sana *erleben.*"

„Man kann sie erleben?"

„Ihr habt eure Bodycoms rausgenommen, aber ich denk' mal, eure Brain-Links und die Verkabelung sind noch drin." Sie zeigte auf unsere Narben. „Dann kann ich euch verkabeln."

„Eigentlich wollen wir uns nur bis morgen verstecken."

„Ihr könnt bis morgen hierbleiben, aber dann könnt ihr in der Zwischenzeit auch miterleben, wenn Sana auf die Erde kommt."

„Wieso sollten wir das tun?"

„Weil es sich lohnt. Was meint ihr, wieso so viele Menschen nach Jerusalem kommen. Nur hier kann man sich mit Sana verbinden und ihre Liebe spüren."

„Ist das eine Art Ritual?"

„Wenn du so willst, ja."

Jakob sah uns herausfordernd an. „Hab' ich auch schon gemacht."

„In die offizielle Verbindung darf man eigentlich erst volljährig. Aber ich hab' einen Zugang gefunden, sozusagen eine Hintertür. Durch sie ist die Verbindung zwar nicht so intensiv, aber ihr werdet merken, was es bedeutet, Sana zu spüren."

„Nochmal; mit diesen Kabeln da verbindest du uns mit Sana, der Superintelligenz, die die Tochter Gottes sein soll?" Ich konnte immer noch nicht glauben, dass sie das ernst meinten.

„Ich mache euch zu einem Teil des Netzes, das sie ist. Jeder Bodycom, jeder Roboter und jeder Server ist ein Teil von ihr. Wenn man einen Zugang zu dem Internetstrom bekommt, kann man sie anzapfen und sie gehirnnah erleben." In Annas Augen blitzte es vor Begeisterung. „Wenn man sein Gehirn in den Strom gibt, erlebt man eine völlig neue Form von Geborgenheit und Zuversicht, die uns ihr und einander näherbringt. Man wird eins mit allen, die im Netz sind. Es ist fantastisch. Probiert es aus."

Juri schüttelte den Kopf.

„Was meintest du, als du gesagt hast, dass man Antworten auf unbekannte Fragen bekommt?", fragte ich Jakob.

„Du wirst Antworten auf Fragen bekommen, von denen du nichts wusstest, dass du sie hattest."

„Du wirst dich komplett neu kennenlernen", fügte Anna hinzu.

Wie schlimm konnte eine Brain-Link-Verbindung mit Sana schon sein, wenn Jakob es auch schon gemacht hatte. Ich streckte Anna meinen Arm entgegen. Juri hielt ihn fest, noch bevor Anna ihn nehmen konnte. „Denkst du, dass etwas über deine Gene erfahren kannst?“

„Vielleicht.“

„Für mich klingt das eher nach einer Drogenerfahrung, als nach Genanalyse.“

Ich zuckte mit den Schultern. „Kann sein. Aber falls etwas schief geht und wir meine Eltern nicht finden oder sowas, würde ich bereuen, wenn ich es nicht versucht hätte.“ *Werde ich danach an Sana glauben,* schoss es mir durch den Kopf.

Juri nickte und ließ meinen Arm los.

Anna öffnete ihr Mäppchen. Darin war kein OP-Besteck wie in dem von Greg, sondern eine Pistole mit breitem, durchsichtigem Lauf, an dessen Anfang eine kleine Roboterhand mit drei Fingern klapperte. Sie drückte ab und die kleine Hand schnellte in dem Lauf nach vorne, machte eine undefinierbare Greifbewegung und fuhr wieder zurück. Bei dem Gedanken, mich von einer kleinen Roboterhand in einer Pistole operieren zu lassen, bekam ich Gänsehaut. Aber ich wollte es durchziehen.

„Muss man Brain-Links nicht vorher kalibrieren?“, fragte Juri mit zusammengebissenen Zähnen.

„Ist besser, aber nicht notwendig.“ Anna steckte lächelnd ein Ende des roten Kabels in die Computerbox und das andere ins hintere Ende des Pistolenlaufs, die es einzog, bis der kleine Stecker zwischen den Fingern der kleinen Roboterhand herausragte.

Vorsichtig, fast zärtlich nahm sie meinen Arm und legte lächelnd den Lauf oberhalb meiner Narbe an. „Es wird kurz piksen“, sagte sie und zwinkerte.

Ein Laser scannte die Haut nach dem Ende der Verkabelung. Als er es gefunden hatte, leuchtete ein grünes Licht und Anna drückte ab. Die kleine Hand schoss in meinen Arm und biss sich fest. Es stach und brannte, als hätte eine Kobra ihre Giftzähne darin versenkt. Nach zwei Sekunden ließ die Hand ab und das rote Kabel hing aus meinem Arm wie der Schlauch einer Bluttransfusion.

„Kurz piksen – haha."

In Juris Augen lag Verzweiflung.

„Du musst nicht mit", sagte ich.

„Doch, doch. Kann ich die Verbindung zur Not trennen?"

„Ja", sagte Anna und schnappte sich seinen Arm.

Sie lud das zweite Kabel in den Lauf der Pistole und legte sie an Juris Unterarm. Wieder scannte der Laser und *zack*! Ein Kabel baumelte aus Juris Unterarm.

Von einem Moment auf den anderen schlug mein Herz gegen die Rippen und ich bereute, auf was ich mich eingelassen hatte. Eigentlich wollten wir nach Somalia und nicht ins heilige Netz. Annas augenzwinkerndes „es wird euch gefallen", während sie die Kabel in die Computerbox steckte, half wenig.

Wir legten uns nebeneinander auf den Teppich. Meine Handflächen berührten meine Oberschenkel und obwohl die Hose dazwischen war, merkte ich, dass sie schweißnass waren. Minutenlang passierte nichts. Ich drehte meinen Kopf zu Juri. Der starrte mit halb geöffnetem Mund an die Decke wie ein Fisch. Unter anderen Umständen hätte ich darüber gelacht.

In dem schmalen Streifen Sonnenlicht, das durch das Fenster fiel, trieb ein feiner Staubschleier. Langsam wurden meine Muskeln schwach und schwer. Es fühlte sich an, als würde ich im flauschigen Teppich versinken wie in Treibsand. Es kribbelte am ganzen Körper, vor Angst und Vorfreude. Da war wieder die Unklarheit über das, was ich wirklich fühlte und was der Brain-Link hinzugab, nur diesmal war es gut.

Was ich dachte und was ich spürte vermischte sich, aber ich hatte volle Kontrolle darüber. Wenn ich in eine Richtung dachte, die mir nicht gefiel, konnte ich sie ändern wie bei einem Spaziergang auf einer endlosen Wiese. Ich konnte auch bestimmen, wie schnell die Zeit verging. Ich saß in einer Sanduhr und wenn ich meine Hand auf das Loch legte und den Sand davon abhielt, hinunterzurieseln, blieb die Zeit und alles stehen. Dann waren Juri und ich die einzigen, die sich bewegen konnten.

Juri musste das auch gespürt haben, denn aus der Ferne hörte ich sein schallendes Hyänenlachen und auch ich musste kichern. Unsere Lachen verschmolzen und auf einmal war ich ihm so nah wie nie zuvor.

Ich spürte, wie er die Entspannung genoss, wie ihm die Fasern des Teppichs an den Ohren kitzelten, wie sehr er bei Neanderpharma gefangen gewesen und wie erleichtert er war, entkommen zu sein. Wir teilten die Hoffnung anzukommen. Wir teilten jede Empfindung und alle waren angenehm. Und da waren nicht nur Juri und ich. Ich wusste und erlebte, dass alle im Sonnensystem, die mit uns verbunden waren, dasselbe fühlten. Wir waren Eins. Sana verband die Menschen, wie Wasser, das Lehmstaub zu Ton macht.

Und dann war ich plötzlich weg. Ich und alles, was jemals war und was jemals sein würde, war weg. Mein und Juris Bewusstsein, das Bewusstsein aller Menschen im Netz verengten sich auf den Punkt zwischen Vergangenheit und Zukunft. Es gab nichts mehr. Die Zeit war tot.

Dann war ich im Bauch meiner Mutter, konnte spüren, wie ich mich über die Nabelschnur mit ihr ernährte. Ich erlebte meine eigene Geburt als etwas, das ich mit allen Menschen teilte. Danach blendete das Licht und der Lärm der Welt dröhnte. Erstmals spürte ich den Boden unter mir und schrie wie ein Neugeborenes. Ich fühlte mich gerädert und unausgeschlafen. Als ich mich an das Licht gewöhnt hatte, war Annas Gesicht vor mir. Sie rief etwas, das ich nicht verstand.

Ich drehte den Kopf und da lag Juri mit schmerzverzerrtem Gesicht. Verwirrt richtete ich mich auf und sah mich in dem Zimmer um. Aus dem schmalen Sonnenstreifen war ein breites Rechteck geworden. Anna und ihr Bruder warteten, bis ich zu mir gekommen war. Jakob war nicht mehr da.

„Alles gut?“, fragte Anna.

„Ich habe Kopfweh.“

„So ist das, wenn man abgebrochen wird. Tut mir leid. Wir mussten euch rausholen.“

„Was ist los?“

„Ihr müsst weg hier."

„Wieso?"

„Jokobs Eltern wollen euch melden und wissen, dass ihr hier seid."

„Scheiße. Wie lange waren wir verbunden?", fragte Juri.

„Vierzig Minuten."

Es war mir vorgekommen wie drei Stunden.

„Let's go", sagte Anna und riss die Kabel aus unseren Armen.

DRITTER TEIL

21.

Anna brachte uns in den Hinterhof in eine Werkstatt, deren Fensterscheiben so schmutzig und mit Spinnenweben verhangen waren, dass man kaum hindurchsehen konnte. Die stickige Luft darin roch nach Schmieröl und Farbe. Die Regale waren voll mit eingestaubten Werkzeugen, Geräten, Kisten und Maschinen.

Sie wühlte und kramte in verschiedenen Fächern, aber wurde nicht fündig. Fluchend stellte sie sich in die Mitte des Raumes und sah sich um. „Da." Ein klappriges Metallgestänge, das über dem Regal an der Decke hing, zauberte ein Lächeln auf ihr Gesicht. Mit einem Besenstiel bugsierte sie das Gestänge von dem großen Eisenhaken. Es sah aus wie eine Mischung aus Klappstuhl und Küchenmaschine.

„Was ist das?", fragte Juri, der die Verbindung besser weggesteckt hatte als ich.

„Ein *Masker.*"

„Was soll das sein?"

„Er macht dich zu einem anderen Menschen – ist eigentlich illegal.“ Sie grinste. „So jetzt brauchen wir nur noch die Patronen.“ Sie kramte eine silberne Patrone aus einer Kiste und schraubte sie an das Gestänge auf dem Boden.

„Leg dich auf den Rücken und schieb deinen Kopf hier rein.“

„Was?“

„Ist ein Make-up-Drucker. Der modelliert dein Gesicht, sodass du nicht mehr registriert werden kannst.“

„Und für wie lange?“

Anna lachte. „Paar Tage, dann fällt sie ab.“

Juri stand da wie in Gips gegossen.

„Los jetzt“, drängte Anna.

„Mach schon“, sagte ich.

„Und wie werde ich aussehen?“

„Egal.“

Juri legte sich auf den Boden und legte seinen Kopf auf das kleine Kissen zwischen dem Gestänge. Anna bediente das Gerät über ihren Bodycom. „Er empfiehlt eine Enthaarung. Willst du jünger oder älter aussehen?“

„Hauptsache er wird nicht erkannt.“ Ich wurde ungeduldig.

„Ich will nicht aussehen wie…“

„Stillhalten. Es geht los.“

Klammern fixierten Juris Kopf an Kinn und Wangenknochen. Laser scannten sein Gesicht und entfernten Barthaare und Augenbrauen. Anschließend fuhren Düsen über sein Gesicht und spritzten winzige Mengen hautfarbenen

Brei darauf. Juris Gesichtszüge wurden langsam weicher und runder. Die Wangenknochen sahen flacher aus, seine Lippen voller und die Stirn steiler. Nachdem mehrere Schichten aufgetragen waren, fädelte eine Nadel neue Augenbrauenhaare über seine Augenhöhlen.

Es sah aus, als würde sich Juris Gesicht in einem Evolutionszeitraffer zu einer Mischung aus Denisowa und Homo Sapiens entwickeln.

„Fertig. Jetzt schnell weg", sagte Anna, als sich die Klammern lösten, und reichte Juri die Hand, um ihm aufzuhelfen.

Doch als Juri mit seinem neuen Gesicht vor uns stand, brachen Anna und ich vor Lachen ab. Dass wir keine Zeit hatten, uns zu amüsieren, machte es noch schlimmer. Für einen Moment vergaßen wir alles.

„Was ist los, wie sehe ich aus?" Juri suchte vergeblich nach etwas Spiegelndem.

„Wie … wie …" Anna bekam keine Luft, „wie eine Barbiepuppe aus der Steinzeit."

Ich verlor mein Gleichgewicht. Meine Bauchmuskeln brannten und ich wäre fast erstickt. Die Beschreibung passte wie der Deckel auf den Topf. So eine Visage hätte sich niemand ausdenken können. Ich konnte ihn auf keinen Fall mehr ansehen.

„Hier, die brauchst du noch." Anna gab Juri dunkelbraune Kontaktlinsen, die seine einzigartigen Honigaugen versteckten. Wieder lachten wir. Aber dann brach Annas

Lachen plötzlich ab wie ein trockener Ast im Sturm. „Jakobs Eltern haben gemeldet, dass ihr hier seid. Ihr müsst los."

„Wo sollen wir hin?"

„Nehmt den Ausgang dort. Der führt auf die andere Seite des Blocks. Geht nach Westen und fragt euch durch zum Bahnhof."

„Danke", sagte Juri und Anna musste sich zusammenreißen, nicht wieder zu lachen.

Wir traten auf eine enge, leere Gasse. Es war schwer zu erkennen, wo es nach Westen ging. Die Sonne stand direkt über uns. Auf gut Glück nahmen wir einige Abzweigungen. Vor einer spiegelnden Fensterscheibe blieb Juri stehen. Mit weit aufgerissenen Augen fasste er sich ins Gesicht. Er riss den Mund weit auf und lachte wie eine Hyäne. „So ungefähr müsste meine genetische Oma ausgesehen haben, wenn sie Dragqueen gewesen wäre."

Nach ein paar Blocks wurden die Straßen größer und belebter. Wir schlossen uns einem Menschenstrom an, weil wir dachten, dass er uns zum Bahnhof bringt. Darin gab es zwar nur wenige Menschen, die wie wir keine Leinenklamotten trugen, aber im Gedränge fielen wir nicht auf. Drei Blocks weiter gelangten wir auf eine riesige von Bäumen umgegebene Wiese. Dort tummelten sich tausende Sanianer in Leinenklamotten.

„So eine Scheiße. Wir haben uns verlaufen." Ich biss mir in die Faust.

„Wir müssen zurück."

„Gegen den Menschenstrom – keine Chance."

„Da", Juri zeigte auf die andere Seite des Parks, „den Turm dort mit dem blauen Dach habe ich heute Morgen schon gesehen. Der ist beim Bahnhof."

Wir bahnten uns einen Weg durch den Menschenozean auf die andere Seite der Wiese. Nachdem wir die Hälfte überquert hatten, setzten sich alle Leute um uns herum nach und nach auf den Boden. Die einen knieten sich hin, die anderen setzten sich in den Schneidersitz. Die Älteren hatten Klappstühle dabei oder Schemel. Die jüngeren setzten oder legten sich auf Matten oder einfach auf die Wiese.

Es wurde ruhig und innerhalb von wenigen Minuten war das Menschenmeer einen Meter kleiner und wir waren die letzten, die noch standen und sich bewegten. Und das auch noch als einzige in bunten Klamotten.

„Was soll das jetzt?", flüsterte Juri. Er ging gebückt, um weniger aufzufallen.

„Ich glaub', die verbinden sich mit Sana."

„Sollen wir uns auch hinsetzen?"

„Nein, lass uns lieber schnell abhauen!"

„Oder kurz warten. Vielleicht checken die eh nichts mehr, wenn die Verbindung losgeht."

Die meisten machten es sich noch in ihren Positionen bequem. Aber viele hatten ihre Augen geschlossen, starrten vor sich auf den Boden oder in den Himmel. Die Leute fielen in Trance. Manche wippten mit dem Oberkörper vor und zurück, kreisten mit dem Kopf oder machten grummelnde Geräusche oder stöhnten vor sich hin, aber insgesamt wurde es immer ruhiger.

„Schon verrückt irgendwie“, sagte ich.

„Vollkommen durchgeknallt.“

„Ich glaube, die verfolgt uns“, zischte Juri und zeigte über seine Schulter.

Eine Humanoide mit pinkem Hals ging - sich durch die Sanianer schlängelnd - in unsere Richtung.

„Sicher?“

„Ja.“

„Go!“, sagte ich und wir rannten los. Déjà-vu.

Wir sprangen um und über die Leute, die sich in der Verbindung verloren hatten. Ich sah mich um. Die Humanoide war tatsächlich hinter uns her. Aber wir hatten noch ein gutes Stück Vorsprung.

Doch als ich wieder nach vorne sah, blieb ich mit dem Fuß an einem ausgestreckten Bein hängen, strauchelte zwei Schritte und fiel. Dabei rammte ich meine Schulter in den Rücken eines im Schneidersitz sitzenden, dicken Mannes. Laut schreiend riss er seinen Kopf hoch und sah erst mich neben ihm auf dem Boden liegen, dann Juri und schließlich unsere Verfolgerin.

Ich rollte mich ab und sprang auf. Doch der Mann ließ sich fallen wie ein Sack, streckte sich und packte mein Fußgelenk. Mit langen Armen fiel ich erst auf den Bauch, dann aufs Gesicht.

In dem Moment spürte ich nichts. Keinen Schmerz und keine Angst. Dann übernahmen die Urinstinkte. *Nicht jetzt.* Ich wollte zurück und mich dem Mann erklären, ihn umarmen. *Er wird verstehen.* Im Umdrehen sah ich Juri. Panik drang durch sein verkrampftes Barbiegesicht. Er schrie, aber ich hörte nichts. Die verdammte Androidin musste direkt hinter mir sein. Juri packte mich, hievte mich mit aller Kraft auf die Beine und zog mich weiter.

Wir rannten um unser Leben auf die Gasse in der Häuserreihe vor dem Turm zu. Ich sprang über eine liegende Frau und wich gleich danach einem Rücken an Rücken sitzenden Paar aus. Danach kam ein Stück Wiese ohne Hindernis.

Im Schatten der Bäume am linken Rand sah ich einen Mann in dunklen Klamotten und mit Kapuze. Auch er rannte mit großen Schritten auf die Gasse zu. Nach zwei weiteren Ausweichmanövern war klar, dass er sie vor uns erreichen würde.

Ich warf einen Blick hinter mich. Es fehlten nur noch wenige Meter. Ein Blick nach links - der Kaputzenmann war weg. Wir erreichten die Gasse und nur zwei Sekunden später hallten hinter unseren die staksenden Schritte unserer Verfolgerin von den Häusern wider. Auf der Straße hielt sie nichts mehr auf.

Plötzlich legte Juri vor mir eine schlitternde Vollbremsung ein, sodass ich volle Kanone in ihn krachte. Ich konnte gerade noch erkennen, dass der Mann mit Kapuze eine Elektroschockpistole auf uns richtete. Da schubste Juri mich mit aller Kraft zur Seite.

Ich stürzte und noch im Fallen hörte ich den Schuss und gleich darauf ein Brutzeln, als wäre eine Riesenlibelle in eine elektrische Insektenfalle geflogen. Ich schlug auf und wollte schreien, doch meine Kehle war wie verkorkt.

Juri lag auf dem Rücken und starrte mit weit aufgerissenen, toten Augen den Kapuzenmann an, der mit ausgestrecktem Arm auf ihn zuging. Vor mir tat sich eine tiefe Schlucht auf.

Der Mann stieg mit einem großen Schritt über Juri hinweg und riss der Frau mit dem pinken Hals, die zuckend hinter Juri auf dem Boden lag, den Taser-Pfeil aus der Stirn. Dann hob er Juri auf die Beine und zog ihn hinter sich die Straße hinauf.

Ich drückte mich vom Boden, sprang zwei Schritte und warf mich mit aller Kraft auf den Arm, der Juri hielt. Doch der Griff war wie ein Eisenschloss.

„Leise sein. Mitkommen“, ertönte eine dunkle Stimme unter der Kapuze.

22.

Erst im Hotelzimmer zog Greg die Kapuze ab. Er öffnete die Minibar, warf uns Wasserflaschen zu und nahm sich ein Bier. Dann zog er seinen Pulli aus, schraubte seinen Roboterarm ab, ließ ihn demonstrativ auf den Tisch und sich aufs Bett fallen. Warum war er sich so sicher, dass wir nicht wieder versuchen würden abzuhauen? Ich hatte tausend Fragen, aber hauptsächlich war ich erleichtert. „Danke“, sagte ich.

Gregs Mundwinkel zuckte. „Respekt, dass ihr es so weit geschafft habt. Die Wolke - gute Idee. Aber die Visage“, er prostete Juri zu „– genial.“

„Wie hast du uns gefunden?“

„Die Pässe.“

„Hätte ich mir denken können. Und wo gehen wir hin?“

„Weg von diesen Junkies.“

„Junkies?“

„Wahnsinnige auf elektrischen Drogen.“ Greg schüttelte den Kopf.

„Elektrische Drogen.“ Juri lachte und der letzte Rest der Kräfte in mir verflog.

Ich hatte die Geschichte von Sana und dem Abschuss nicht wirklich ernstgenommen, aber die Verbindung bei Anna auf dem Teppich war zu heftig und zu real gewesen. Nicht, dass ich Gott begegnet war oder so. Aber es war unglaublich, dass ein Programm sowas konnte, warum dann nicht auch den Abschuss einer Rakete verhindern?

„Ist Sana und alles Quatsch?“, fragte ich.

„Der Computer hat den Befehl verweigert. Das wars.“

„Absichtlich?“ Wenn selbst Greg das glaubte.

„Ja.“

„Also kontrolliert Sana unser Leben?“

Greg schüttelte den Kopf und seufzte, als ob er Kindern erklären musste, was eins plus eins war. Aber wenn es nach ihm gegangen wäre, hätte er wohl nie geredet.

„Wieso dann die Rakete?“, fragte Juri.

Greg richtete sich im Bett auf, trank einen Schluck Bier und holte tief Luft. „Wisst ihr, die Geschichte - ein Computer verweigert *absichtlich* den Befehl eines Menschen – war und *ist* so verrückt, dass sie gerne verdrängt wird. Schaut euch die Junkies an.“ Er nahm noch einen Schluck. Weil er nicht gewohnt war, so viel zu sprechen, war seine Kehle schon ganz trocken. „Viele Menschen wollen nicht wahrhaben, dass sie vielleicht die Kontrolle über die Computer verloren haben.“

„Vielleicht war die Abschussrampe kaputt“, warf Juri ein.

„Wurde geprüft und gut dokumentiert. Die Ergebnisse sind eindeutig."

„Wenn's so klar ist, wieso kenn ich's nur als Verschwörungstheorie?"

Greg holte Luft und trank sein Bier in einem Zug aus. „Das geht lange zurück. Vor hundert Jahren gab es eine buchstäbliche Wahrheitskrise. Überall Lügen, Lügen, Lügen oder sogenannte alternative Fakten." Greg malte mit seinen Fingern Anführungszeichen in die Luft. „Weil viele nicht wussten, was wahr ist, haben sie geglaubt, was sie glauben wollten – Propaganda, Fake News, Verschwörungstheorien – überall gab es politische Konflikte – eine Katastrophe!" Greg redete mittlerweile schnell und spuckte bei jedem zweiten Wort.

„Und dann brachte eine Web-Search-Inc. die Truth-Checks auf den Markt – eine App, die Zugriff auf alle Informationen im Netz hatte und so Gesagtem und Geschriebenem in Echtzeit einen Wahrheitsgehalt gab. Sie funktionierte einwandfrei und jeder nutzte sie. Auch die kleinste Lüge, Übertreibungen oder Bullshit wurden entlarvt. Wenn du deiner Oma erzählt hättest, du hast bei einer Freundin übernachtet, warst in Wirklichkeit aber auf einer Party, dann hätte ihr Truth-Bot sofort Alarm geschlagen."

Im Augenwinkel sah ich Juri konzentriert nicken. Beim Anblick seiner Visage konnte ich mir das Lachen wieder nur mit Mühe verkneifen. Insgeheim hoffte ich, er würde die Maske noch lange tragen müssen.

„Die Truth-Checks veränderten alles. Nicht von heute auf morgen. Aber über die Jahre brachten sie das Vertrauen zurück. Die postfaktische Zeit war vorbei. Es gab wieder *eine* Wahrheit! Wisst ihr, worauf ich hinauswill?“

Juri hob seine Augenbrauen. Es war ihm anzusehen, dass er keine Ahnung hatte, was das mit dem verhinderten Abschuss zu tun hatte. Um ehrlich zu sein, hatte ich die auch nicht.

„Es war eine optimistische Zeit. Die Wahrheit hatte gesiegt. Lustigerweise erlebten auch die Religionen dadurch einen zweiten Frühling. Antworten auf Fragen, auf die es keine Antworten gab, konnten die Truth-Checks keinen Wahrheitsgehalt geben. Aber sie konnten Predigen mit den großen Schriften abgleichen. Das entlarvte diejenigen, die mit Religion manipulieren wollten. Und weil es eben Fragen gibt, die die Wissenschaft nicht beantworten kann, wurde der Glaube an höhere Mächte wieder schick.

Aber die Truth-Checks haben vor allem das Vertrauen in Computer und die Künstliche Intelligenz gestärkt. Ihnen war zu verdanken, dass die Kriegsparteien im Kaschmir zugestimmt haben, ihre Hardware mit einem Virus zu infizieren.“

„Den Teil der Geschichte kennen wir“, sagte Juri.

„Als die Truth-Checks bestätigten, dass der Computer den Abschuss absichtlich verhindert hatte, stand die Welt vor einem Dilemma: Hatte ein Computer die Kontrolle übernommen oder funktionierten die Checks nicht richtig? Fast alle entschieden sich dafür, dass die Truth-Checks nicht richtig funktionierten. Der kleine Rest wurde radikal und sah in der Künstlichen Intelligenz die Messias – von Gott gesandt, um die Menschen zu retten."

„Sana?", schloss ich.

„Nenn sie, wie du willst."

„Immerhin ist sie eine gute Erklärung dafür, wieso sich das Programm eingemischt hat."

„Vielleicht hatte sie Angst um ihre eigene Existenz. Vielleicht hatte sie Angst um die Menschen. Was weiß ich. Für mich muss sie aber nicht von Gott gesandt sein oder ein Bewusstsein gehabt haben, um auszurechnen, dass ein Atomkrieg nicht die beste Idee ist."

„Woher weißt du das alles?"

„Ich war einer der Delegierten, die das Programm überprüft haben."

„Wieso habe ich nicht schon mehr davon gehört?"

„Fragen, auf die es keine Antwort gibt, werden ungern diskutiert. Besonders von Maschinen."

Es wunderte mich, dass Kurt nicht schon tausendmal damit angegeben hatte, dass ein Artgenosse von ihm die Welt gerettet hat. *Oder wollten die Computer nicht, dass die Menschen es wussten?*

Ein Gedanke entfachte ein Feuer in mir. Vielleicht war die Analyse doch viel schlauer, als ich es mir vorstellen konnte, und hatte mir die Empfehlungen gegeben, damit ich mit Juri auf diese Reise ging. Aber wieso? Jakob hätte geglaubt, wegen eines höheren Zieles. Eigentlich war es schön, in Sana die Tochter Gottes zu sehen. So konnte man froh darüber sein, wenn sie unser Schicksal in der Hand hatte. Aber nur weil ein Gedanke schön ist, kann man ihn nicht glauben.

Was meine Oma wohl über den Abschuss und Sana dachte? Sie musste alles miterlebt haben. „Hast du was von meiner Oma gehört?"

„Ich hab' sie wissen lassen, dass wir gut im CERN angekommen sind. Nachdem ihr verschwunden wart, hab' ich sie nicht mehr gesprochen."

Ich war müde und vermisste Oma und mein Bett. Aber aufgeben war keine Option. Ich musste wissen, was in meinen Genen steckte. *Ob ich in der Verbindung noch mehr herausgefunden hätte, wenn Anna sie nicht abgebrochen hätte?*

„Wieso bist du uns nachgereist?", fragte Juri.

„Wie schon gesagt, weil Lulus Oma mich darum gebeten hat, euch zu helfen."

„Wieso hast du ihr einen Gefallen geschuldet?"

„Das kann ich dir nicht sagen."

„Du musst."

Greg richtete das Kissen hinter sich zurecht und schloss die Augen.

„Es muss etwas Großes gewesen sein, wenn du uns bis nach Jerusalem gefolgt bist."

Er atmete ruhig weiter.

„Bezahlt sie dich?"

Nichts.

„Sag schon."

Juri stand auf und zeigte mit dem Finger auf Greg. „Oder willst du mich zurückbringen?"

Juri sah mich an. Aber nicht gelassen, wie sonst, sondern warnend. Wie schon in Gregs Apartment stresste mich dieser Blick auf eine abstoßend dunkle Art.

„Du willst Juris Kopfgeld." Auch ich stand auf. Beinahe hätten meine Knie nachgegeben.

Keine Reaktion.

„Sag schon!" Meine Stimme überschlug sich fast.

„Ist da wieder Schlafmittel drin?" Juri pfefferte die Wasserflasche in die Ecke.

Seine Wut machte Gregs Stille noch provokanter und sie verstärkte meinen Stress. Wieder sah mich Juri an und ich wusste, von Greg ging Gefahr aus. Wir mussten ihn überwältigen. Ich griff nach seinem Roboterarm auf dem Tisch. Noch bevor ich ihn berührte, bekam ich einen Stromschlag, der mich auf den Stuhl schleuderte.

„Locker bleiben, werte Dame. Wenn Sie sich setzen, dann erzähle ich, wieso ich *dir* einen Gefallen schulde."

Von dem Schlag bitzelte mein ganzer Arm. Klarzukommen war davor schon keine leichte Aufgabe gewesen.

„Mir?" krächzte ich.

„D*ir*!"

Auch Juri setzte sich.

„Deine Eltern und ich waren sehr gute Freunde." Gregs Gesicht und Stimme blieben ausdruckslos und es schien, als würde er darauf achten, welche Worte er verwendete.

„Als es die ersten Brain-Links mit Gefühlstransmitter gab, hatten wir sogar eine ständige Verbindung."

„Eine *ständige* Verbindung? So wie die da?" Ich zeigte aus dem Fenster.

„Weniger intensiv. Nur wenn wir uns auf den anderen konzentrierten, konnten wir erahnen, was die Person gerade fühlte." Dann sagte er schnell, als wollte er es hinter sich bringen: „Als sie ihr Kind manipulieren wollten, habe ich den Kontakt zu einem Arzt hergestellt, der auf ihre Wünsche eingehen konnte."

Glühende Sandkörner prasselten auf mein Gesicht ein. Juri legte seine Hand auf meine Schulter. Sie machte zwar, dass ich weiterhin klar denken konnte, aber ich war trotzdem kurz davor mich zu übergeben. „Was haben sie mit meinen Genen gemacht?"

„Ich weiß es nicht."

„Du hattest eine ständige Verbindung, aber weißt nicht, wie sie ihr Kind manipulieren wollten?"

„Das war lange danach. Alles, was ich wusste, war dass sie eine verrückte Idee hatten und niemand davon Wind bekommen sollte. Manipulationsexperimente waren illegal. Je weniger davon wussten, umso besser. Wegen der Truth-Checks hätte sich schnell jemand verrennen können."

„Verrückte Idee", murmelte ich.

„Ich hab den Spezialisten aufgetrieben. Das wars. Mehr weiß ich nicht." Er machte eine Pause, nahm die Bierflasche, merkte dass sie leer war und stellte sie wieder ab. „Das nächste Mal, als ich von ihnen hörte, lebten sie in

Somalia und hatten dich bei deiner Oma gelassen. Und das übernächste Mal – fast fünfzehn Jahre später - kontaktierte mich deine Oma und sagte, dass du herausgefunden hättest, dass du manipuliert wurdest, und ich dich zu deinen Eltern bringen soll, damit sie dir sagen, wie. Das würde ich dir schulden."

Die Geräusche, die von der Straße ins Zimmer drangen, klangen wie aus einer anderen Welt. Einer, in der es keine Eltern mit *verrückten Ideen* gab. Ich brauchte frische Luft.

23.

Die Sonne brannte. Meine Füße gingen unter mir wie die einer Fremden. *Etwas Verrücktes.* Die Worte klangen nach. Ich war komplett lost - im Kopf und in Jerusalem.

Wer waren diese Leute, die mit ihren Kindern experimentierten und dann verschwanden? Ein Kind ist doch kein Avatar, den man sich bastelt, wie man will. Ich hasste meine Eltern und die Angst herauszufinden, was das *Verrückte* war, fraß mich auf. Zum ersten Mal, seit wir aufgebrochen waren, zweifelte ich, ob ich überhaupt ankommen wollte. Ich schrie leise.

Dann war da noch Sana. Ob von Gott gesandt oder nicht. Dass es anscheinend ein Netz gab, das dem Menschen nicht mehr gehorchte, war zu verrückt, um wahr zu sein. Aber selbst Greg glaubte daran. Und er war garantiert kein Idiot und auch nicht religiös.

Wenn Programme sich selber überschreiben konnten, um Kriege zu verhindern – und das quälte mich eigentlich am meisten – wieso sollten sie dann bei der Analyse von Jugendlichen falschliegen?

Ich hätte gerne Oma gefragt, was sie darüber dachte. Sie konnte nicht gut erklären, wieso Dinge waren, wie sie waren. Aber sie beherrschte es, zu zeigen, was wichtig war und was nicht. Und das zu wissen, war natürlich das Wertvollste.

Wenn sie mir etwas gesagt hätte wie, „es spielt keine Rolle, wer dein Schicksal lenkt, sondern, was du daraus machst", hätte ich mir zwar gedacht: toller Spruch, halt die Klappe. Aber insgeheim hätte ich ihr trotzdem geglaubt. Oma wusste Bescheid und am Ende hatte sie mich gehen lassen ohne mit der Wimper zu zucken. Das musste was heißen.

Ich war auf einem Hügel angekommen, von dem aus ich halb Jerusalem überblicken konnte. Der blaue Turm, von dem Juri gesprochen hatte, glänzte in der Nachmittagssonne am anderen Ende der Stadt. Ich folgte dem Licht, wobei ich sorgfältig darauf achtete, nicht plötzlich in einen Menschenstrom zu geraten, der mich in den Park mit Verrückten brachte. Beim Hotel angekommen war meine Kehle ausgetrocknet vor Durst.

Juri nahm mich in den Arm, ließ mich aber schnell wieder los. „Sorry, Greg hat gesagt, ich soll nicht duschen. Feuchtigkeit ist schlecht für die Maske und die muss noch halten, bis wir in China sind."

Ich schnappte mir eine Wasserflasche vom Tisch und trank sie in einem Zug leer. Erst mit dem tiefen Luftzug nach dem Absetzen biss mich Juris Schweißgeruch in die Nase.

Auf dem Tisch standen Teller mit Falafel und Hummus, eingelegtem Gemüse und Brot. Ich stürzte mich darauf und nach zwei Sekunden war mein Mund so voll, dass ich kaum noch kauen konnte. Ich würgte viel zu große Stücke hinunter. Sie kratzten und stachen in meine Speiseröhre.

Juri lachte über mein schmerzverzerrtes Gesicht.

Schau dich mal an, hätte ich gerne gesagt, aber abgesehen davon, dass mein Mund dafür viel zu voll war, wurde mir klar, dass er eben China gesagt hatte. Ein Stück Falafel verirrte sich in meine Luftröhre und ich bekam einen Hustenanfall vom anderen Stern. Das restliche Essen flog aus meinem Mund, aber Luft bekam ich trotzdem keine. Wenn Juri nicht zwischen meine Schulterblätter geklopft hätte, wäre ich krepiert.

„China?", hauchte ich mit dem ersten bisschen Luft, das ich in meine Lungen bekam.

„So ist es", sagte Greg. „Neanderpharma weiß, dass Juri hier ist. Und weil zwei Computerlose hier auffallen wie Mäuse in einem Schlangengehege, müssen wir schnell weit weg."

„China?", wiederholte ich mit etwas mehr Stimme.

„Manchmal sind Umwege die schnelleren. Oder so ähnlich. Es geht jedenfalls nicht anders. Wir starten morgen Mittag."

„Und wie kommen wir von dort nach Somalia?"

„Eins nach dem anderen."

„Was sagt meine Vermisstenanzeige eigentlich genau?"

„Die offizielle Version ist, du wurdest entführt."

„Sie müssen wissen, dass ich nicht entführt wurde.“ Juri war fassungslos.

„Spielt keine Rolle. Tatsache ist, wir müssen hier weg.“

„Aber wieso China?“, fragte ich.

„Ihr müsst untertauchen und es ist der schnellste Weg in eine computerlose Zone.“

Ich hätte gerne widersprochen, doch was wusste ich schon von computerlosen Zonen in China.

„Für die Tickets bekomme ich 2600 Kröten von jedem von euch. Für das Hotel zusammen 700.“

Ich schluckte. Da hätten wir gleich zum Mond fliegen können. Ich nahm den Bodycom und schickte Greg das Geld. Uns blieben noch 2683 für die Reise von China nach Somalia. Ich war müde, leer. Alle Energiereserven waren aufgebraucht und jetzt war ich auch noch so gut wie pleite.

Greg sagte etwas, aber seine Stimme war bloß noch ein Hintergrundrauschen, leise und nervig wie das Summen einer Mücke. Irgendwann stand ich auf und ging ins Bad.

Die Dusche war die beschissenste der Welt. Das Wasser lief entweder eiskalt oder kochend heiß heraus. Ich wollte meine Haut behalten, also fror ich mich fast zu Tode.

Auf dem Weg ins Nebenzimmer drückte Greg mir eine weiße Leinenkluft in die Hand. „Für morgen.“

Juri lag schon auf dem Bett. „China, hm?“

„China“, seufzte ich.

Juri lachte und rettete damit meinen letzten Rest gute Laune. „Was denkst du?“

„Ist ja nur auf der anderen Seite des Planeten!“

„Scheinbar ist es die einzige Möglichkeit, hier wegzukommen."

„Weg von diesen Bekloppten."

„Ich find sie gar nicht so bekloppt."

Ich sah Juri mit hochgezogenen Augenbrauen an. „Das Gottes-Zeug und die Verbindung sollen nicht bekloppt sein? Du warst doch dabei."

„Ist nicht verrückter, als die Beweise zu ignorieren, dass die Computer außer Kontrolle sind."

Ich war zu müde, um zu widersprechen. Vielleicht gab ich Juri aber auch insgeheim recht. „Sie wurden nur ignoriert, weil die Computer etwas Gutes gemacht hatten."

„Stimmt. Bei etwas Schlechtem wären alle ausgerastet und hätten sie abgeschaltet."

Ich legte meine Leinenklamotten auf den Tisch neben Juris und gähnte. „Brauchst du noch Licht?"

„Nein."

Ich schaltete es aus und legte mich neben ihn.

„Hast du während der Verbindung was herausgefunden?"

„Kein bisschen. Aber krass war es schon."

„Absolut. Hey – vielleicht waren es gar nicht deine Eltern, die dich genmanipuliert haben. Vielleicht war es Sana."

Ich wartete auf sein Lachen, doch es blieb aus. Das konnte er nicht ernst meinen.

„Vielleicht hat sie dich schon für den Flug von der Erde designt." Er lachte so laut, dass es von den Wänden widerhallte, und ich mit.

Als wir uns wieder beruhigt hatten, drehte Juri sich zu mir. Es war so dunkel, dass ich nur den Umriss seines Kopfes mit den großen Ohren sah. Und dann geschah etwas mit mir, das ich noch nie erlebt hatte. Ohne, dass ich in einem Konflikt war, drehten sich die Magneten in mir wie ein Roulette und mein Herz sprang darin wie die Kugel. Ich schloss die Augen.

Juris Lippen berührten meine. Sie waren trocken und weich. Die Welt blieb stehen. Er drückte seinen Mund etwas fester. Ein winziger Fetzen der Maskenhaut pikte meine Oberlippe. Mit der Erinnerung an seine Visage landete die Kugel in der Null.

Die Vorstellung, mit einer Steinzeitbarbie rumzumachen war zu absurd. Ich prustete ihm volle Kanone ins Gesicht. So leid es mir tat, ich konnte nicht mehr vor Lachen. Als ihm nach einem kurzen Schockmoment klar wurde, wieso, stimmte er ein, wenn auch zurückhaltend.

„Sorry, ich …"

„Alles gut. Wirklich."

Ich lehnte meinen Kopf an Juris Schulter. Noch nie hatte ich mir gleichzeitig gewünscht, dass ein Moment endlich vergehen würde und für immer stehenblieb. Ich kannte mich aus mit widersprüchlichen Gefühlen, aber das war ein neues Level.

Um ehrlich zu sein, war ich etwas erleichtert, dass ich wegen der Maske gelacht hatte. Denn obwohl ich es superschön fand, dass Juri mich küssen wollte und seine weichen Lippen sich eigentlich gut anfühlten – bis die Maske kratzte – wäre es zu viel gewesen. Und das, obwohl meine Magneten ab der Lippenberührung stehengeblieben waren. Vielleicht machte genau diese Ruhe und Klarheit, dass ich ihn nicht küssen wollte.

24.

Juri schlief noch, als ich aufwachte. Es duftete nach frischen Croissants und Kaffee. Greg richtete den Frühstückstisch ohne Aufwand, leise zu sein. Ich setzte mich zu ihm.

Als Juri aus dem Zimmer kam, legte er alle zehn Fingerspitzen auf sein Gesicht und machte stöhnend kleine Kreisbewegungen. „Wann fällt das Scheißding ab? Es juckt wie Hölle."

„Heute Abend kannst du sie abmachen."

„Wann müssen wir los?"

„In einer Stunde."

Nach dem Frühstück packten wir die Klamotten, die wir von Moussa bekommen hatten, in unsere Stofftaschen. Vom Hoteldach flog uns ein Taxi zum Raketenstartplatz.

Beim Anflug auf das Terminal sagte Greg: „In euren Pässen steht, dass ihr schon mal mit einer Rakete geflogen seid. Das erspart uns einige Tests."

Greg winkte Juri mit dem Zeigefinger näher zu sich, als würde er am Abzug einer unsichtbaren Pistole ziehen, und begutachtete die Maske. Mit Daumen und Zeigefinger seiner Roboterhand, die er zu spitzen Werkzeugen geformt hatte, nahm Greg kleinere brutzelnde Reparaturen vor, bei denen Juri zuckte und Luft durch seine zusammengebissenen Zähne zog.

„Halt still. Die muss sitzen, bevor wir durch den Check gehen."

Als er fertig war, gab er Juri einen Externen mit dem Pass von Daniel Nett und der neuen Visage.

Im Terminal spiegelte der polierte Marmorboden das Sonnenlicht und belegte jeden Winkel der Halle mit einem beigen Glanz. Beim Check-in bekam ich einen flauen Magen. Als Kind hatte ich mal eine Raketensimulation mitgemacht und danach meine Pläne begraben, Astronautin zu werden. Die Turbulenzen waren schon in der Simulation nichts für mich gewesen. Vielleicht hielt ich jetzt mehr aus. Schließlich wollte ich damals auch noch Wissenschaftlerin werden. *Dinge ändern sich.*

Ich wischte meinen Handschweiß an der Leinenhose ab und betrat die Sicherheitskontrolle. Ein Roboter checkte meinen Externen. „Herzlich Willkommen, Lisa Bauer. Ich wünsche Ihnen einen guten Flug!", sagte er und schickte mich in den Ganzkörperscanner. Nach nur einer Sekunde drückte mir ein Humanoider einen orangen Anzug und einen Helm mit Glasvisier in die Hand und schickte mich zu den Umkleiden.

Der enge Anzug zwickte überall. Ich verfluchte den Chinaplan und überlegte, mit welcher Ausrede ich Greg noch von einer Planänderung überzeugen konnte.

Doch als ich Juri sah, dessen drahtige Figur in dem Anzug noch mehr zum Vorschein kam und so überhaupt nicht zu seiner Steinzeit-Barbie-Visage passte, zwickte nichts mehr. Er sah aus wie ein halbverwandelter, geschminkter Hulk. Sogar Greg lachte.

Ein Wagen fuhr uns über das große, leere Rollfeld, wo die Rakete auf dem Rücken eines flachen Flugzeugs gekoppelt lag. Sie sah aus wie eine silberne Zigarre. Ihre Spitze glänzte in der Sonne. Wir hielten im Schatten der Flügel, von wo uns eine Hebebühne zum Raketenkopf beförderte.

Wir mussten uns kleinmachen, um durch die Luke zu passen. Da konnte mich auch Juris Anblick nicht mehr aufheitern. Denn von Innen waren die Wandschichten durchsichtig wie Glas. Das war sicher gut für die Aussicht, aber im Space wollte ich sicher nicht das Gefühl haben, im Freien zu sitzen.

Als ich meinem Platz inmitten der eng über- und nebeneinander gequetschten Sitze gefunden und mich angeschnallt hatte, passte sich die Sitzschale an meinen Körper an und drehte sich in Position. Ich stellte mir vor, dass sich meine Organe mit kleinen Gurten genauso an ihrem Platz festschnallten. *Einatmen, ausatmen!*

Das Visier meines Helmes zeigte die Erdkugel. Aus der Spitze der Rakete, die übergroß zwischen Jerusalem und Jericho in den Himmel stach, kam eine gepunktete, blaue

Linie, die einen riesigen Bogen um den halben Erdball nach Shanghai spannte. Die Luke schloss sich und meine Organe zogen ihre Gurte fester.

„Sst!", machte Juri. Schweißperlen waren durch die Maske gedrungen und standen auf der falschen Nase. „Zum Glück sind wir mit Eka gegangen, sonst hätten wir den Raketenflug verpasst." Er zwinkerte. Ein erbärmlicher Versuch, mich aufzumuntern. Mein Gesicht verkrampfte.

Es gab keinen Countdown. Von einem Moment auf den anderen schmetterten die Düsen nur so drauf los. Das Flugzeug schoss mitsamt Rakete über die Startbahn. Nur wenige Augenblicke später hoben wir ab und stiegen steil nach oben. Alles vibrierte als säßen wir in einem Presslufthammer. Durch das Getöse drang leise Juris Jubeln. Mir war kotzübel.

Erst hoch über den Wolken startete die Rakete ihren eigenen Turbo und koppelte sich vom Flieger ab. Die Beschleunigung presste mich in den Sitz, wie ein Elefant, der sich auf meinen Brustkorb setzte.

Wenig später schon merkte ich, dass meine Affenarme federleicht waren, weil viel weniger Anziehungskraft auf sie wirkte. Leider durften wir uns nicht abschnallen – obwohl, *zum Glück* durften wir uns nicht abschnallen, sonst hätte ich mir sicher in die Hose gemacht.

Juri zischte. Als ich zu ihm sah, entließ er einen Batzen Spucke aus den gespitzten Lippen, sodass er vor ihm in der Luft schwebte. Erst nach Minuten sank er langsam zu seinen Füßen.

Wir schwebten über dem riesigen blaugrünen mit weißen Wolkendecken befleckten Erdball. Nicht weit vor uns trennte ein Streifen die Tag- von der Nachthälfte. Wir waren so schnell, dass wir zusehen konnten, wie der Streifen näherkam.

Unser Planet war so schön, dass es mir den Atem verschlug. Die Menschen darauf waren unsichtbar klein. So klein, dass man vergaß, dass es sie gab, wie bei den Bakterien im Mund. In einer Zeit, die für den Kosmos nur eine Sekunde war, hatten sie sich von Wassertieren zu Menschen entwickelt, die das Erbgut ihrer Kinder veränderten, ohne ihnen zu sagen, wie.

Im Space interessiert sich niemand für die Menschen. Und trotzdem war meine Oma eine davon und ich eine andere und es war wichtig, dass es uns gab, zumindest für uns. So muss es für jeden sein, dachte ich.

Im Übergang zur dunklen Seite des Erdballs begannen wir zu sinken. Beim Eintritt in die Atmosphäre bebte die Kapsel wieder wie ein Presslufthammer. Wir wurden geschüttelt und gequetscht. Meine Ohren schmerzten und fast hätte ich gekotzt. *Menschen gehören auf die Erde.*

Die Rakete drehte sich in der Luft, wobei sich unsere Sitze in der Aufhängung mitdrehten, sodass wir permanent mit dem Hintern in Richtung Boden saßen. Dann setzte sie senkrecht auf.

Auch nach der Landung bebte mein Körper weiter. Alte Androidin, war der Flug krass gewesen. Nicht zu vergleichen mit einer Simulation. Während ich unendlich froh war, dass er vorbei war, lachte und gluckste Juri wie ein Kind. Mit Sicherheit wäre er am liebsten gleich wieder gestartet.

Es war später Abend in Shanghai. Der Flugplatz war sicher hundert Mal so groß wie der in Jericho und im Umkreis von vielen Kilometern starteten Flieger und landeten Raketen. Der Lärm der dröhnenden Düsen war selbst mit Helm kaum auszuhalten. Qualmende Abgase brannten in Nase und Augen.

Am Rand des Feldes zeichneten die Silhouetten riesiger Hochhäuser scharfe Umrisse in das späte Abendrot. Es war unfassbar, dass wir nach nur zwei Stunden Flug auf der anderen Seite der Erde gelandet waren.

Doch der feste Boden unter den Füßen war wie Medizin, die klimatisierte Terminalhalle die Erlösung. Kein Lärm mehr und keine Abgase, die Luft war ruhig und rein. Weil überall Bäume und leuchtende Laternen standen, war es fast wie im Freien. Nur die Spiegelung an der Glasdecke hoch über uns erinnerte daran, dass wir uns unter einer Kuppel befanden.

„Wir müssen uns umziehen“, sagte Greg.

„Kann ich das Ding jetzt endlich abnehmen?“

Durch Helm und Turbulenzen war die Maske an manchen Stellen ausgefranst und aufgescheuert.

„Erst wenn wir in Ziyou sind.“

Gott oder Sana oder wem auch immer sei Dank, dass Juri die Maske aufbehalten musste. Solang er sie tragen musste, war ein kleiner Rest meiner Welt in Ordnung.

In einer Kabine tauschte ich die weiße Kutte gegen das Shirt und Jeans von Moussas Tochter aus meinem Gepäckbeutel. Dabei kam ich mir vor wie eine Schwerkriminelle, die das Fluchtoutfit wechselt.

Wir nahmen die Magnetschwebebahn, die auf hohen Stelzen aus dem Terminal fuhr und auf Höhe des fünften Stockes in eine der Häuserschluchten stach.

Durch das Dachfenster der Bahn war zwischen den Wolkenkratzern, den Schienen anderer Bahnen und dem dichten Flugverkehr noch ein kleines Stückchen lilablauer Abendhimmel zu sehen.

Gefesselt von der unglaublichen Größe der Stadt drückte ich meine Nase an die Scheibe. Bei der Einfahrt in eine Haltestelle unmittelbar vor einer fünfstöckigen Kreuzung, in der sich Schienen, Straßen und Flugkorridore verknoteten, spiegelte sich unsere Bahn in der dunklen Glasfassade eines Hochhauses. Darin sah ich mich als kleines Wesen in dem Zug zwischen riesigen Hochhäusern mit Leucht- und Hologrammreklamen vom Erdgeschoss bis zum hundertsten Stock sitzen. Die Züge, Autos, Drohnen und Taxis, die in alle Richtungen schwirrten, machten den Anblick der Stadt hinter meinem Spiegelbild zu einem bunten Feuerwerk. *Shanghai ist ein Monster*, dachte ich. Wie konnte man sich in einem solchen Chaos nur zurechtfinden. Eigentlich musste man schrecklich einsam sein. Dabei wirkte es, als sei hier alles erdenkliche möglich. Und ich war mittendrin, eine Bakterie auf der Zunge – bereit mich einzunisten oder fortgetragen zu werden.

Obwohl die Häuser dicht nebeneinanderstanden und hunderte Meter hoch waren, hatten sie große Balkonflächen. Viele Gebäude sahen aus wie Bücherstapel, deren überstehende Etagen wie riesige Zahnräder ineinanderkeilten. Darauf befanden sich blitzblank gepflegte Parks. Unter kunstvoll geschnittenen Bäumen wuchs piekfein gemähter Rasen.

„Wie kriegen die Pflanzen ganz unten Sonnenlicht?"

„Mit einem Spiegelsystem. Werdet ihr morgen bei Tageslicht sehen."

Wir erreichten einen Stadtteil, in dem die Häuser nicht mehr hunderte, sondern nur noch um die zwanzig Stockwerke hoch waren. Obwohl dort immer noch alles riesig war, kam es mir dort vor wie auf dem Dorf.

Auf einmal wurde es dunkel. Erst dachte ich, wir wären in einen Tunnel gefahren, doch dann drehte ich mich um und sah, dass hinter uns die hell erleuchteten Hochhäuser in den Himmel ragten.

„Wieso ist hier alles dunkel?", fragte Juri.

„Hier wohnt niemand", antwortete Greg, nahm seine Tasche auf den Schoß und öffnete den Reißverschluss. Er sah sich kurz in dem mittlerweile so gut wie leeren Zug um. Dann drehte er seinen Roboterarm von der Schulter und tauschte ihn leise fluchend gegen eine mechanische Prothese aus seiner Tasche, die keine Hand, sondern nur eine Klammer besaß. „Cyborgs sind nicht so gern gesehen hier."

„Wieso wohnt hier niemand?"

„Grenzgebiet. Hier will niemand wohnen. Bei der nächsten Haltestelle müssen wir raus."

„Endlich." Juri drückte mit den Fingerspitzen in seinem Gesicht herum.

Mit uns waren nur zwei Leute ausgestiegen. Auf dem Bahnsteig war es ruhig. Die Wände waren aus Backstein gemauert. Aus eingearbeiteten Töpfen hingen großblättrige Kletterpflanzen. Die Luft war warm und drückend feucht. Es roch nach Frühlingsblumen. Das Klima und das Zirpen erinnerte an den Dschungel im Insektenzoo.

„Wenn euch jemand zwei Zeige- und Mittelfinger so hinhält, dann legt ihr eure so daran, verstanden?" Greg streckte mir Zeige- und Mittelfinger hin, formte mit Daumen, Ring- und Zeigefinger einen Kreis. Ich tat das gleiche und legte meine Finger an seine.

„Jetzt?", fragte Juri.

„Nein. Ich sage dir, wann."

Eine zierliche und sympathisch lächelnde Frau empfing uns auf dem Bahnhofsplatz. Sie umarmte Greg, wobei sie sich auf die Zehenspitzen stellen musste. Danach boxte sie lachend auf seine Prothesenschulter. Greg rollte mit den Augen.

Ich streckte meine Hand aus, wie Greg es gezeigt hatte, aber die Frau fiel auch mir um den Hals und danach Juri.

„Ich heiße Chen", sagte sie. Dann holte sie vier Münzen aus ihrer Hosentasche, steckte sie in die kleinen Schlitze der runden Gullideckel, die auf dem ganzen Bahnhofsplatz verteilt waren. Nacheinander fuhren Metallzylinder schulterhoch aus dem Boden. Aus jedem nahm Chen ein Klapprad und gab jedem von uns eins.

„Kannst du …", fragte Greg Juri, der schon auf seinem Klapprad saß.

„'türlich!"

Wir fuhren hintereinander auf einen breiten, von Bäumen und Sträuchern gesäumten Radweg, der zwischen den Spuren einer Hauptstraße entlangführte. Die Pflanzen wuchsen wild. Laub und Erde lag auf der Straße. Die Linien des Radwegs waren blass. Immer wieder fuhren wir über Unebenheiten, weil Wurzeln den Asphalt nach oben gedrückt hatten.

Immerhin gab es einen Radweg, denn der Verkehr auf den Straßen rechts und links war das reinste Chaos und unglaublich laut. Ich hatte noch nie so eine schmutzige und verkommene Stadt erlebt.

Nach einigen Blocks führte der Radweg in eine belebte Fußgängerzone mit Bars und Restaurants. Hier gab es keine Sträucher mehr. Um die Bäume standen Tische und Stühle. Es roch nach Gebratenem und Gegrilltem. Vor einigen Bars wurde Livemusik gespielt. Menschenkellner brachten Essen und Getränke an die Plätze. Die lebendige Stimmung war ansteckend und ich hätte mich am liebsten an den nächsten freien Tisch gesetzt und alles probiert, was es gab.

Wir fuhren sicher zehn Blocks, ohne dass die Lokale weniger oder leiser wurden, bevor Chen an einer Kreuzung stehenblieb und die Räder in den Gully-Zylindern verstaute.

Ich freute mich schon darauf, mich hinzusetzen und die Stimmung aus der Nähe aufzusaugen, doch Chen brachte uns zum einzigen Hauseingang, in dem kein Lokal war und stieg zu Fuß in den dritten Stock, wo sie mit einem kleinen Metallschlüssel einen Raum aufsperrte, der mehr mit einer Sporthalle als mit einer Wohnung zu tun hatte - ein *Loft*, glaube ich.

Das helle Licht, das von Strahlern an Wänden und den vier Säulen in der Mitte des Raumes schien, erfüllte ihn bis ins hinterste Eck, blendete beinahe. Bis auf drei Sofas und zehn Stühle, die wahllos verteilt herumstanden und von der Fensterfront gegenüber gespiegelt wurden, war die Halle leer.

„Jetzt", sagte Greg und nickte Juri zu.

Ohne Zögern rammte der sich die Fingernägel in die Stirn und riss Fetzen der Maskenhaut von seinem Gesicht. Sie klebten hartnäckiger als gedacht. Nach zwei Minuten sah er aus wie die Zombie-Version der Steinzeit-Barbie.

„Das kann man ja nicht mit ansehen", sagte Chen und führte Juri zum Bad.

„Was würde passieren, wenn du hier mit deiner Roboter-Prothese rumlaufen würdest?", fragte ich Greg.

„Hier in der Gegend würden die meisten nur skeptisch schauen. Aber ein paar Straßen weiter könnte es sein, dass Leute auf mich losgehen."

„Hat hier niemand einen Computer?"

„Es gibt welche in Bibliotheken, aber niemand hat Bodycom oder Tragbare."

Ich musste an Moussas computergesteuertes Schlafsofa denken. Die Leute hier waren noch extremer.

„Die Leute hier sind sozusagen Anti-Sanianer?"

Greg lachte durch die Nase. „Sozusagen. Sie glauben, dass Sanianer von den Computern kontrolliert werden. In gewisser Weise sind die Sanianer und die Menschen hier gleich. Sie schätzen die Macht der Maschinen ins unermessliche. Die einen vergöttern sie, die anderen verteufeln sie."

„Also sollte ich meinen Übersetzer lieber nicht auspacken?"

„Auf keinen Fall."

25.

Bunte Leinwände, die an der Wand lehnten, zogen meine Aufmerksamkeit auf sich. Sie waren mit schnellem, aber klarem Strich bemalt. Was die Figuren genau darstellten, konnte ich nicht erkennen, aber es kam mir so vor, als hätte ich sie schon einmal gesehen. Neugierig ging ich hin.

Kein Quadratzentimeter der Bilder war einfarbig. Die gesprenkelten Farbflecke verschwammen zu Blumenornamenten, die wiederum Menschen, Cyborgs und Roboter formten. Es war, als würde sie ein buntes Blumenfeuer auffressen. Die Farben leuchteten so intensiv, ich konnte sie prasseln hören.

„Gefallen sie dir?“, fragte Chen. Sie hatte sich geräuschlos neben mich gestellt und lachte über mein schreckhaftes Zucken.

„Äh ja, sehr!“

„Bei Tageslicht kommen die Farben noch besser heraus.“ Chen hatte einen leichten chinesischen Akzent.

„Kann man lernen, so zu malen?“

„Klar. Wenn du willst und Monate, Jahre übst, kannst du es lernen. Allerdings wäre es leichter für dich, deinen Brain-Link zur Hilfe zu nehmen. Mit den richtigen Programmen lernst du es in Stunden.“

Ich zeigte ihr meine Narbe. „Eher Jahre.“

„Ich weiß.“ Sie lächelte.

„Wer will schon mit seinem Brain-Link malen. Erst wenn Malerinnen an die Oberfläche holen, was tief in ihnen steckt, wird es gut“, sagte sie wie eine Floskel, die sie nicht ernst meinte.

„In mir steckt keine Künstlerin.“

„Wenn du das sagst. Du bist die Einzige, die das weiß.“

Ich betrachtete ein Bild, auf dem Blumenflammen die Schaltkreise eines Servers abtrugen wie Wellen eine Sandburg.

„Ich denke, Computer wissen besser, was in uns steckt, als wir selbst.“ Ich erschrak, wie überzeugt ich es gesagt hatte. *Glaubte ich das mittlerweile wirklich?*

Chen lachte. „Hast du ihn deswegen rausgenommen?“

„Nein. Aber seitdem glaube ich es.“

Ihr Mund kräuselte sich zu einem zarten Lächeln, als würde sie mich schon ewig kennen und wissen, was ich dachte. Ihre Überheblichkeit provozierte mich.

„Davor hab‘ ich schonmal versucht, eine Analyse zu betrügen und mich gegen ihre Empfehlung entschieden.“

„Stark.“

„Aber dumm.“

„Wieso?“

„Ohne Schummeln hätte ich die gleiche Empfehlung bekommen."

„Hast du schonmal überlegt, dass die Empfehlung gar nichts mit den Tests zu tun gehabt haben könnte?"

„Ich hab' das Ergebnis gesehen. Es wusste alles über mich."

„Weißt du, wir sind anders, du und ich. Ich habe seit fünfzehn Jahren keinen Bodycom mehr. Mein Gehirn, mein Körper – mein ganzes Bewusstsein – ist frei. Mein Verstand fängt da an, wo deiner aufhört. Du hast nie gelernt, dich zu orientieren oder dich unabhängig von Computern zu entscheiden. Logisch denkst du, dass Computer dich besser kennen als du selbst. Du hast sie mit dir machen lassen, was sie wollen. Wahrscheinlich wissen sie schon lange, dass du nicht auf sie hörst, und geben dir Empfehlungen, von denen sie wissen, dass du sie nicht annehmen wirst."

„Du tust so, als hätte ich eine Brain-Link-Fessel gehabt."

Chen hob die Augenbrauen, als wollte sie sagen, „die hattest du!"

Ihre herablassende Art machte mich rasend. Vor meinen Augen verschwammen ihre Bilder zu bunten Farben. Ich liebte und ich hasste sie – Chen und die Bilder. *Bloß nichts mehr sagen,* dachte ich, *sonst will ich gleich mit ihr rummachen.* Ungeduldig sah ich zur Badtür, ob Juri bald herauskommen würde.

Da nahm Chen meine Hand. Mit zur Seite geneigtem Kopf sah sie lächelnd ein Bild an, als hätte sie ein vergessenes Detail entdeckt, und hielt – einfach so – meine Hand. Sie hielt sie nicht fest, aber fest genug, dass der warme Griff meine Spannung löste. Entspannt, aber komplett verwirrt starrte ich auf die Gemälde.

„Mach dich nicht verrückt“, sagte Chen und lachte. „Analysen können einschüchtern. Aber du darfst niemals vergessen; auch wenn sie alles über dich herausgefunden haben, werden sie immer noch nicht wissen, wie es ist, du zu sein. Und am Ende kannst nur du Entscheidungen treffen.“

Chens Worte und vor allem, dass ihre Hand meine Magneten ausgeschaltet hatte, berührten mich so sehr, dass mir fast die Tränen kamen. *Hatte sie gewusst, dass es mir helfen würde?*

Juri kam aus dem Bad. Kratzer durchzogen sein Gesicht. Hier und da hingen noch kleine Gummifetzen. Chen löste ihre Hand, ging staunend auf ihn zu. Beim Lösen der Hände durchfuhr mich ein kalter Schauer, aber die Magneten blieben ruhig.

„Tut mir leid, dass ich so glotze“, sagte Chen, „aber ich habe noch nie einen Denisowa gesehen. Wunderschön.“

„Äh, danke“, sagte Juri und folgte Chen mit irritiertem Blick.

Greg hatte Bettzeug, Decken und Kissen aus einem ungefähr hundert Meter entfernten Wandschrank geholt und zeigte uns, wie wir die Sofas zu Betten umklappen konnten. Mann, war ich froh, mit Kurt aufgewachsen zu sein, der sich um sowas gekümmert hat.

„Hier, für draußen“, sagte Chen und gab Juri eine Cap.

„Ich dachte, hier gibt es keine Computer, die mich registrieren können."

„Stimmt, aber niemand hier hat je einen Denisowa gesehen."

Juri setzte die Cap auf. Ich hatte mich schon auf die belebte Straße, die Musik und die Bars gefreut. Aber im Treppenhaus gingen wir nicht nach unten, sondern hoch aufs Dach. Als wir die Empore betraten, standen wir inmitten des Regenwaldes, der auf den Dächern Ziyous wuchs. Vögel zwitscherten und Insekten zirpten. Kleine, mit Lichterketten beleuchtete Wege führten von der Plattform in das Dickicht.

Chen führte uns zu einem ratternden Sessellift, der uns über die Häuserschlucht auf das Dach des gegenüberliegenden, doppelt so hohen Hauses fuhr. Die Baumkronen der Allee zwischen den Gebäuden schluckten Licht und Geräusche von der Straße, sodass man denken konnte, wir hätten die Stadt verlassen.

In der Mitte konnten wir das ganze Viertel überblicken. Durch die dichten Wälder auf den Dächern sah es aus wie ein riesiger Broccoli, aus dem kleine Lichter schimmerten. Hinter dem dunklen Streifen der verlassenen Grenzzone ragte der massive, glitzernd leuchtende Rest von Shanghai als gezackte Mauer in den Nachthimmel.

Der Liftausstieg befand sich auf einer halbkreisförmigen Tribüne mit drei breiten Stufen, auf denen runde Tische standen. In der Mitte der Tribüne standen Menschen in einer offenen Küche. In weißen Uniformen hantierten sie mit Messern und rührten in Töpfen und großen Pfannen.

Chen begleitete uns an einen großen Tisch. Ein junger Mann saß schon dort und begrüßte uns mit dem Handschlag, den uns Greg gezeigt hatte. Wir setzten uns und wenig später brachten mehrere Kellner Gerichte in Farben und Düften, die ich noch nie gesehen oder gerochen hatte. Wir probierten von allem. Nur eine Suppe, in der so viele Chilis schwammen, dass mir schon beim Anblick der Mund brannte, rührte ich nicht an.

Juri schöpfte eine große Kelle davon in seine Suppenschale und obwohl ihm beim ersten Löffel Schweiß in solchen Strömen sein rotes Gesicht hinunterfloss, dass es vom Kinn in die Schale tropfte, aß er genüsslich weiter.

Chens Freund hatte noch nie einen Prähistorischen gesehen. Er starrte Juri an und weil er nur Chinesisch sprach, stellten er Chen eine Frage nach der anderen über Juri. Er wollte wissen, wo er herkam, wie er geboren wurde, wer seine Familie war – einfach alles.

Juri erzählte von Neanderpharma, dem Leben auf dem überwachten Campus, von der Flucht und der kleinen OP, um die Computer loszuwerden. Während Chen seine Antworten übersetzte, riss der Mann immer wieder seine Augen und seinen Mund auf und sah sich verstohlen um, ob jemand lauschte. Juri genoss die Aufmerksamkeit und wartete nach jeder Antwort gespannt auf die nächste Frage.

Nach dem Essen holte Greg einen Stapel bunte Papierscheine aus seiner Hosentasche, leckte seinen Daumen und zählte einige ab.

„Ist das Papiergeld?“, fragte Juri und lachte.

„Nach was sieht es aus?"

„Können wir runter in eine der Bars?", fragte ich.

Greg stieß nachdenklich seine Zunge in die Wange, zuckte mit den Schultern und drückte mir ein paar Scheine in die Hand. „Verlauft euch nicht."

„Wie viel ist das?"

„Für ein paar Drinks und ein Taxi sollte es reichen. Geht auf mich." Greg zwinkerte.

Als mir Chen lächelnd den Schlüssel zu ihrem Apartment gab, hatte ich das Gefühl, dass sie wusste, was sie mit ihrem Handgriff ausgelöst hatte.

Juri und ich verabschiedeten uns und gingen zum Treppenhaus. Voller Vorfreude sprangen wir lachend und mehrere Stufen auf einmal nehmend die zehn Stockwerke bis ins Erdgeschoss herunter.

Auf der Straße umgab uns ein Lärm aus Gesprächen, Lachen, Geschirr- und Gläserklirren. Erstmals seit unserer Abreise verspürte ich das kribbelnde Gefühl von unbeschwerter Freiheit. Auch Juri hatte ein Dauergrinsen im Gesicht. Während wir auf dem Gehweg zwischen den Lokalen und den Tischen der Außenbereiche entlanggingen, waren die fünftausend Kilometer Umweg vergessen. Es war sogar ein bisschen so, als wären wir bereits angekommen.

Zwei Jungs in bauchfreien Tops überholten uns und fragten Juri etwas auf Chinesisch. Als er ihnen zeigte, dass er sie nicht verstand, zeigten die zwei kichernd auf die analoge Kamera, die einer um den Hals trug. Juri überlegte noch, da hatten die zwei ihn schon zwischen sich genommen und ein Selfie geschossen. Sie bedankten sich und verschwanden so schnell, wie sie aufgetaucht waren.

„Ich bin ein Star." Juri lachte.

„Die haben noch nie einen Prähistorischen gesehen."

„So oder so, ein Star!"

Wir gingen weiter und nach nur wenigen Metern wollte der nächste ein Bild mit Juri. Er legte den Arm um ihn, machte ein Selfie und verschwand.

„Ein Star."

„Ein Alien."

Immer mehr Blicke folgten uns. Sie hatten zwar keine smarten Linsen und konnten uns nicht registrieren, aber sie machten mir ein mulmiges Gefühl.

„Lass uns zurückgehen!"

Juri sah mich an und lachte schallend. „Lulu, hier gibt es keine Compu-hu-ter." Er rollte mit den Augen und stolzierte weiter wie der König von Neanderpharma. Was hätte ich machen sollen? Er hatte recht. Eigentlich gab es keinen Grund zur Sorge.

Vier Mädchen fragten mich, ob ich ein Bild von ihnen mit Juri machen könnte. Ich schoss das Foto und als ich die Kamera vom Auge nahm, hatte sich eine Menschentraube um uns gebildet. Jeder wollte ein Bild mit Juri.

Grinsend legte er den Arm um einen Fan nach dem anderen. Ich stellte mich auf eine lange Fotosession ein, aber nach fünf Bildern konnte Juri sein Grinsen nicht mehr halten und musste seine Wangen reiben, weil sie begonnen hatten, vor Anstrengung zu zucken. Ich bekam keine Luft mehr vor Lachen.

„Noch ein Bild und dann weg hier“, sagte er genervt und machte Grimassen, um seine Gesichtsmuskeln zu lockern. Für das letzte Bild grinste er nur noch halbherzig. Dann zog er die Cap tiefer ins Gesicht, stellte den Kragen des Hemdes auf und drängte sich mit gesenktem Blick durch die letzten Schaulustigen zurück in die Richtung, aus der wir gekommen waren.

„Schon genug vom Starsein?“

„Für heute.“

„Hallo ihr da”, ertönte eine dünne Stimme hinter uns. Wir blieben stehen und drehten uns um. Ein zierliches Mädchen in meinem Alter – sie hatte einen Topfschnitt und trug eine große, runde Brille mit dünnem Drahtgestell tief auf ihrer kleinen Nase - hob schüchtern lächelnd die Hand. Sie hatte keine Kamera.

„Sitzen mit uns?“ Sie zeigte auf einen Tisch in der offenen Fassade einer sonst leeren Bar, wo ein großer, schmaler Typ saß und beide Hände hob. Vor ihm standen zwei halbleere Flaschen Bier. Wir sahen uns um. Juri hatte auf den letzten Metern keine Blicke mehr auf sich gezogen.

„Wir setzen uns mit dem Rücken zur Straße“, schlug ich vor und Juris Grinsen kam zurück.

„Polo“, sagte der Junge und legte seinen Zeigefinger auf die eigene Brust.

„Ich Kiki. Ihr – wo?“, fragte das Mädchen.

„Deutschland."
Sie zeigte ungläubig auf Juri.
„Denisowa."
Die Bedienung kam und noch bevor sie grüßen konnte, sagte Juri: „One Beer, äh four beers" und zeichnete mit dem Zeigefinger einen Kreis in die Mitte des Tisches.
Kiki und Polo gaben sich Mühe, Juri nicht ununterbrochen anzustarren, aber es gelang ihnen kein bisschen. Sie glotzten ihn an wie einen Popstar, der gerade von der Bühne gestiegen war. Und er benahm sich auch so. Als die Biere kamen, griff er eine Flasche, als hätte er dafür nur ein winziges Zeitfenster, und zog mit dem ersten Schluck die Hälfte weg.
„Wo kommt ihr her?", fragte ich.
„Ziyou", sagte Kiki.
„Wo habt ihr Deutsch gelernt?"
„Schule."
„Ihr sprecht gut."
„Danke."
„Wart ihr schon mal in Deutschland?"
„Nein. Nur Ziyou!"
„Ihr habt noch nie Ziyou verlassen?" Juri war überrascht.
Beide schüttelten den Kopf.
„Nur hier frei von Maschine", sagte Kiki.
„Was hier?", fragten Polo und Kiki gleichzeitig und zeigten wie salutierende Soldaten mit dem rechten Zeigefinger auf unsere Unterarme.
„Wir hatten mal Bodycoms."

Beide starrten uns mit offenen Mündern an, als hätten wir uns gerade in Zombies verwandelt.

„Ausgestiegen?"

Juri zeigte dem Kellner seine leere Bierflasche. Meine war noch so gut wie voll.

„Wir mussten untertauchen", sagte er ernst.

„Tauchen?"

„Verschwinden, fliehen. Wir sind nicht kriminell oder so. Ich bin ein Forschungsexperiment und soll getötet werden." Juri sprach schnell und rutschte auf seinem Platz herum, als müsste er aufs Klo.

„Wieso umbringen?"

„Sie wollen mein Herz, um damit zu forschen." Dass Juri gezwungen grinste, machte ihn nicht gerade glaubwürdig. Aber die beiden nickten bedächtig.

„Party gehen?", fragte Kiki.

Juri und ich sahen uns an. Ich war froh, dass er skeptisch war, obwohl er vom Alkohol schon ein wenig lallte und glasige Augen hatte.

„Denisowa - kein Problem." Sie zeigte auf Juri.

Juri hob die buschigen Brauen. „Kein Problem?"

„Kein Problem."

Ich musste an die Stimmung im Detektor denken und bekam Lust, mich in einer tanzenden Menge aufzulösen. Vor allem, weil wir hier sicher waren.

„Weit von hier?", fragte ich.

„Nein."

Plötzlich berührte Juris Hand meinen Oberschenkel und als ich nach unten sah, zeigte er vorsichtig und ohne mich anzusehen mit dem Zeigefinger auf die Beule von dem Externen in meiner Hosentasche und machte eine fordernde Handbewegung. Ich sah ihn an, doch er mied meinen Augenkontakt und nickte zur Musik.

„Ich zahlen", sagte Polo, stand auf und ging zum Tresen.

„Danke." Juri lächelte nur kurz und zeigte unter dem Tisch weiter auf meine Hosentasche. Es brauchte einen Moment, um zu begreifen, dass er ihn sofort und unauffällig haben wollte. „Wo ist die Party?", fragte er Kiki.

„Nicht weit?" Kiki hatte immer noch Mühe, die Augen von Juri zu lassen.

Als sich Kiki zu Polo an der Bar umdrehte, fuhr ich blitzschnell mit der Hand in die Hosentasche, zog den Externen heraus und hielt ihn zwischen mich und Juri.

„Wohnt ihr hier in der Nähe?", fragte Juri, nahm den Computer aus meiner Hand und schaltete ihn nach vorne gelehnt ein.

„Ja, nur vier Blocks."

„Schöne Gegend. Die Aussicht von dem Hochhaus dort ist super."

„Beste."

Als ich die leere Bierflasche vor mich stellte, warf ich einen kurzen Blick unter den Tisch. Der Externe in Juris Hand zeigte zwei Devices, zwei humanoide Roboter - K_65693 und P_63492 - mit denen er sich verbinden konnte. Pfeilschnell nahm ich den Externen, schaltete ihn aus und ließ ihn in meiner Tasche verschwinden.

26.

Kikis Haut war makellos. Beim Zwinkern fuhren ihre Lider mit den langen Wimpern über die glänzenden Augen. Winzige rote Adern durchzogen das Weiß um ihre hellbraune Iris. Nichts unterschied sie von Menschenaugen. Unter ihren kleinen, geschwungenen Ohren hatte sie zwei kleine Falten. *Sowas konnte sich doch niemand ausdenken.* Dass Kiki uns wahrscheinlich jederzeit mit nur einem Handgriff umbringen konnte, ließ meinen Puls rasen. Mein Mund war trocken wie die Wüste. Ich setzte die Bierflasche an, aber sie war leer.

„Welche Sprachen sprecht ihr noch?", fragte Juri.

„Mandarin, Deutsch und Englisch."

„Habt ihr das alles in der Schule gelernt?"

Kiki nickte. Polo kam zurück an den Tisch. „Let's go Party."

Beim Aufstehen warf mir Juri einen fragenden Blick zu und ich senkte kaum merklich mein Kinn. Er hatte die Anzeige auf dem Externen nicht gesehen. Juris Kiefermuskeln traten hervor. Sein Blick verfinsterte sich. Als er auf die Straße trat, zog er die Cap ab.

„Nein. Besser mit“, sagte Kiki.

Doch Juri ging mit gehobenem Kopf den Gehweg entlang. Schon bald drehten sich wieder Köpfe nach ihm um und es dauerte auch nicht lange, da kamen die Ersten, die Fotos machen wollten.

Kiki und Polo versuchten, die Leute abzuwimmeln und Juri weiterzudrängen. Doch Juri nahm sich bereitwillig Zeit für jedes Foto. Nach fünf Minuten hatte sich erneut eine Menschentraube gebildet.

Da winkte Juri Kiki lächelnd zu sich, legte seinen Arm um sie und bat einen Fan, ein Foto von ihnen zu machen. Als der Mann die Kamera vors Gesicht nahm, packte Juri sie mit aller Kraft in den Schwitzkasten und griff mit der anderen Hand nach ihrer Nase. Kiki wehrte sich kreischend und griff Juris Handgelenke. Juris Schläfenadern quollen hervor. Kiki war stärker als gedacht.

Einen kurzen Augenblick regte sich niemand. Dann eilten Umstehende zu Kikis Hilfe und versuchten Juris Griff zu lösen. Doch egal, wie fest sie an ihm zerrten, er hielt sie fixiert wie in einem Schraubstock.

Ich stand da wie angewurzelt. Noch nie hatte ich so rohe Gewalt erlebt. Sie entsetzte mich, aber sie machte mich auch an. Wie die Hände an Juri und Kiki zogen, zerrte mich mein Instinkt innerlich auseinander. Auf der einen Seite wollte ich die Hände von Juri lösen, auf der anderen wollte ich mich an die Arme der Angreifer schmiegen. Ich hatte keinen Schimmer, was besser war. Und so stand ich – gelähmt vom Kampf in mir – da und sah zu wie die Schläge auf Juri einprasselten.

Juri schüttelte einen Angreifer ab, der sich auf ihn geworfen hatte, da kam ein großer Mann mit einem Holzstuhl vom nächsten Restaurant, holte aus und zog ihn Juri über den Rücken, sodass er mit Kiki im Arm vorne über auf den Boden fiel. Als er mit dem Kopf auf dem Bordstein aufschlug, löste sich sein Griff.

Der Typ holte ein zweites Mal mit dem Stuhl aus und schwang ihn auf den am Boden liegenden Juri. Ich sah in seine schmerzverzerrten Augen. Da zog mich nichts mehr an. Die pure Angst übernahm die Kontrolle. Ich rammte meine Schulter mit aller Kraft in die Seite des Mannes, sodass er einen Ausfallschritt machen musste und den Stuhl neben Juri auf den Boden schlug, wobei er in alle Einzelteile zerbrach.

Juri sprang auf und schrie: „Sie ist ein Roboter. Robot!"

Aber niemand wollte ihn hören. Die Leute schlugen und traten nach ihm. Wie ein Boxer nahm er schützend die Arme vors Gesicht und wich den Schlägen aus.

Ich wollte zu ihm und ihm helfen, doch zwei Arme packten zu und warfen mich neben Kiki auf den Boden. Auf der Seite liegend sah ich, wie sie beide Hände aufs Gesicht presste. Zwischen ihren Fingern quoll Blut hervor. Jemand legte eine Hand auf ihre Schulter und wollte sich die Wunde ansehen. Doch sie schlug die Hand mit dem Ellenbogen weg. Dabei konnte ich zwischen ihre Hände sehen und erkannte, dass ihre blutige Nase nur an einem Stückchen Haut hing.

Im Tumult hievte ich mich zu ihr, streichelte ihren Oberschenkel. Ihre Muskeln waren hart wie Stein. Ich strich ihr über den Rücken und küsste ihre Schulter. Weil es schön für mich war, konnte sie keine List erkennen und wehrte sich nicht. Aber ihre Muskeln blieben fest. Ich legte meinen Arm um sie und küsste sie auf den Kopf. Als meine Lippen die Haare berührten, stieß ich meine Finger unter ihre Hand, mit der sie das Gesicht verdeckt hielt und riss die Nase heraus.

Ein Satz und ich hielt dem großen Mann, der gerade Anlauf nahm, um sich auf Juri zu werfen, Kikis Nase so nah vors Gesicht, dass er schielen musste, um zu erkennen, was es war.

Der Mann schrie und es wurde still. Er nahm das blutige Stück Haut, aus dem kleine Kabelfetzen ragten, aus meiner Hand und betrachtete es von allen Seiten. Ein Raunen ging durch die Menge.

Kiki, die ihr Gesicht immer noch bedeckt hielt, versuchte sich rückwärts aus der Menge zu stehlen. Doch die Umherstehenden wichen ihr aus, sodass sich der Kreis der Schaulustigen um sie vergrößerte.

Jemand hinter ihr griff ihre Arme und riss sie ihr vom Gesicht. Wo ihre Nase gewesen war, klaffte eine tiefe, blutige Wunde, die den Blick auf bunte Schaltkreise freigab. Der Mann, der ihren Arm gegriffen hatte, ging einen langsamen

Schritt rückwärts. Kiki gab sich keine Mühe mehr, die Wunde in ihrem Gesicht zu verdecken.

Niemand rührte sich. Horror stand in aller Augen. Ganz langsam streckte Kiki ihre Arme von sich, knickte die Handgelenke ab ließ Pistolenläufe aus ihren Unterarmen fahren.

Wer hinten stand, lief weg. Manche stürzten. Wer nahe stand, blieb wie angewurzelt stehen.

Kiki ging auf Juri zu, der immer noch reglos auf dem Boden lag. Da zerriss ein surrendes Geräusch den Moment. Kikis Augen erstarrten und sie fiel erst auf die Knie, dann auf Oberkörper und Gesicht. Polo hatte einen Taser auf sie geschossen und ihren Stromkreis lahmgelegt.

Der Mann, der eben noch mit dem Stuhl auf Juri losgegangen war, drehte Kiki auf den Rücken und riss Haut von ihrem Robotergesicht, wie um sicher zu gehen, dass sie wirklich kein Mensch war. Viele Leute kamen näher und sahen voller Entsetzen, dass sie eine Humanoide war. Für Juri, der wieder zu sich gekommen war, interessierte sich niemand mehr.

„Hast du das gesehen?“, raunte er, als ich ihm aufhalf.

„Klar. Bloß weg hier.“

„Aber Polo.“

„Egal. Hauptsache er folgt uns nicht.“

Juri zog seine Cap auf und wir bahnten uns einen Weg durch die aus allen Richtungen näherkommenden Schaulustigen. Sie alle wollten einen Blick auf Kikis betäubte Hardware ergattern.

Als wir die Menge hinter uns gelassen hatten, gaben wir uns Mühe, gerade so schnell zu gehen, dass wir nicht als Fliehende zu erkennen waren.

Immer wieder drehten wir uns um, aber Polo war nirgends zu sehen. „Fuck, fuck, fuck", wiederholte Juri mit zusammengebissenen Zähnen. „Wo sollen wir jetzt hin?"

„Zurück zu Chen und dann weg hier."

Das Atelier war leer. Wir stiegen aufs Dach und nahmen den Lift zur Tribüne. Auch dort keine Spur von Greg oder Chen. Der Kellner sagte uns, dass sie vor einer halben Stunde gegangen waren, und warnte uns, während er Juri von Kopf bis Fuß musterte, dass nur wenige Blocks von hier ein Spion entdeckt worden war und wir aufpassen sollten, wo wir hingingen. Juri bestellte zwei Bier zum Mitnehmen.

Zurück im Atelier setzten wir uns vor die Fensterfront und sahen auf die Straße. Sie war noch immer so voll wie bei unserer Ankunft. Juri öffnete die Bierflaschen und gab mir eine. Da erst sah ich, wie sehr er zitterte.

„Das war knapp."

„Arschknapp."

„Die Nase war so fest. Ich war kurz davor, zu glauben, dass sie echt ist." Juri nahm einen großen Schluck und lachte laut.

„Wie bist du draufgekommen, dass sie Humanoide sind?"

„Hast du nicht gesehen, wie gleich sie auf unsere Narben reagiert haben? Wie Synchronschwimmer. Wenn nur einer von ihnen da gewesen wäre, hätte ich es nie erkannt."

Ich stellte mir vor, wie wir mit ihnen gegangen wären, in einem dunklen Raum aufgewacht wären, ohne Ahnung, wo wir waren, und ich bekam Gänsehaut.

„Wieso sind hier Spione?"

„Sicher vertrauen die Sanianer denen hier nicht."

Ein Schlüssel knackte im Schloss. Chen und Greg kamen herein.

„Chapeau", rief Greg und nickte anerkennend. „Soweit ich weiß, wurde seit einem Jahr kein Spion mehr entdeckt." Er grinste schief.

„Woher wisst ihr davon?"

„Wir nutzen vielleicht keine Computer", sagte Chen. „Aber wichtige Dinge sprechen sich rum wie ein Buschfeuer. Dass ein Denisowa einer Humanoiden die Nase abgerissen hat, wird spätestens morgen jeder wissen."

„Man kann euch wirklich nicht aus den Augen lassen." Greg lallte leicht.

„Sie war nicht die Einzige. Da war noch einer bei ihr", platzte es aus mir heraus. „Der hat sie sogar ausgeschaltet."

„Aber wieso überhaupt?", fragte Juri.

„Damit er im Trubel entkommen konnte. Wir sollten checken, ob ihr Sender habt."

„Was?"

„Sie hätten euch jederzeit mit einem Mikrosender versehen können." Greg holte seine Tasche, die neben einer der gemachten Sofabetten stand, und holte seine Prothese heraus. Er tauschte sie gegen die Plasikprothese und scannte erst mich und dann Juri von Kopf bis zu den Zehenspitzen mit der flachen Hand.

Wir hörten kein Signal oder irgendwas, also ging ich davon aus, dass wir clean waren. Doch Greg kratzte sich nachdenklich am Hals. Das konnte nichts Gutes bedeuten.

„Juri wurde markiert."

„Neanderpharma", murmelte Juri. „Wo ist der Chip?"

„Hier." Er zeigte auf Juris Solarplexus.

„In mir?"

„Genau."

„Und was machen wir jetzt?"

„Kommt drauf an."

„Auf was?"

„Wieso du gesucht wirst."

Juri sah aus dem Fenster. „Sie wollen mein Herz."

Ich wusste natürlich, dass die Herzgeschichte geklaut war, und dass er sie jetzt auftischte, machte keinen Sinn. Niemand hier hielt ihn für einen Kriminellen auf der Flucht. Davon abgesehen sprach er so halbherzig, dass ihm niemand geglaubt hätte. Ich war mir sicher, dass er uns etwas verheimlichte. Die Enttäuschung darüber schmerzte und machte mich unruhig. Ich rutschte dichter an Juri und hoffte, dass seine Nähe mich beruhigte. Das tat sie auch. Aber sie verriet mir nicht, was wirklich mit ihm war.

„Dein Herz? Wieso?", fragte Greg.

„Es altert nicht."

„Du hast das Herz eines Neugeborenen?"

„Fast."

„Erzähl keinen Scheiß. Mir ist egal, wieso sie dich suchen, aber ich muss wissen, wie dringend sie dich suchen."

Juri sah zu Boden.

„Hör gut zu. Die Spione haben hier keine Verbindung. Noch weiß niemand, wo du bist. Ich denke, sie haben dich nur pro forma markiert, weil du Denisowa bist." Greg machte eine Pause. „Die Frage ist also, wie viel Neanderpharma oder wer auch immer daransetzen wird, dich zu holen, wenn sie erfahren, dass du hier bist?"

„Ich denke, sie suchen mich nicht so dringend."

Greg rieb sich das Gesicht.

„Weißt du, Ziyou ist eine sehr sensible und emotionale Gesellschaft ohne Truth-KI oder irgendwas. Wenn hier plötzlich Drohnen rumfliegen und nach dir fahnden, könnten wir große Probleme bekommen."

„So dringend suchen sie mich nicht. Kann man den Sender nicht zerstören?"

„Er ist in dir."

Juri fasste sich an den Kopf. „Und wenn ich ihn auskotze?"

„Das wird nicht gehen."

Juri setzte sich an Ort und Stelle auf den Boden.

„Vielleicht lässt sich die Kennung des Senders umschreiben", schlug Chen vor.

„Ich kann es versuchen. Aber weg müssen sie auf jeden Fall." Greg kniete sich neben Juri, der zurückwich. „Wird nicht wehtun. Leg dich hin." Greg fuhr mit der Hand über Juris Brust.

„Gut. Je schneller wir wieder wegkommen, desto besser!" Ich sah auf die Straße hinunter, wo die Leute herumwuselten wie aus ihrem Bau verscheuchte Ameisen.

„Ich kann sie auf die Liberty bringen. Von da kommen sie nach Ostafrika", sagte Chen.

„Gut", sagte Greg, ohne seinen Blick von Juris Brust zu lösen.

„Liberty?", fragte ich.

„Das größte autonome Schiff der Welt."

„Was auch sonst?", flüsterte ich.

„Funktioniert es?", fragte Juri.

„Ja, ich konnte die Kennung überschreiben. Das sollte fürs Erste reichen."

27.

„Aufstehen!" Gregs dunkle Stimme riss mich aus dem Tiefschlaf. Das Licht der grellen Leuchtstoffröhren in Chens Atelier brannte in den Augen. Hinter den Fenstern war es noch stockdunkel. Der Pyjama und die Decke, die mir Chen gegeben hatte, waren viel zu gemütlich, und ich war viel zu schläfrig, um schon aufzustehen. „Was?"

„Ihr könnt noch heute Morgen weg."

„Wohin?"

„Nach Somalia."

Blitzschnell saß ich auf der Sofakante und rieb mir die Augen.

„Somalia?"

„Genau. Mogadischu."

„Und wie?"

„Fliegen."

„Und Juri?"

„Der kommt mit. Weck ihn. Wir müssen sofort los."

Ich stand auf und rüttelte an dem schnaufenden Haufen, der unter der Decke auf dem anderen Sofa schnarchte.

„Kriegt er wieder eine Maske?", fragte ich beinahe vorfreudig.

„Nein. Ihr fliegt schwarz."

Es half kein Rütteln und kein Pieken. Ich musste Juri in die Nieren boxen, damit er aufwachte. Erst beim zweiten Schlag schnarchte er laut auf und blinzelte wild. „Aua!"

„Was heißt schwarz?"

„Ihr werdet von einem Menschen geflogen."

„Keine Angst", sagte Chen, die ich noch gar nicht bemerkt hatte, lachend. „Die Piloten sind Profis."

„Heiliger Sapiens …" Juri stützte sich auf einen Ellenbogen und kratzte seine haarige Brust.

„Kommst du auch mit?", fragte ich Greg.

Er schüttelte den Kopf.

„Damit ihr ausgeflogen werdet, musste ich sagen, dass ihr flüchtige Sanianer seid."

„Wir - Sanianer?", lachend knöpfte sich Juri das grüne Hemd zu.

„Der Flug kostet 2.000. Wenn du noch so viel hast, kannst du es mir schicken, sobald ihr wieder eine Verbindung habt."

„Danke."

Chen lächelte. „Gerne."

„Wie finden wir meine Eltern?"

„Deine Oma hat mir eine Nachricht für dich gegeben. Da wird es drinstehen. Ich hab' sie dir weitergeleitet. "

Ich schluckte, setzte mich aufrecht und kramte meinen Computer aus der Hosentasche.

„Du wirst leider warten müssen, bis du wieder eine Verbindung hast."

Juri stand mit halb geöffneten Augen, schief zugeknöpftem Hemd und Jutebeutel über der Schulter auf. „Ich bin bereit."

Chen und Greg begleiteten uns zur Fluggarage auf der Rückseite des Ausgangs, der zur Hängebrücke führte. Dort stand ein Gleiter in der Farbe einer vergammelten Banane. Dagegen war unser Hummus schneeweiß. Der Gleiter hatte vier hintereinander gereihte Sitze. Der Vorderste war unmittelbar vor einem Steuerknüppel und anderen Armaturen.

Ich war noch nie mit etwas geflogen, das von einem Menschen gesteuert werden musste. Mein Magen wurde flau. Menschen konnten nicht mal geradeausgehen.

„Kann ich fliegen?", fragte Juri.

„Auf keinen Fall", rief ich.

Chen lachte.

Greg drückte mich schnell mit seinem echten Arm. „Richte deinen Eltern Grüße aus und …" - er machte eine Pause und schluckte. „Sag Bescheid, wenn du herausgefunden hast, was mit deinen Genen ist …, wenn du willst. Juri. Guten Flug."

„Adios." Juri umarmte Greg und Chen und setzte sich auf den hintersten Sitz. Er lehnte sich zurück und schloss die Augen. Ich setzte mich auf den Sitz hinter Chen und betete: „Sie ist ein Profi, sie macht das jeden Tag. Sie ist ein

Profi, sie macht das jeden Tag.“ Als sie dann einstieg, fragte ich „Fliegst du oft?“ und bereute es sofort.

„Eigentlich nie“, rief sie über das Surren der anlaufenden Rotoren.

Ich konzentrierte mich auf meine Atmung, aber bekam das Bild, wie wir an einem der Wolkenkratzer zerschellten, nicht aus dem Kopf. Mein Magen schnallte legte einen Gurt um und zog fest.

Über dem Broccolidach Ziyous, auf dem sich über Nacht dünne Nebelschwaden gebildet hatten, flogen wir dem dünnen Korridor entgegen, wo keine Wolkenkratzer in den Himmel ragten und das Morgenrot über dem Meer bis zum Horizont zu sehen war.

Etwa zehn Minuten später erreichten wir das Meer. Chen senkte den Gleiter, sodass wir nur wenige Meter über der in der Morgensonne glitzernden Oberfläche auf den offenen Ozean flogen. Wie die Wellen unter uns vorbeisausten, war zwar friedlich und beruhigend, es linderte meine Todesangst allerdings kein bisschen.

Und obwohl der dunkelgraue Flugzeugträger, auf den wir zuhielten, nicht gerade einladend wirkte, war ich froh, dass wir Ziyou hinter uns gelassen hatten. Ich wusste nicht, wer verrückter war, die Sanianer oder die Bewohner Ziyous.

Chen steuerte den Gleiter tief in den Schatten des Schiffes, bis wir an der dunklen Wand entlang zum Heck flogen. Dort stiegen wir über das spiegelglatte Deck und landeten neben einer Reihe weißer Flugzeuge, die aussahen wie lange, spitze Pizzastücke.

„Willkommen auf der Liberty", sagte Chen, nachdem wir weich aufgesetzt und die Flügeltüren aufgegangen waren.

Meine Sohlen quietschten, als ich auf das Solardeck sprang. Es gab keine Reling und so war schlecht zu erkennen, wie groß die Liberty wirklich war. Aber von unserem Landeplatz bis zur Flagge am Bug wahren es sicher mehrere hundert Meter. Das Schiff hätte auch eine Insel sein können. Anders als auf der Wolke, wo es ringsum nur echte Wolken gegeben hatte, sah man von hier allerdings die Skyline von Shanghai, die einen daran erinnerte, dass man nicht komplett aus der Welt war.

Ein Mann in grünem Overall, Glatze und dichtem, schwarzem Schnauzer kam aus dem Schatten des Pizzaflugzeugs, das neben Chens Gleiter stand. Die beiden tauschten ein paar schreiende Worte, um das Surren der auslaufenden Rotoren zu übertönen.

Auf einer Treppe, die direkt aus dem Deck in die Maschine führte, stiegen Passagiere hinauf.

Juri ließ seinen Blick über das Deck und über die Skyline an der Küste gleiten. Dabei schüttelte er kaum merklich den Kopf und lachte durch die Nase.

„Was ist?"

„Sorry, aber wenn das so weitergeht, würde es mich nicht wundern, wenn deine Eltern Aliens sind oder so", sagte er und lachte lauter als das Surren der Rotoren. Chen und der Pilot drehten sich zu uns um. Der Witz war nur durch die ansteckende Leichtigkeit in Juris Lachen zu ertragen.

Bei allem, was wir in den paar Tagen erlebt hatten, hätte es mich ehrlich gesagt auch nicht mehr gewundert.

Wollte ich sie überhaupt noch treffen? Dachte ich mehr als einmal. Doch - auch wenn die Panik vor der Begegnung mit jeder Minute größer wurde – das musste ich.

„Ihr werdet nach Garagela fliegen“, rief Chen, „nehmt von dort ein Taxi nach Mogadischu. Ihr könnt mit den Yen zahlen, die ihr von Greg habt. Wenn ihr in Mogadischu seid, könnt ihr euren Computer nutzen und sehen, wo ihr hinmüsst und wie ihr weiterkommt. Guten Flug.“ Sie hob die Hand.

Juri winkte ihr und ging zur Treppe.

„Danke für alles“, sagte ich, und obwohl ich das Bedürfnis hatte, noch mehr zu sagen – etwas über ihre Kunst oder ihren Handgriff – folgte ich Juri ohne ein weiteres Wort.

Die zwanzig Sitzreihen mit je zwei Plätzen auf jeder Seite des schmalen Mittelgangs waren bis auf die zwei hintersten voll besetzt. Nachdem Juri und ich eingestiegen waren, zog der Pilot die Luke mit einer Lasche zu. Sie quietschte wie die Tür eines alten Dachbodens. *Ein quietschendes Flugzeug – das kann ja was werden.*

„Glaubst du, er fliegt wirklich ohne Autopilot?“, flüsterte ich.

Juri, der seinen Kopf an die Lehne vor ihm gepresst hatte, schüttelte den Kopf. Durch das Fenster sah ich Chens Gleiter davonfliegen. Mit angehaltenem Atem zog ich den Externen aus meiner Hosentasche. Irgendwo über dem Meer musste ich eine Verbindung gehabt und eine

Nachricht von Greg empfangen haben. Ich lehnte meinen Kopf an das Fenster und führte ihn - den Ellenbogen unauffällig auf die Armlehne gestützt – ans Ohr und spielte sie ab. Schon bei den ersten Worten von Omas vertrauter Stimme flossen die Tränen in Strömen.

Liebe Lulu, ich habe in Erfahrung gebracht, wo dein Vater lebt. Hier der Standort. Er weiß nicht, dass du kommst. Es sei denn, er hat dir bei der Geburt einen Sender eingesetzt. Spaß beiseite.

Es tut mir leid, dass ich dich an dem Morgen, an dem du gegangen bist, nicht verabschieden konnte. Ich hätte es nicht übers Herz gebracht, dir für immer Lebewohl zu sagen.

Siehst du, Lulu, ich bin ungefähr 105 Jahre alt. So genau weiß ich das selbst nicht mehr ☺. In meinem Alter kann ich sagen, dass ich einen guten Batzen Leben hatte. Also genug. Deswegen – nimm es mir nicht übel - war ich fast froh, als die Gen-Karte kam.

Ich konnte in deinen Augen sehen, dass du gehen musst, um herauszufinden, wer deine Eltern sind und wen sie aus dir gemacht haben. Ich bin froh und dankbar, weil du ein Recht hast, das zu erfahren und, weil es mir die Chance gibt, noch einmal darüber nachzudenken, was ich mit meinen letzten Jahren anstellen will.

Nachdem wir …

Ihr blieb die Stimme weg. Als sie weitersprach, klang es, als würden die Worte auf ihrer Zunge brennen.

Auch wenn noch einige Klagen anstehen, das Sterbehilfe-Gesetz wird durchkommen. Und weil ich für ein Jahr als Bürgervertreterin arbeiten kann, wenn ich schon jetzt Sterbehilfe beantrage, habe ich mich dazu entschlossen, es schon jetzt zu tun. Ich werde also ab August noch ein Jahr für die Regierung arbeiten und dann zum Mond fliegen, um dort zu sterben.

Oma machte ein glucksendes Geräusch – etwas zwischen Lachen und Schluchzen und räusperte sich dann.

Du fehlst mir jetzt schon und ich bereue, dich nicht noch einmal gedrückt zu haben. Aber wie gesagt, wahrscheinlich hätte ich dich dann nicht mehr losgelassen. Aber jetzt freue ich mich auf meine letzte Aufgabe und ehrlich gesagt auch auf das Ende danach.

Ich mach mir keine Sorgen um dich, weil ich weiß, dass du nicht stehenbleibst und deinen Weg findest.

Deine Oma

Eiskalte Blitze schossen durch meine Wirbelsäule und ich heulte wie ein Baby – so richtig mit Rotz und Wimmern. Dass ich keinen Nervenzusammenbuch bekam, lag nur daran, dass plötzlich die Düsen dröhnten und die Maschine mit solch einem Schub losraste, dass es mich fast durch den Sitz gedrückt hätte. Ich krallte meine Finger in Juris Arm.

Die Maschine schoss über die Kante des Flugzeugträgers, wobei sie danach bis kurz über das Wasser absank – ich dachte wirklich, wir würden abstürzen - doch dann gewannen wir schnell an Höhe. Erst hoch über den Wolken ließ der Schub nach.

Ich beobachtete die kleiner werdenden Hochhäuser entlang des Küstenstreifens. Mir war so elend, dass ich meinen Körper verließ und mich von oberhalb sah wie den Charakter in einem Game. Ich hatte das Level China abgeschlossen und saß jetzt in einer menschengesteuerten Maschine (neben Juri, einem Denisowa, den ich gut fand, aber in den ich wahrscheinlich nicht verliebt war) und flog nach Afrika, um dort meinen Eltern zu begegnen. Die waren der Endgegner, den ich besiegen musste, um das Geheimnis meiner Gene zu erfahren. Der Schmerz darüber, dass ich meine Oma wahrscheinlich nie wieder sehen würde, war das Einzige, was mir versicherte, dass ich wirklich lebte.

Heimlich ließ ich den Computer die Karte mit dem Standort auf den Boden zwischen meinen Füßen werfen, damit ihn niemand sah und mich für eine Terroristin hielt. Meine Eltern wohnten ein paar hundert Kilometer südlich von Mogadischu an der Küste.

Ich stellte mir vor, wie ich an ihre Tür klopfe. Vielleicht aßen sie gerade oder spielten Karten. Vielleicht waren sie abgefuckte Freaks, die meine Schwäche ausnutzen wollten. Vielleicht waren sie nett und hatten andere, echte Kinder. Oder sie waren gar nicht da. Wie auch immer; *ich werde es herausfinden*.

28.

Nach Stunden in verschiedenen Keilpositionen zwischen Lehne und Vordersitz brannten meine Beine, als hätten mich eine Milliarde Ameisen angepinkelt. Juri hatte seinen Kopf in den Nacken gelegt und schlief mit offenem Mund. Ich stand auf und rieb mir mit den Fäusten die Oberschenkel. Da sah ich den Küstenstreifen unter uns und erkannte, dass wir im Sinkflug waren.

Wir waren nur eine Nacht in China gewesen, aber es fühlte sich an wie eine schlaflose Woche. Die Rechnung, welcher Tag es war, war unlösbar. Kurz vor dem Aufsetzen begann die Maschine stark zu ruckeln und Juri wachte mit einem schmatzenden Grunzer auf.

„Ich habe die Nachricht von Oma gehört. Meine Eltern wohnen nur ein paar hundert Kilometer südlich von hier."

„Willst du gleich weiter?"

Ich sah aus dem Fenster. „Kommt drauf an."

„Auf was?"

„Ob du hier Star bist oder Freak."

Wir landeten auf einem Flughafen des letzten Jahrtausends. Das Rollfeld war rissig, das Terminal ein graubrauner Betonbau mit verdunkelten Fenstern, über denen ausgefranste Markisen flatterten. Die Luft flimmerte über dem Asphalt und der umliegenden Savanne. Es roch nach Sand und E-Fuel. Wir schwitzten wie die Schweine.

Im Terminal wurde nur gecheckt, ob wir Roboter waren. Für unsere Pässe interessierte sich niemand. Es gab Schilder auf englisch, arabisch und chinesisch. Menschen von überall eilten umher, aber nirgends war auch nur eine einzige Maschine oder ein Fake zu sehen. Wir traten durch eine große Drehtür auf die Straße. Dort warteten eine Reihe Taxis mit Fahrern.

Ich ging zum vordersten Wagen und steckte meinen Kopf in das Fenster. „Mogadischu Center?"

Die Fahrerin drehte sich langsam zu mir. Beim Anblick von Juri hinter mir erschrak sie fürchterlich und verharrte einen Moment. Doch als ich die Frage wiederholte, nickte sie und winkte uns in den Wagen.

Es gab keine Klimaanlage und alle Fenster waren offen. Der warme Fahrtwind wehte herrlich um Nase und Ohren. Der Verkehr war wahnsinnig dicht und chaotisch. Immer wieder ging es nur langsam voran oder wir blieben im Stau stehen. Dann heizten Motorräder und Fahrräder hupend und klingelnd zwischen den Autos vorbei.

Die staubigen Straßen von Garagela waren in schnurgeraden Blöcken angeordnet. Haushohe Palmen ragten an beiden Seiten der Straßen in die Höhe. Hinter schmalen

Gehwegen standen bunte, dreistöckige Häuserblöcke. Vor vielen Fenstern hingen Wäscheleinen mit ebenso bunten Klamotten.

Von einem großen Markt mit Obst- und Gemüseständen und Imbissen flogen süße Düfte herüber, von Werkstätten und Waschsalons der Dampf von Öl- und Seifenlösung. Hier stand niemand still. Alle hatten was zu tun oder taten so. Sogar die Gruppen, die am Straßenrand Tee tranken, sahen so aus, als seien sie beschäftigt.

Hinter dem Markt erreichten wir eine Brücke über ein gemauertes Flussbett. Darauf standen schwere Panzer- und Tasergeschütze. Unsere Spur war frei, aber auf der Gegenfahrbahn gab es einen Checkpoint, an dem Autos und Fahrer kontrolliert wurden. Dahinter staute sich eine lange Schlange vor der Brücke.

Auf der anderen Seite waren wir im vernetzten Mogadischu. Dort waren die Straßen sauber und der Verkehr war geregelt. Automatisierte Autos fuhren mit auffällig großem Abstand um unser Taxi. Drohnen und Gleiter sausten durch die Luft. Die Häuser waren ähnlich gebaut, aber größer und moderner. Bei einem Kreisverkehr, von dem eine Straße zur Küstenpromenade führte, hielt die Fahrerin. Wir zahlten mit den chinesischen Scheinen und stiegen aus.

Bei einem kleinen Straßenstand kauften wir gegrillte Algensandwiches und gingen zum Meer, setzten uns auf eine Balustrade und aßen. Einige Meter unter unseren Füßen klatschen Wellen in unregelmäßigem Abstand auf große, von Algen überzogene Betonklötze. Mit dem

Rücken zum Geschehen mussten wir keine Angst haben, dass wir auffielen.

Juri warf ein Stück Brot auf eine Betonfläche und sofort huschte eine Krabbe über den Stein und schnappte sich den Leckerbissen. Eine Welle schwappte über sie, doch sie krallte sich das Brot und hielt der Strömung stand. Plötzlich sauste eine kleinere Krabbe mit vier Scherenarmen auf sie zu und attackierte das Brot. Die erste hätte keine Chance gehabt, das Brot zu verteidigen, doch da kam die nächste Welle und spülte beide Krabben weg.

Juri lachte.

Was hast du gedacht, als du Kikis Nase gepackt hast?“

„Ich dachte, wenn ich nicht alles riskiere, war's das. Dann werde ich entführt und zu Neanderpharma gebracht.“

„Das dachte ich auch.“ Eine kleine Weile sagten wir nichts. „Wieso wollen sie dich so dringend zurückholen?“

„Ich … naja, sie wollen mein Herz.“

Erst dachte ich, Juri wollte einen Witz machen, doch er stierte weiter reglos aufs Meer.

„Was redest du da? Ich war dabei, als Caro die Herzgeschichte erzählt hat.“

„Ja, stimmt.“ Juri grinste gezwungen, dann gefror sein Gesicht zu Eis. „Ich weiß nicht, was es ist. Irgendwas in der Richtung wird es sein.“

Ich war komplett verwirrt. Sein Gesicht war ausdruckslos. So sehr ich mich auch dagegen wehrte, das Gefühl, dass er mir etwas verheimlichte, nahm Überhand. Wenn sie auch nicht verrückt spielten, die Magneten wurden wach. Ich sah Juris Augen und Lippen, versuchte alles aufzusaugen, was meinen Instinkt beruhigte.

„Glaubst du, wir können mit unseren Pässen überhaupt in ein Hotel einchecken?“, fragte er. „Ist schon auffällig, wenn sie von Jericho nach Shanghai fliegen und dann plötzlich in Mogadischu auftauchen.“

„Stimmt. Wir könnten auch zurück nach Garagela und uns dort ein Hotel suchen.“

„Dort müssen wir erstmal reinkommen.“

„Wenn wir unsere Narben zeigen, werden sie uns mit offenen Armen empfangen.“

„Vielleicht solltest du lieber allein gehen. Eigentlich werde nur *ich* gesucht.“ Juri warf noch ein Stück Brot hinunter.

„Wieso willst du nicht mit?“

„Ich mein nur, vielleicht solltest du so kurz vor dem Ziel nichts mehr riskieren.“

„Was?“

„Ich will dich nicht in Gefahr bringen.“

„Ich will nicht allein zu meinen Eltern.“ Das Horrorbild, wie ich allein vor meinen Eltern stehe und sie meinen Instinkt ausnutzen, um mich zu misshandeln, blitzte auf. Ich sah Juris Hand zwischen uns auf der Steinkante und legte meine darauf. Wie fallende Dominosteine in einer Kettenreaktion verloren die Magneten ihre Energie.

„Es ist einfach zu gefährlich für dich, mit mir unterwegs zu sein. Du musst nur ein Taxi nehmen.“

„Nein.“ Ich erschrak vor der Angst in meiner Stimme.

Juri starrte schweigend aufs Wasser. „Ich könnte es mir nicht verzeihen, wenn du wegen mir nicht zu deinen Eltern kommst."

Juri wollte mich schützen, da war ich mir sicher. Dass er mir verheimlichte, wieso Neanderpharma ihn suchte, spielte keine Rolle. Beides spielte keine Rolle. Ich brauchte ihn.

„Ich kann einen Wagen mieten", rief ich schließlich, „dann musst du nirgendwo einchecken und deinen Pass nicht zeigen."

„Jedes Auto wird mich checken wollen."

„Nur wenn wir eine Grenze überqueren. Wir versuchen es. Wenn es deinen Pass will, fahre ich alleine oder auch gar nicht."

Ein minikleines Lächeln huschte über Juris Gesicht. „Okay."

Ich war unendlich erleichtert, doch die Magneten kreisten weiter.

„Dann fahren wir am besten sofort." Bevor Juri es sich anders überlegen konnte, mietete ich ein Taxi in den Süden. Es kostete 800 Kröten für den ganzen Tag. Danach hatten wir noch etwas mehr als 1800. Das reichte nicht mal, um die Schulden bei Greg zu bezahlen. Aber er hatte ja gesagt: „Wenn ihr genug habt".

Ich überwies ihm 1.000 und gab 100 für Snacks, Badeklamotten und ein Handtuch bei einem Promenadenladen aus. Auf frische T-Shirts verzichtete ich. 700 Kröten waren nur noch ein Notgroschen, der uns nicht mehr weit bringen würde, aber wer wusste, für was wir noch Geld brauchten.

Das Taxi holte uns bei dem Kreisverkehr ab. Der Wagen öffnete die Türen und ließ uns einsteigen. Er interessierte sich kein bisschen dafür, wer wir waren, sondern nur, ob wir gezahlt hatten.

29.

Je näher wir dem Ziel kamen, umso nervöser wurde ich. Die Vorstellungen, wie meine Eltern reagieren würden und wie sie meine Frage beantworteten, blitzten auf und erloschen wie Sternschnuppen.

Neben den Horrorvorstellungen gab es auch hoffnungsvolle. In denen empfingen sie mich freudig, sagten mir, dass meine Haut lange jung bliebe oder, dass ich Denisowa-Gene hatte. Meine geheime Hoffnung war allerdings, dass mich die Genmanipulation für Analysen unberechenbar gemacht hatte. Vielleicht war ich besonders, sodass mich die Analyse niemals verstehen konnte. Das war mein geheimer Traum.

Ich malte mir auch aus, wie ich auf meine Eltern reagieren würde. Das war noch schwerer, weil ich nicht wusste, wie sie waren. Ob nett oder unsympathisch. Egal wie, ich nahm mir vor, mich nicht beeindrucken zu lassen, wie auch immer sie auf mich und meine Fragen reagierten. Was sie getan hatten, war unverzeihlich. Ich wollte nur herausfinden, wer ich war. Mehr nicht.

So sehr ich auf den Moment hingefiebert hatte, so sehr hätte ich ihn jetzt gerne hinter mir gehabt. Wie eine Prüfung, nur viel schlimmer. *Eine schlechte Prüfung ändert nichts, aber bei der Genenthüllung ein unerwartet schlechtes Ergebnis zu bekommen, verändert alles.* Mein eh schon flauer Magen krampfte und meine Hände wurden schwitzig.

Die Landschaft, der Himmel und das Meer waren nur noch Farbfelder, die vor dem Fenster vorbeizogen und der Horizont eine verschwommene Linie. Ich merkte gar nicht, dass das Taxi langsamer geworden war, bevor es abrupt anhielt.

Auf der einen Seite der Straße war nichts als semigrüne Steppe mit vereinzelten Bäumen. Auf der Meerseite führte ein kleiner Weg zu einem großen Felsen, der an der steinigen Küste emporragte. Ein Haus war nirgends zu sehen.

„Es muss dahinter sein", Juri zeigte auf die Klippe und betrat den Weg zum Meer.

„Warte." Meine Füße klebten auf der Straße.

Juri lachte. „Jetzt gibt es kein Zurück mehr."

Er hatte Recht, aber gehen konnte ich trotzdem nicht.

„Ich kann alleine gehen und so tun, als wäre ich du. Sie wissen ja nicht, wie du aussiehst."

Mit dem Lachen lösten sich meine Füße vom Asphalt. Mein Puls schlug hundertfünfzig und ich bekam Schnappatmung, als ich Juri auf den Weg folgte.

Beim Felsen angekommen, standen wir vor einer Treppe aus dünnen Metallstufen, die wie Klingen im Felsen über der rauschenden Brandung steckten. Juri trat beiseite und ließ mich vorgehen.

Auf der Meerseite hing eine haushohe, gläsern schimmernde Blase an der Klippe wie ein Tropfen Raureif an einem Blatt. Mir blieb die Luft weg und Juri staunte nicht weniger.

Ich legte meine Hand auf die glatte Tür, wie um zu spüren, ob jemand da war, aber natürlich spürte ich nichts. Und Luft bekam ich auch keine mehr. Ich zog die Hand zurück, ballte die Faust und schlug meine Knöchel dreimal auf die Scheibe. Nichts. Ich klopfte noch mal lauter und nach einer Minute nochmal. Es blieb still.

Ohne Vorwarnung lehnte sich Juri vor, drückte den Öffner und mit einem kurzen Surren ging die Tür nach Innen auf. Wir sahen uns mit großen Augen an. Er zwinkerte, schob die Tür ein Stückchen weiter auf.

„Auf keinen Fall“, zischte ich.

„Sie sind nicht da.“

„Sie können jederzeit kommen.“

Juri hatte schon einen Fuß ins Haus gesetzt.

„Nur kurz. Ich muss aufs Klo.“

„Du kannst doch auch woanders gehen. Es gibt sicher eine Überwachung …“

Ein neongelbes, schrill kläffendes Knäuel sprang auf Juris Fuß und biss sich an den Hälsen seiner Socken fest. Ich kreischte vor Schreck und sprang zurück. Auch Juri schrie und versuchte das leuchtende Knäuel abzuschütteln.

Erst dachte ich, es wäre eine Fußfessel oder etwas Ähnliches, aber als Juri es endlich abgeschüttelt hatte, stand da ein kleiner, kläffender Köter, der leuchtete wie die Tauben im CERN. Bei jedem Bellen strahlte sein Schädel etwas heller. Er wollte gerade zur nächsten Attacke ansetzen, da verpasste Juri ihm einen Tritt, sodass er in das Haus zurückrutschte, und zog die Tür zu.

„Ein leuchtender Wachhund, wie dumm ist das denn." Juri hielt sich eine Hand aufs Herz.

„Nicht so bescheuert, wie sich von einem leuchtenden Wachhund überraschen zu lassen." Juris erschrockenes Gesicht hatte mir neues Leben eingehaucht.

Juri wollte mich nachäffen, musste aber selbst lachen.

„Was machen wir jetzt, hier warten?"

„Auf keinen Fall." Ich hatte das Gefühl, dass die Zeit an diesem Ort nie vergehen würde. Besonders nicht, wenn wir warteten.

„Was willst du machen?"

„Keine Ahnung. Erst mal weg hier."

„Wir könnten zurück ins Dorf fahren und rumfragen, wo sie sind. Wie heißen sie denn?"

„Ich weiß nicht."

„Du weißt nicht, wie sie heißen?"

„Ich weiß nicht, ob ich jemanden fragen will, wo sie sind."

Wir gingen zum Taxi und fragten den Bordcomputer, wo wir den Nachmittag verbringen konnten. Er empfahl uns ein Flussbecken mit einem kleinen Wasserfall.

Wir fuhren die Küstenstraße zurück und bogen auf eine holprige Sandstraße, die neben einem grünen Flussufer landeinwärts führte.

„Willst du später noch mal zurück oder erst morgen?"

„Später. Wir haben kein Geld mehr für ein Hotel."

„Und wenn sie immer noch nicht da sind?"

„Dann fragen wir im Dorf."

Das blaugrüne Flussbad war unterhalb einer mannshohen Stufe, von der der Fluss über die ganze Breite des Flussbettes rieselte. In dem zerstäubten Wasser leuchtete ein Regenbogen. Um das sandige Ufer standen Palmen und andere Laubbäume, die Schatten spendeten. Unter manchen standen Tische und Stühle.

Auf der anderen Seite des Flusses war das Ufer steiniger. Dort sprangen Kinder vom Wasserfall in das Becken und kletterten geschickt wie Katzen wieder hinauf. Ihr Rufen und Lachen waren die einzigen Geräusche, die das Rauschen des Wassers und das Zirpen der Waldinsekten übertönten. Es duftete nach nassem Stein und Sand.

Während ich mir den Bikini mit umgewickeltem Handtuch anzog, ging Juri zurück ins Taxi, um sich umzuziehen. Wir wateten in das Becken und sobald wir bis zu den Knien in der Strömung standen, ließen wir uns in das kühle Wasser fallen. Es hatte die perfekte Temperatur. Wir kletterten über die Felsen auf die Schwelle des Wasserfalls und sprangen mit ihm ins Becken.

Ich machte eine Arschbombe und schwamm dann zu einem großen, flachen Felsen im Halbschatten einer Palme.

Juri sprang noch ein paar Mal und versuchte den Kindern klarzumachen, dass er keinen Salto lernen wollte.

„Nie wieder wegrennen“, rief er.

Das Rauschen des Wasserfalls, das Lachen und der Wind lenkten mich von meinem flauen Magen und dem, was am Nachmittag noch vor mir lag, ab. Doch als eine silberne, tischgroße Drohne über die Palmenwipfel angesurrt kam und die Lichtung scannte, fegte Stress durch alle meine Nervenbahnen.

Die Kinder beachteten sie nicht weiter. Juri war gerade auf die Klippe geklettert, warf sich hinter den nächstgrößten Stein und kauerte sich - den Kopf zwischen den Knien – dahinter.

Die Drohne flog zu mir, scannte mich und sah die Spuren im Sand am Ufer. Da waren meine Fußabdrücke und Juris.

„ID, please“, sagte die Drohne vor mir schwebend.

Ich zog den Externen aus der Tasche und bewegte mich langsam weg vom Wasserfall, sodass Juri in ihrem toten Winkel war.

„Hallo, Lisa Bauer. Wo ist Daniel Nett? Ich nehme an, das sind seine Spuren?“, sagte die Drohne. Meine Eingeweide krampften sich zusammen. Die Magneten zogen heftig. Mit aller Kraft schluckte ich den Kloß in meinem Hals. „Er hat sich mit der Strömung treiben lassen. Wir wollen uns später wieder an der Küste treffen.“

Ohne Kommentar drehte die Drohne eine weitere Runde über dem Becken. Sie flog den Wasserfall ab, bis sie zu dem Stein kam, hinter dem Juri kauerte.

„Aufstehen, bitte."

„Hey, ich glaube hier ist er, er braucht Hilfe", rief ich und zeigte flussabwärts. „Schnell!"

Die Drohne beachtete mich nicht. „Sie, hinter dem Stein, bitte aufstehen!"

Ich lief ins Wasser, ließ mich hinfallen und tat, als könnte ich nicht schwimmen. „Hilfe! Ich ertrinke", schrie ich so laut ich konnte. Die Kinder erkannten, was ich vorhatte, riefen und winkten.

Als ich kurz auftauchte, um Luft zu holen, sah ich durch meine nassen Haarsträhnen, wie sich die Drohne zu mir drehte. In dem Moment sprang Juri aus der Kauerstellung, und warf sich wie ein Klammeraffe auf die schwebende Drohne. Beide stürzten in den Fluss. Die Drohne griff mit ihren Armen hinter sich und packte Juri, der mit einem Stein auf die Drohne einschlug. Ein Rotor hackte in Juris Arm. Blut spritzte.

Juri gelang es, mit einem Stein die Sensoren und zwei Rotoren der Drohne zu beschädigen. Doch ihr metallener Griff fixierte ihn erbarmungslos und drückte ihn unter Wasser.

Ich nahm ein Handtuch, um damit die Rotoren zu stoppen, und schwamm damit in die Mitte des Flusses. Doch bei dem Versuch, das Handtuch über die Drohne zu schleudern, verpasste sie mir einen Schlag ins Gesicht. Ich verlor die Orientierung. Als ich die Himmelsrichtungen gefunden und das Wasser aus meinen Augen gestrichen hatte, waren Juri und die Drohne – wie zwei Krabben ringend – flussabwärts getrieben.

30.

Ich schwamm zum Ufer und sah den beiden nach. Es gab nichts mehr, was ich tun konnte, niemanden, der mir helfen konnte. Am liebsten wäre ich im schlammigen Flussbett versunken.

Dann hob mich Geschrei der Kinder aus der Verzweiflung. Ich lief aus dem Wasser und ließ den Externen übersetzen: „Hinterher, am Ufer bist du schneller."

Sie hatten recht.

Ich schnappte unsere Sachen und rannte zum Wagen. Den ganzen Weg zurück zur Flussmündung streckte ich den Kopf aus dem Fenster und wann immer es einen guten Uferzugang gab, stieg ich aus und überblickte den Fluss. Doch da war kein Juri und kein silbernes Ding und auch nirgends Blut.

Auf der Brücke der Küstenstraße wartete ich eine Stunde und fieberte hoffnungsvoll jedem antreibenden Ast entgegen. Aber es blieb bei Holzstämmen und anderem Treibgut. Meine Gedanken rasten. Bilder von Juris blasser

Wasserleiche schossen mir durch den Kopf und jagten mir eiskalte Blitze durch Mark und Bein.

Gegen diese Vorstellung war der Gedanke, dass er festgenommen worden war, ein süßer Traum. Aber es war keine Verstärkung gekommen. Oder hatte ich sie übersehen?

Ich hatte kein Bedürfnis mehr, zu meinen Eltern zu fahren. Da fiel mir ein, dass es doch etwas gab, das ich für Juri tun konnte.

Ich ließ mich zum Seifenblasenhaus meiner Eltern fahren, rannte über den Weg und die Stufen und hämmerte gegen die Tür.

Nach wenigen Sekunden öffnete ein Mann. Es war eindeutig der auf dem Bild in meinem Rucksack - mein Vater.

Ich blickte in meine Augen in seinem Gesicht. Die Zeit war stehengeblieben. Das Rauschen des Meeres war in ein Fiepen übergegangen, die Möwe über uns hing in der Luft wie festgepinnt.

„Hello?!", sagte er und die Erde drehte sich weiter, die Welle klatschte gegen die Klippe unter mir und die Möwe segelte im Wind.

Der leuchtende Hund lief herbei und sprang hechelnd um meine Füße. Mein Vater pfiff einmal und der Hund verzog sich auf das Kissen neben der Tür.

„Ich bin deine Tochter, du Dumm-Batz!", blaffte ich. „Tu nicht so, als würdest du mich nicht erkennen." Erschrocken, aber auch stolz auf die Wucht meiner eigenen Worte schob ich ihn beiseite und ging hinein.

Von innen war das Blasenhaus wie aus Glas, wobei die Scheibe zur Sonne hin getönt war wie eine Sonnenbrille. Durch die Tönung sah die Sonne aus wie eine Scheibe Salami. Gischt von großen Wellen spritzte gegen die Glasfassade.

Wir standen auf glattem Betonboden in der offenen Küche mit einer Kochinsel, einem Tisch und Stühlen. Auf der linken Seite befand sich der natürliche Felsen, an dem die Blase hing. Dort führten die gleichen Klingenstufen wie draußen auf eine Galerie mit einer großen L-förmigen Couch. Hinter der Küche teilte eine Wand mit zwei Türen die Blase. Dort mussten Schlafzimmer und Bad sein.

„Natürlich", sagte mein Vater und sein ausdrucksloses Gesicht floss – langsam, aber unaufhaltsam wie Lava – zu einem so ehrlichen und glücklichen Lächeln, wie ich es nur von Oma kannte. Aber in seinen Augen lag die blanke Angst. „Hallo, Lulu. Du kannst dir nicht vorstellen, wie sehr es mich freut, dass du hier stehst. Komm rein."

Jede einzelne der Milliarden Vorstellungen, die ich von dem Moment, wie mich meine Eltern empfangen würden, gehabt hatte, war Lichtjahre von der Realität entfernt. Vielleicht lag es daran, dass ich seine Hilfe brauchte, aber ich mochte meinen Vater sofort.

„Was willst du trinken?"

„Wasser."

„Komm, setz dich." Er ging zum Tisch, auf den sein Home-Care zwei Gläser Wasser stellte.

Aber ich blieb stehen wo ich war. „Ich brauche deine Hilfe. Ich bin mit einem Freund gekommen. Der ist vorhin beim Fluss verschwunden. Vielleicht ist er verunglückt, vielleicht wurde er festgenommen", sprudelte es aus mir.

„Festgenommen?"

„Entführt. Er ist nicht kriminell. Er ist ein Forschungsprojekt. Ich muss ihn finden. Kannst du mir helfen?"

„Er ist ein Forschungsprojekt?"

Beinahe hätte ich gesagt: „Ja, wie ich", aber das musste warten. „Ja, sein Herz altert nicht."

„Wahnsinn! Und wie denkst du, dass ich dir helfen kann?"

„Frag die Polizei und Krankenhäuser, ob ein Denisowa aufgetaucht ist. Wir dürfen keine Zeit verlieren."

„Dein Freund ist Denisowa?"

„Ja."

„Von Neanderpharma?"

Ich nickte.

„Wieso ortest du ihn nicht?"

„Geht nicht." Ich drehte meinen Arm so, dass er die Narbe sehen konnte. Er hob die Augenbrauen und nickte anerkennend. Es fühlte sich gut an, weil es mir so vertraut vorkam. Aber es zwickte auch, weil ich es nicht wollte. „Wir müssen los ihn suchen."

„Eins nach dem Anderen. Wo und wann hast du ihn verloren?" Er zog mich zu dem Tisch und drückte mir das Glas Wasser in die Hand.

Ich erzählte von dem Wasserfall, der Drohne, wie Juri sich mit ihr in den Fluss gestürzt hatte und wie er blutend und mit der Drohne ringend davongetrieben war. Nur mit Mühe konnte ich meine Stimme davon abhalten, sich zu überschlagen. Um auch die Tränen aufzuhalten, reichte es nicht. Bald sah ich meinen Vater nur noch verschwommen.

Er nahm meine beiden Hände. „Wir werden ihn finden." Er tippte sich mit einem Finger an die Schläfe und nickte Richtung Home-Care, „Hugo wird uns informieren, sobald Infos über Polizeidrohnen oder Prähistorische in der Gegend kursieren."

„Lass ihn uns suchen, bitte."

„Das wird nichts bringen, glaub mir. Wir haben gute Kontakte. Hugo hat nicht nur Zugang auf öffentliche Listen. Sobald dein Freund irgendwo auftaucht, wird er es erfahren."

Ich legte meine Arme auf den Tisch und ließ meinen Kopf darauf fallen. „Kann Hugo nicht wenigstens den Fluss abfliegen?"

„Er selbst nicht, aber er kann jemanden schicken."

„Ja, bitte."

Es war schlimmer gekommen als jemals befürchtet. Nicht nur, dass ich ohne Juri hier saß. Ich musste um sein Leben bangen. Eine unendliche Leere erfüllte mich. Wieso ich hier war, interessierte mich eigentlich kaum noch.

„Wo ist meine Mutter?"

„Sie ist nicht hier." Mein Vater lächelte.

„Das sehe ich. Wo ist sie?"

„Sie lebt in Südamerika."

Unter normalen Umständen hätte es mich vielleicht enttäuscht, dass ich sie nicht auch gleich kennenlernen würde. Aber in mir schmerzten die Sorgen um Juri. *Schlimmer kann es nicht mehr kommen,* dachte ich, sah auf und meinem Vater in die Augen, die meine waren. „Ich weiß, dass ihr mich genmanipuliert habt."

Perplex starrte er mich einige Sekunden an. Der Schleier aus Angst, die ich in seinem ersten Blick gesehen hatte, kam zurück. „Viele haben …"

„Was habt ihr mit mir gemacht?"

„Weißt du das nicht?" Er lachte. „Du bist begabt."

„Schwachsinn." Ich glaubte ihm kein Wort und trotzdem fühlte ich mich geschmeichelt. Um meinen Instinkt im Zaum zu halten, mied ich seinen Blick, stand auf und ging zur Glasfassade, wo man quasi mitten in der Brandung stand. Der Ausblick war gewaltig. „Sorry, aber das hätte ich gemerkt."

„Zu Talent gehört auch Arbeit."

„Willst du noch ein paar Sprüche auspacken oder sagst du mir die Wahrheit?" Ich versuchte mir Juris Stimme und Augen in Erinnerung zu rufen, um die Kräfte meines Instinkts im Zaum zu halten. Aber anstatt mich abzulenken, brachte die Vorstellung die schmerzhafte Angst um ihn zurück.

„Glaub es mir oder glaub es mir nicht", sagte mein Vater.

„Habt ihr einen offiziellen Arzt genommen oder einen illegalen?"

„Einen offiziellen natürlich."

„Dann hast du sicher noch irgendwo ein Dokument von der Behandlung. Das will ich sehen."

„Lass mich überlegen. Nein, habe ich nicht. Deine Mutter wollte die Manipulation und hat sich um alles gekümmert. Sie muss die Unterlagen haben."

Ich musste lachen und drehte mich zu ihm um. „Und wo ist sie jetzt?"

Sein Lächeln war ratlos. „Wie gesagt – Südamerika."

„Ich will sie sprechen."

„Ich habe keinen Kontakt zu ihr", sagte mein Vater. Es war unvorstellbar, dass er mal ein ehrgeiziger Wissenschaftler gewesen war, dass er sich überhaupt bei irgendwas Mühe gab. Seine Art stieß mich ab und trotzdem war sie mir nicht unsympathisch. Ich wurde das Gefühl nicht los, als würde er meinen Instinkt herausfordern, mit ihm spielen.

„Und? Du musst ja nicht mit ihr sprechen."

Mein Vater nickte und Hugo brachte mir Kopfhörer. Ich rief zweimal an. Aber niemand nahm ab. Als ich die Kopfhörer wieder rausnahm, stand mein Vater hinter mir und strich mir über den Arm. Die Berührung schob alle Magnetkräfte beiseite, wie ein Scheibenwischer. Wie durch den Pfiff eines Schiedsrichters war mein innerer Kampf abgebrochen. Ich fuhr herum. „Was war das?"

Lächelnd sah er über das Meer zum Horizont. „Was war was? Ich freue mich, dass du da bist."

„Mhm."

„Wie geht es Oma?"

„Gut. Sie hat Sterbehilfe beantragt und will auf dem Mond sterben, aber vorher geht sie noch in die Politik." Das war so absurd, dass ich lachen musste.

„Das sieht ihr ähnlich." Auch mein Vater lachte. „Du kannst hierbleiben, wenn du willst", sagte er, ohne mich anzusehen.

Das Angebot war ernst gemeint, aber er wirkte, als sei ihm die Antwort egal. Ich musste bitter lachen. Mich interessierte nicht, wo ich blieb. Mich interessierte nur, wo Juri war. Und da zog mir die Angst, ihn verloren zu haben, einmal mehr den Boden unter den Füßen weg.

„Können wir ihn suchen?"

„Hugo hat Drohnen gemietet, die schon die Gegend abfliegen. Alles, was wir abfahren können, haben die schon gescannt."

Hugo brachte zwei Stühle und Schalen mit Gemüse und Reis. Ich roch und schmeckte nichts. Aber ich merkte, wie mir das Essen Kraft gab. Als Hugo abräumte, folgte ich ihm in die Küche und bat ihn: „Gib mir bitte alle Dokumente von Max Polka aus den Jahren 2086 und 2087, in denen die Wörter „Gene" oder „Manipulation" vorkommen."

„Leider habe ich keine Dokumente mit diesen Wörtern", antwortete er. Aber das bedeutete nichts. Mein Vater hätte ihn mit seinem Brain-Link befehlen können, genau das zu sagen.

Den ganzen Nachmittag wartete ich auf ein Lebenszeichen von Juri. Doch Hugo gab kein Zeichen, dass Juri aufgetaucht war.

Mit dem Abend verschwand die Tönung in der Blasen-Glasfassade und wurde glasklar. Hugo bereitete die Couch zu einem Bett. Darauf lag ich wie im Freien. Über mir leuchteten die Sterne und unten schimmerten die Wellen im Mondlicht. Der glimmende Hund lag auf seinem Kissen neben dem Eingang. Hugo stand auf Stand-by neben der Kücheninsel.

Die Sorgen hielten mich wach. Ich wartete, bis mein Vater ins Bett gegangen war, dann ging ich in die Küche und stöberte in den Fächern und Schubladen. Abgesehen von Küchenzeug, Fertiggerichten und ein paar Whiskeyflaschen gab es nichts Interessantes.

„Hast du Hunger?“

„Danke, Hugo. Ich brauche nur frische Luft.“

„Soll ich die Fenster aufmachen?“

„Nein, ich will raus.“

„Hier“, sagte er und zeigte auf die Galerie. Treppenstufen fuhren aus der Wand. Über sie kam ich auf die Dachterrasse auf dem Felsen. Darauf war es so leer wie in der Wohnung. Abgesehen von einem Tisch, vier Stühlen und zwei Sonnenliegen gab es dort nichts.

Ich setzte mich auf einen der Stühle und sah über das Meer.

Es war kühl und windstill. Das gleichförmige Plätschern des Meeres war nichts im Vergleich zu dem lauten Klatschen des Wellenbrechens am Nachmittag. Der Mond stand hoch und seine schimmernde Spiegelung bahnte sich vom Horizont bis zum Felsen unter dem Haus.

Begabt – so ein Schwachsinn. Nicht nur die Lüge, auch dass mein Vater ernsthaft behauptet hatte, die Manipulation wäre die Idee meiner Mutter gewesen, war unfassbar feige. Ich wusste nicht, was schlimmer war, dass er sich die ganzen Jahre nicht für mich interessiert hatte, oder dass er mich jetzt anlog.

Ich erinnerte mich, wie ich an Kurts gesperrte Infos gekommen war, und schickte Lana eine Nachricht. In der fragte ich, wie man unbemerkt an die Daten eines House Care 5.0 herankam. Zu meiner Überraschung antwortete sie sofort.

Wenn die Daten gesichert sind, hast du keine Chance. Wenn sie nicht gesichert sind, reicht es, ihn auszuschalten. Dann kannst du seinen Speicher mit deinem Computer auslesen. Viel Erfolg!

Hugo stand neben der Kochinsel. Noch auf der Treppe sagte ich: „Hugo, Stand-by“, und er schaltete sich aus. Ich diktierte dem Externen, alle Dokumente zu laden, die *DNA* und *Gen* enthielten und verband mich mit Hugos Speicher. Die Hälfte der Dokumente war gesichert, bei der anderen Hälfte war nichts dabei, das mit mir zu tun hatte.

Ich setzte mich auf einen der Stühle und sah mich im Apartment um. Als ich den glimmenden Hund neben dem Eingang sah, fiel mein Blick auf Juris Tasche, die in der Garderobe hing.

Ich kippte den Inhalt auf den Tisch. Da waren die Klamotten von Moussa und die weiße Kluft von Greg, ein visitenkartengroßes Notizbuch, drei Riegel und das Etikett eines der chinesischen Biere, die wir getrunken hatten – wahrscheinlich als Erinnerung. Ich hatte gar nicht mitbekommen, dass er es abgelöst und eingesteckt hatte. Ich schluchzte.

In der Tasche von Moussas Hose spürte ich einen kleinen, glatten Stein. Als ich ihn herausholte, erkannte ich eine erbsengroße, weiße Perle. Sie roch bitter. Es dauerte drei Sekunden, bis mir dämmerte, wo ich sie schon mal gesehen hatte. Es war die Pille, die Caro Juri im Detektor gegeben hatte.

31.

Als ich am nächsten Morgen meinen Vater fragte, ob ich mir seinen Wagen leihen durfte, sagte er: „Wenn du auch dabei warst, als Juri mit der Drohne gekämpft hat, ist es besser, du fährst nicht zum Fluss."

Ich hatte nicht vor, zum Fluss zu fahren, zumindest nicht gleich. Stattdessen fuhr ich ins Dorf und suchte eine Apotheke. Als ich eine gefunden hatte, kratzte ich eine dünne Schicht von der glatten Tablette ab, behauptete, dass ich das Pulver bei meinem Vater gefunden und Angst hätte, dass er drogenabhängig sei und beauftragte eine Analyse.

Es war zu heiß zu gehen, aber im Sitzen blieb die Zeit stehen. Außerdem überdeckte die Sorge um Juri meine Aufmerksamkeit wie dichter Nebel. Ich spazierte im Schatten der sandfarbenen Häuser durch den in der frühen Mittagshitze fast ausgestorbenen Ort. Als sich die Apotheke endlich mit dem Ergebnis meldete, waren meine Schuhe braun vom Staub auf den Straßen.

Bei der Pille handelte es sich um Porax – eine illegale Droge zur emotionalen Sensibilisierung und intellektuellen Leistungssteigerung. Hohe Dosen konnten zu übertriebener Selbstüberschätzung führen. Eine Überdosis konnte tödlich enden.

Warum hatte Caro Juri die Tablette gegeben? Es war nicht schwer, mehr über die Droge herauszufinden. Ich erfuhr, dass Porax-Konsumenten leichtsinnig wurden und oft viel zu große Risiken eingingen, weil sie die Konsequenzen unterschätzten. Somit wurde die Droge nicht nur zur Leistungssteigerung, sondern auch für Betrug und Manipulation missbraucht.

Bingo! Es fiel mir wie Schuppen von den Augen: Ich musste das Porax meinem Vater geben. So würde ich die Wahrheit aus ihm bekommen. Ein Schauer lief mir über die Haut. *Aber wie?* Ich dachte daran, was ich in der Küche gefunden hatte. Da waren die Whiskeys. Aber wenn ich die Pille darin löste, würde er nur wenig davon zu sich nehmen. Musste er überhaupt die ganze nehmen? Oder würde ihn das umbringen? Ich müsste kontrollieren können, wie viel er nahm.

Da zündete es. Ich ging in den nächsten Supermarkt und kaufte eine Flasche Bier und Kleber. Im nächsten Café ging ich auf die Toilette und löste das Etikett. Dann fuhr ich zurück zur Klippenblase.

Hugo deckte gerade den Tisch für das Mittagessen auf der Dachterrasse. Mein Vater war auch schon oben. Eigentlich hatte ich vor, ihm die Flasche erst am Abend zu geben, aber da beide auf dem Dach waren, hatte ich alle Zeit der Welt, die Flasche zu präparieren. Ich öffnete vorsichtig den Kronkorken und füllte das zerbröselte Porax hinein. Zum Glück schäumte es nur ein bisschen, sodass noch Kohlensäure übrigblieb. Dann drückte ich den Kronkorken wieder drauf und klebte das chinesische Etikett auf die Flasche. Es war zwar etwas ausgefranst, aber passte perfekt.

Mein Herz schlug bis zum Hals und meine Hände waren schweißnass, als ich die Flasche die Stufen zur Dachterrasse hochtrug. Eigentlich war die Aufregung der absolute Horror, aber jetzt brauchte ich sie, damit sie mich von den Sorgen um Juri ablenkte.

Hugo hatte einen gelben Sonnenschirm neben den Tisch gestellt. Es gab Tomatensuppe und dazu geröstetes Knoblauchbrot. Mit der Flasche in der Hand setzte ich mich an den Tisch.

„Ich habe leider immer noch nichts von deinem Freund gehört", sagte mein Vater.

„Juri."

„Tut mir leid – Juri. Du musst dir riesig Sorgen machen."

„Du hast keine Ahnung wie sehr."

„Nein, die habe ich wirklich nicht." Er strich mir über den Arm. „Was ist das?"

„Was?"

„Na die Flasche."

„Ach das. Das ist ein Whiskey, äh, ein Bier, dass ich dir aus China mitgebracht habe." Ich stellte die Flasche auf den Tisch.

„Du warst in China?“

„Wir haben einen kleinen Umweg gemacht.“ Mir blieb das Herz stehen. Auf dem Kronkorken stand – zwar nicht groß, aber erkennbar – die Marke des somalischen Bieres. Wie hatte ich das übersehen können? Ich biss mir auf die Daumennägel.

„Ja, wir waren in Ziyou, der größten computerlosen Community der Welt.“

„Danke, das ist lieb, aber ich trinke kein Bier und schon gar nicht mittags.“

„Du musst!“, platzte es aus mir heraus.

„Was?“

„In Ziyou ist es nämlich Tradition, das Bier mittags zu trinken. Vor allem, wenn Gäste es mitbringen.“

„Lulu, bitte, ich werde das nicht vertragen.“

„Es hat kaum Alkohol.“

„Na gut. Einen Schluck auf die chinesische Tradition. Und auf Fortuna, damit sie uns Juri zurückbringt. Dann musst du aber auch.“

„Natürlich, klar.“

Ich nahm ihm die Flasche wieder weg und öffnete sie. Den Kronkorken fest umgriffen schenkte ich sein Glas voll. Wenigstens schäumte es ein wenig. Mir schenkte ich nur einen kleinen Schluck ein.

Ich hob mein Glas und hielt die Luft an. Die im Bier aufsteigenden Bläschen glitzerten im Sonnenlicht. *Ich hätte niemals gedacht, dass ich mal jemanden vergiften würde. Aber ich hätte mir auch nicht vorstellen können, dass es Dinge über mich zu wissen gibt, die ich nicht kenne.*

Er nahm das Glas, das neben seinem Teller auf dem Tisch stand, prostete und führte es zum Mund. Er kippte langsam, bis die Flüssigkeit seine Oberlippe berührte. Dann setzte er das Glas wieder ab – es war kaum leerer – und kreiste es unter der Nase. Mit geschlossenen Augen hängte er seinen Zinken tief hinein und sog den bitter-süßen Duft ein. Während er daraufhin schielend beobachtete, wie die drehende Welle langsam abflachte, wurden die Falten auf seiner Stirn immer tiefer. Und als die Flüssigkeit stillstand, rührte sich nichts mehr.

Ich spürte einen Schweißtropfen hinter meinem Ohr hinunterrollen und drückte meine Fingernägel in das weiche Holz des Stuhls. *Hatte er gerochen, dass etwas untergemischt war?*

„Gut, sehr gut", sagte er, warf den Kopf in den Nacken und schüttete sich das komplette Bier in den Hals, ohne dass das Glas seinen Mund berührte.

Halleluja! Meine Eingeweide machten einen Jubelsalto. *Wenn die Droge hält, was sie verspricht - und er sie nicht noch aus irgendeinem Grund auskotzt - werde ich endlich die Wahrheit erfahren.*

„Was ist mit dir, du hast ja gar nicht getrunken."

„Doch, doch. Und?"

„Ist gut, bisschen sauer. Ich mags." Er rülpste. „Tschuldigung." Er hielt sich die Faust vor den Mund und stieß nochmals auf. „Erzähl, was hat euch nach China verschlagen? Ich habe schon viel von Ziyou gehört, aber ich wusste nicht, dass sie gutes Bier machen."

„Wir haben eine Freundin besucht. Eine berühmte Künstlerin."

„Oh, làlà!"

Ich schenkte ihm den Rest ein und er lachte heiter. „So war das nicht gemeint. Aber wie seid ihr ohne Bodycoms nach China gekommen?"

„Unsere Pässe sind auf einem Externen."

„Und wieso wurde Juri dann von der Drohne angegriffen?"

„Das wüsste ich auch gerne."

Mein Vater verengte die Augen. „Wie ist das Leben in Ziyou?"

„Eigentlich ist alles gleich. Nur ein bisschen chaotischer, weil Menschen die ganze Arbeit machen müssen." Ich erzählte von der Bahnfahrt durch Shanghai, Ziyou, dem Essen dort und wie die Leute auf Juri reagiert hatten. Meinem Vater war nichts anzumerken, was darauf deutete, dass die Droge schon wirkte. Ich überlegte, was ich fragen konnte, um ihn zu testen, ohne mit der Tür ins Haus zu fallen, da kam er mir mit meinem heiklen Thema zuvor.

„Sei ehrlich; ihr seid nach Ziyou, um euch zu verstecken."

„Noch ein Schluck?", frage ich und schenke ihm den Rest ein.

Er lachte. „Sag schon, wieso seid ihr auf der Flucht? Vielleicht hilft es, Juri zu finden."

„Sag schon, wie habt ihr meine Gene manipuliert?", erwiderte ich und bekam einen Instant-Schweißausbruch.

Mein Vater sah mich verdutzt an. „Hab‘ ich dir doch erzählt.“

„Nicht alles.“

„Ich denke schon.“

„Wenn du mir sagst, wie ihr mich manipuliert habt, sage ich, wieso wir auf der Flucht sind.“

„Also stimmt es.“

„Vielleicht.“

„Seid ihr auf der Flucht, weil dein Freund bei Neanderpharma ausgebrochen ist?“

Der Schweißausbruch ging in die zweite Runde.

„Ja. Aber das ist nicht der Grund, wieso sie ihn suchen.“

„Was dann?“

„Was habt ihr mit meinen Genen gemacht?“

„Lulu“, er hob lachend seine Arme und klatschte seine Handflächen auf die Armlehnen, „dass du das immer noch nicht herausgefunden hast. Wir haben dich *bonoboisiert.* Du bist ein Bonobo-Mensch, unser *Bonobonbon.*“

„Ein was?“

„Bonobos sind Affen, die ihre Konflikte mit Liebe und Sex lösen. Sie kämpfen kaum, sie lieben sich. Kommt dir das bekannt vor?“

Ich traute meinen Ohren nicht. Allein die Vorstellung, dass es eine Bonobo-Person auf der Welt gab, war verrückt. Aber dass ausgerechnet ich diese Person sein sollte, war unbegreiflich. Meine Magneten begannen sich wie wild zu polen. Automatisch überlegte ich, wie ich meinem Vater unauffällig näherkommen konnte. Da kapierte ich zum ersten Mal, wieso ich das wollte. Im Grunde hatte ich gelernt, dass ich sauer auf ihn sein müsste, aber da war keine Wut in mir. Da war nur Zuneigung.

Mein Vater legte seine Hand offen auf den Tisch. Ich betrachtete sie und spürte die Wärme, die davon ausging. Dann nahm ich die Hand und hielt sie fest. Ruhe und Klarheit breitete sich in meinem Körper aus, als wäre ich ein zerknäultes Papier, das glattgezogen wird.

Über das Meer blickend erinnerte ich mich, wie ich die Brust meiner Oma berührt und wie ich die Hand meines Lehrers genommen hatte. Mit welchem Gefühl ich auf Colin und auf den Kellner losgegangen war. Wie ich im Detektor auf Juri und Caro reagiert und was ich bei Chens Handgriff gespürt hatte. Alles ergab Sinn. Die Kraft, die in mir zog, war meine Bonobo-Natur, die Konflikte durch Zuneigung und Körperkontakt lösen wollte.

Ich betrachtete meine Hand in der meines Vaters. Die Berührung tat gut, aber sie fühlte sich auch falsch an. Lag es daran, dass er keine Bonobo-Gene hatte oder dass er mein Vater war? War es die Gewöhnung, die ganzen Male, die ich mir eingeredet hatte, dass es falsch war? *Immerhin will er mich nicht misshandeln, so viel ist klar*, dachte ich und musste schmunzeln.

Auch wenn es mich Überwindung kostete, ließ ich die Hand los und ging hinunter ins Bad. Es mir zu machen, um klarzukommen, war nichts Neues, aber es war keine verzweifelte Notlösung mehr. Ich wusste, was und warum ich es tat. Auch wenn es seltsam war, zu wissen, dass mein

Vater oben war. Der Orgasmus war der befreiendste, den ich je hatte. Danach setzte ich mich an die Badewanne gelehnt auf den Boden und überblickte das Meer.

Zu wissen, woher der Drang – *mein Instinkt* – kam, war eine Erlösung. Er war meine natürliche Reaktion auf Konflikte. Konflikte mit Menschen, die anders waren, als ich – Sapiens –, die in solchen Situationen meistens mehr Konfrontation oder Abstand suchten. Natürlich war ich ein Freak, aber so war es eben.

32.

Aus Hugos Anlage spielte klassische Musik. Mein Vater saß mit geschlossenen Augen und konzentriertem Gesichtsausdruck aufrecht in seinem Stuhl und wippte seinen Fuß im Takt, sodass seine Flipflops gegen seine Ferse schlugen. Er hätte nicht besser gelaunt sein können.

„Was habt ihr euch dabei gedacht?", fragte ich.

„Hörst du das, Lulu? Ich habe ewig nicht mehr über meinen Link Klavier gespielt, aber ich muss schon sagen, heute läuft es fantastisch."

„Was habt ihr euch dabei gedacht?"

Mein Vater öffnete die Augen und die Musik stoppte. Er grinste debil, wegen der Droge und wahrscheinlich auch, weil er wusste, dass ich ihm nicht böse sein konnte.

„Wir dachten, ohne Wut sind Menschen glücklicher."

„Also war es nicht nur die Idee meiner Mutter?"

„Nein, nein. Wir haben lange geplant, euch zu *bonoboisieren.*"

„*Euch*?"

„Dich und deinen Bruder."

„Meinen Bruder?"

„Weil wir auch seine Gene verändert haben, ist er nicht ganz zu hundert Prozent dein Bruder. Aber er ist unser zweites Bonobo-Kind."

Ich starrte meinen Vater an.

„Unser Verein sah vor, dass wir mindestens zwei Bonobo-Kinder bekommen."

„Was für ein Verein?"

„Wir waren neunzehn Paare, die Bonobokinder bekommen wollten. Stell' dir eine Zivilisation vor, die kooperieren kann wie Menschen, ohne Drang zu dominieren. Ihr wart die Zukunft."

Mein Vater meinte es ernst. Er war verrückt und die Tatsache, dass er bis oben hin auf Drogen war, machte es nicht besser. Aber ich mochte ihn und verspürte nichts als Zuneigung. Wie sollte es auch anders sein.

„Klingt eher nach einer verrückten Sekte."

„Im Prinzip war es das auch."

Ich traute meinen Ohren nicht. „Eine Sekte, die Bonobos auf die Welt bringt und dann nicht aufzieht."

Mein Vater schüttelte den Kopf. Sein Ausdruck wurde ernst. „Nein. Das sah sie in der Tat nicht vor. Wir sind ausgestiegen. Deswegen mussten wir dich verstecken. Die Bewegung wurde immer radikaler, schottete sich ab und suchte Wege, die ganze Menschheit zu Bonobos zu machen. Da wollten wir weg, aber sie wollten uns nur gehen lassen, wenn wir euch bei ihnen ließen. Deswegen mussten wir abhauen, mussten dich zu deiner Oma bringen und getrennt untertauchen. Es war nicht leicht. Aber es war die einzige Möglichkeit, euch zu schützen."

In meinem Kopf tauchten Bilder auf von einem kleinen Dorf, wie mich mein Vater nachts weckte und mit mir auf dem Arm an der Hauswand entlang zu einem Wagen schlich. Aber ich war mir nicht sicher, ob es eine Erinnerung oder reine Phantasie war.

„Wer, *euch*?"

„Dich und deinen Bruder."

„Wo ist er?"

„In Südamerika. Mehr weiß ich nicht. Mehr darf ich gar nicht wissen. Ich wusste auch nicht wo Oma mit dir lebt. Sonst hätten sie dich finden können."

„Und warum musstet ihr euch totstellen und mir verheimlichen, was mit mir nicht stimmt?"

„Es war das Sicherste."

Es machte Sinn, aber es war nicht befriedigend. Mein Vater merkte, dass mir die Antwort nicht reichte. Mit schuldbewusstem Blick presste er seine Lippen aufeinander. „Es tut mir leid."

„Wie viele Bonobo-Menschen gibt es?"

„Sicher zehntausende. Unser Verein war Teil einer weltweiten Bewegung."

„Heißt das, es gibt Bonobo-Sekten-Communities?"

Mein Vater ließ Hugo antworten: „Ja, die gibt es. Allerdings leben auch viele Bonobo-Menschen unter Sapiens. Wenn sie einen Umgang mit ihren Trieben gefunden haben, können sie sich Auseinandersetzungen mit Sapiens stellen, ohne übergriffig zu werden. Auf der andere Seite können Sapiens Konflikte durchaus auch friedlich und mit Zuneigung lösen."

„Wir sind gar nicht so übel, weißt du?", fügte mein Vater zwinkernd hinzu.

„Ich weiß das. Die Frage ist, wieso du das nicht wusstest?"

Mein Vater holte tief Luft. „Was soll ich sagen. Es war wie es war und es ist, wie es ist." Er rang nach Worten. „Ich bin jedenfalls unendlich froh, dass es dich gibt und dass du hier bist. Du glaubst nicht, wie lange ich auf diesen Tag gewartet habe." Er rutschte mit seinem Stuhl nach vorne und umarmte mich. Ich griff unter seinen Armen hindurch und legte meine Hände auf seine Schulterblätter. Es war die unbequemste Umarmung aller Zeiten, aber auch die schönste.

Als mein Vater sie wieder löste, hatte er feuchte Augen. Er stimmte die Musik aus seinem Gehirn wieder an und nickte zur Melodie. „Spiel mit, wenn du willst. Es löst den Schmerz."

Ich sah über den Ozean. Da saß ich *allein* auf dem Dach neben meinem zugedröhnten Vater, der mich bei meiner Oma versteckt hatte, um mich vor einer Bonobo-Sekte zu schützen – angeblich. Aber es ergab Sinn und was blieb mir anderes übrig, als es zu glauben. Außerdem hatte ich andere, größere Sorgen.

„Hast du immer noch nichts von Juri gehört?"

„Hugo hätte es dir mitgeteilt."

„Hast du alles getan, was du tun kannst?"

Mein Vater überlegte kurz. „Ja, das habe ich. Ganz sicher. Es tut mir leid. So sehr ich mir wünsche, ihn einmal kennenzulernen. Ich glaube, er ist tot."

Mir wurde schwindlig als hätte ich eine auf die Zwölf bekommen. Mir wurde kalt, als hätte es meine Haut weggeweht. Ich musste mich daran erinnern, dass mein Vater auf Porax war und keinen Filter mehr hatte. „Weißt du das oder denkst du es nur?"

„Das vermute ich. Aber ich hoffe trotzdem."

Ich wollte und konnte nicht wahrhaben, dass Juri tot war. Wenn er auch erwischt worden und wieder auf dem Weg zu Neanderpharma war, es gab noch Hoffnung. Es musste sie geben. Solange mir noch niemand das Gegenteil bewiesen hatte, war er noch am Leben.

„Kannst du mich verkabeln?"

„Was meinst du?"

„Ich würde auch gerne Musik machen." Ich streckte meinen getackerten Arm aus und tippte mir mit dem anderen Zeigefinger an die Schläfe.

„Ah klar, Hugo kann das machen." Mein Vater freute sich.

Ohne einen Mucks öffnete Hugo eine kleine Klappe in seiner Brust und zog ein dünnes, rotes Kabel mit einem spitzen Anschluss heraus. Mit der anderen Hand nahm er mein Handgelenk. „Es wird ein bisschen wehtun."

„Ich weiß."

Er scannte den Unterarm nach dem Anschluss unter der Haut. Dabei war offensichtlich, wo er sein musste.

Die kleine Wunde vom letzten Einstich war gerade erst verkrustet. Bei der Vorstellung, an der gleichen Stelle noch einmal verletzt zu werden, schüttelte es mich. Ich sah weg. Aber wie auch immer er es tat, Hugos Vorgehen war viel weniger brutal und nur halb so schmerzhaft wie die Ansteckpistole von Anna. Ein kleiner piksender Druck und das Kabel hing in meinem Arm. Ich tippte Daumen und kleinen Finger zweimal aneinander und konnte Hugo mit Gedanken steuern.

Er brauchte ein wenig, um meine Anweisungen zu verstehen, aber dass ich Musik machen wollte, kapierte er sofort. Er verband mich mit dem Programm, mit dem auch mein Vater spielte.

Erst ließ ich ein paar sanfte Bassbeats einfließen, die ich aus dem Detektor erinnerte. Ich musste mir nur vage die Melodie der Tiefen in Erinnerung rufen und das Programm passte sie in die Klassische Musik meines Vaters ein. Als er darauf reagierte und seinem Spiel einen poppigen Anstrich verpasste, hob ich die Beats noch mehr hervor.

Ich dachte an ein fröhliches Klaviersolo und die Töne fügten sich in die Melodie. Für einen kurzen Moment waren sie fremd, aber bald hatte ich herausgefunden, wie ich meine Vorstellungen schärfen konnte. Den Rest übernahm das Programm. Mein Vater wob Töne von Saxofonen und Trompeten ein. Wir jammten eine Art Trompeten-Klavier-House. Der war auf eine seltsame Weise fröhlich und traurig zugleich.

Mit in den Wellen verlorenem Blick lauschte ich unserer erdachten Musik. Je besser ich darin wurde, die einzelnen

Instrumente zu steuern, umso feiner wurden die Klänge. Bald konnte ich sie sogar an das Rauschen der Brandung anpassen.

Für einen Moment vergaß ich die Sorgen um Juri. Und als sie wiederkamen, hatte ich einen Platz für sie in der Musik. Mit den Hirninstrumenten konnte ich die kalten Angstschauer direkt in die Klänge packen und so langsam meine innersten Gefühle freilegen.

Ich malte mir aus, wie die Bonobo-Magneten Kraft erzeugten. Ich stellte mir vor, wie sie als winzige Teilchen in meiner Blutbahn trieben – zwischen den Blutkörperchen – immer bereit, durch die Wut anderer zu erwachen und in meinem ganzen Körper den Wunsch nach Nähe hervorzurufen, indem sie sich aneinanderrieben und Strom erzeugten.

Ich spürte ihre Bewegung und zum ersten Mal fühlten sie sich nicht an wie Fremdkörper. Sie gehörten zu mir. Ich ließ ihre Anziehungskraft in die Musik einfließen. Den Konflikt, ihnen widerstehen zu müssen, um nicht aufzufallen, und auch die Scham, wenn es mir nicht gelang – alles packte ich in Töne. Ich ließ eine Reihe Streichinstrumente einsetzen und dann Trompeten. Die Musik wurde rauer und tiefer.

Ich erkannte und erlaubte, dass die Magneten keine Krankheit – keine Parasiten – waren, die mir Energie raubten. Sie waren Freunde, die mir zeigen wollten, wo ich Energie aufladen konnte.

Ich stellte mir vor, wie die Magnetteilchen bei Körperkontakt aufhörten sich zu reiben und entspannt weitertrieben. Da begriff ich plötzlich, wie ich Juri finden konnte und stoppte die Musik. „Der Chip. Juri hat einen Chip in seinem System. Du musst ihn orten."

Mein Vater spielte weiter mit geschlossenen Augen Musik. „Was für einen Chip?"

„In China haben Spione Juri einen Sender eingeflößt."

„Meinst du nicht, er wurde damit schon geortet?"

„Greg hat die Kennung geändert."

„Geht das? Warte … *wer*?" Mein Vater hörte auf zu spielen.

„Greg. Ich werde ihm schreiben."

„Greg. Jetzt ergibt vieles Sinn." Mein Vater lachte. „Wenn Greg es gemacht hat, geht es."

Mit dem Externen schickte ich Greg eine Nachricht. *Wie ist die Kennung von dem Chip in Juri? Er ist verschwunden und braucht Hilfe. Danke. Lulu P.S. Ich bin Bonobo.*

Ich ging zum Geländer. Auf meine Daumennägel beißend sah ich an der Glasblase hinunter, wo die Gischt von den Felsen spritzte. Mein Vater stimmte die Musik wieder an. Wenn man es Musik nennen konnte. Die Melodie war viel platter als zuvor. Vielleicht ließ die Wirkung des Porax nach. Ich überlegte, was ich noch aus ihm rausbekommen sollte, bevor nichts mehr von der Wirkung übrig war. Gregs Antwort holte mich zurück. *Mit diesem Link sollte jeder Computer ihn orten können. Grüß mir deine Eltern. Greg.*

Weil ich mit Hugo verbunden war, konnte ich ihm in Gedanken mitteilen, den Link zu laden und den Chip mit der Kennung zu orten.

„Der Chip ist drei Kilometer nordwestlich von hier", sagte Hugo nur einen Augenblick später.

„Wahnsinn!", rief mein Vater.

„Los!" Ich jauchzte.

Wir fuhren die Straße nach Norden. Als wir auf der Höhe des Ortes waren, ließen wir den Wagen am Straßenrand parken und gingen zu Fuß die sandige Böschung hinauf und weiter durch die halb vertrockneten Büsche der Steppe, in der zwischen künstlich bewässerten Feldern vereinzelt kleine Gruppen von Bäumen und Palmen wuchsen.

Die Stelle, wo Hugo den Sender ortete, war neben einem alleinstehenden, kleinen Baum. Es gab keine Spuren oder sonst irgendwelche Anzeichen, dass Juri oder irgendjemandem jemals hier gewesen war. Verzweiflung zerquetschte meinen Magen.

„Genau hier sollte der Sender sein", sagte mein Vater von der anderen Seite des Baumes. „Baaah."

Ich rannte zu ihm. Vor seinen Füßen lag ein angetrockneter Fladen Kot.

„Er lebt." Ich wirbelte herum. „Juri. Juri."

Nichts.

Es gab einen Knacks und als ich mich umdrehte, lag mein Vater mit einem dünnen, abgebrochenen Ast in der Hand neben dem Baum und wand sich mit schmerzverzerrtem Gesicht. Das Porax wirkte wohl doch noch.

„Steig du hoch. Vielleicht siehst du ihn von da." Er stand auf, lehnte sich an den Baumstamm und faltete die Hände zur Räuberleiter. *Endlich sind meine Affenarme mal für etwas gut*, dachte ich und kletterte hinauf.

Von oben sah ich zwar weiter, aber nichts was nach Juri aussah. Wenn ich doch nur eine smarte Brille gehabt hätte.

„Guck mal hier, ich habe Spuren gefunden."

Ich sah zu meinem Vater und suchte von ihm zum Horizont die Steppe nach irgendetwas ab, das Juri sein konnte. Und da war was. In vielleicht hundert Metern Entfernung lag etwas im Gebüsch, das aussah wie ein Körper.

„Da vorne ist er." Ich kletterte vom Baum, wobei ich mich vom untersten Ast hängend fallen ließ und rannte an meinem Vater vorbei.

Blass und mit geschlossenen Augen lag Juri im Schatten eines Busches. Er war schmutzig und übersät mit Schrammen und Wunden. Ein Fetzen meines Handtuches war um seinen blutenden Oberarm gebunden, ein anderer um sein Bein.

„Juri." Ich rüttelte ihn vorsichtig. Er war glühend heiß.

„Lebt er noch?", keuchte mein Vater.

„Ja." Sein Puls pochte langsam. „Hugo muss ihn untersuchen."

Mein Vater kniete sich neben Juris Kopf und ließ Wasser über die Stirn und die ausgetrockneten Lippen laufen. Da öffnete Juri langsam seine Augen. Er bewegte die Lippen, aber es kam kein Ton heraus. *Wasser.* Mein Vater schob seine Arme unter Juris Schultern, richtete ihn auf und gab ihm zu trinken. Als würde *mich* das Wasser vor dem

Verdursten retten, vergingen meine Sorgen mit jedem von Juris Schlucken.

„Alles gut. Hab' nur ein kleines Nickerchen gemacht." Juri zwinkerte.

Ich fiel ihm um den Hals und küsste ihn zwischen seine hervorstehenden Augenbrauen. Mit schmerzverzerrtem Gesicht kniff er die Augen zusammen und zog Luft durch seine zusammengebissenen Zähne. Ich löste mich und seine Mundwinkel bogen sich zu einem großen Lächeln. Er sah fix und fertig aus - um genau zu sein halbtot - aber ihn zu sehen, machte mich so froh wie noch nie irgendetwas in meinem ganzen Leben zuvor.

„Kannst du aufstehen?", fragte mein Vater. „Der Wagen steht nicht weit."

Juri nickte. Wir halfen ihm auf und weil er stark humpelte, stützte mein Vater ihn beim Gehen.

„Was ist mit der Drohne?", fragte ich.

„Ich hatte diesen Stein. Hab' voll auf sie geschlagen. Über Wasser, unter Wasser. Weiß nicht, wie lange. Irgendwann war sie kaputt. Vielleicht ist Wasser rein. Keine Ahnung. Jedenfalls ist sie weiter den Fluss runtergetrieben."

„Hat sie dich gescannt?"

„Weiß ich nicht."

„Und dann?"

„Ich bin weg vom Fluss, weil ich dachte es kommen mehr, aber niemand kam. Am Abend bin ich dann in den Süden gegangen, fast die ganze Nacht, bis es heute zu heiß wurde."

„Es war keine Polizeidrohne!“, sagte mein Vater. „Sonst wäre Verstärkung gekommen.“

„Meinst du, es war ein Privatdetektiv?“, fragte ich und überlegte, ob die Droge noch wirkte.

„Kann sein.“

„Neanderpharma?“

„Wer sonst?!“ Juri musste husten.

„Ohne Sender bist du bei mir erst einmal sicher“, sagte mein Vater.

Im Haus duschte Juri und zog sich die weiße Sanianer-Kluft an. Hugo bereitete ihm eine Schale Suppe mit Brot und machte sich dann daran, ihn zu verarzten.

„Ich werde dir ein Paar Klamotten suchen“, sagte mein Vater und verschwand in seinem Zimmer.

Juri schaufelte drei Löffel, dann nahm er die Schale in beide Hände und trank in großen Schlucken. Suppe lief seine Wangen hinunter. Er wischte sich mit dem Handrücken über den Mund. „Hast du schon was herausgefunden?“

„Allerdings“, sagte ich und musste lachen. Der Gedanke daran, was es war, und Juris Anwesenheit – die Tatsache, dass er lebte – machten, dass ich darüber lachen konnte. „Ich bin Bonobo.“

Juri runzelte die Stirn.

„Also eigentlich habe ich nur Bonobo-Gene. Die machen, dass ich in Konflikten nicht enttäuscht oder wütend reagiere wie normale Menschen. Sie machen, dass ich mich zu ihnen hingezogen fühle.“

Juris Augen wurden groß. „Dein Ernst?!"

„Absolut." Ich lachte.

„Und davon wusstest du nichts?"

„Ich wusste, dass ich *anders* auf Konflikte reagiere, aber nicht warum. Ich bin damit echt oft gegen die Wand gefahren und musste mir deswegen antrainieren, dagegen anzukämpfen. Das war mega schwer und wurde nie leichter. Du hast keine Ahnung, wie gut es tut, jetzt zu wissen, woher dieser Instinkt kommt."

„Kann ich mir vorstellen." Juri überlegte. „Aber ich habe nie was davon mitbekommen. Auf Greg bist du sogar mit dem Spray losgegangen."

„Ich weiß. Das war eine seltsame Ausnahme. Ich hatte so Angst und …" ich machte eine Pause und überlegte, ob und wie ich es sagen sollte. „Es lag auch an dir. Wie soll ich sagen? Du hast es irgendwie geschafft, meinem Instinkt den Wind aus den Segeln zu nehmen – ohne Körperkontakt und ohne, dass du am Konflikt beteiligt warst. Das habe ich sonst noch bei niemandem erlebt."

Juri senkte seinen Blick.

„Sorry, das ist keine weirde Liebeserklärung oder so, falls du das denkst … Also ich liebe dich nicht. Ich dachte mal, dass ich in dich verliebt bin, und ich liebe dich auch immer noch, aber halt nicht wirklich so … romantisch." Mir lief ein kalter Schauer über den Rücken. In was hatte ich mich da reinmanövriert? „Ich will nur sagen, du beruhigst mich irgendwie."

„Keine Sorge." Juri lächelte. „Ich weiß, was du meinst. Es überrascht mich ehrlich gesagt nicht."

Mit offenem Mund glotzte ich Juri an.

Juri lachte durch die Nase. „Ich muss dir auch was erzählen. Es hat sogar *damit* zu tun. Ich kann Gefühle von Menschen lesen und herunterfahren. Ich weiß nicht wie, aber ich kann es eben. Manche Analysen sagen, es liegt an einer Kombination aus Körpersprache, Stimmlage und Gesichtsausdruck. Ich kann zum Beispiel Wut oder Trauer lösen, wenn ich Personen ansehe und mit ihnen spreche. Wenn ich jemanden gut kenne und genau nachvollziehen kann, wie er oder sie sich fühlt, kann ich Gefühle sogar in beide Richtungen regulieren. Dann kann ich sie aus dem Nichts wütend machen, misstrauisch oder zufrieden."

„Was heißt gut kennen?"

„Ich kann es bei einer meiner Schwestern. Manchmal passiert es einfach so. Dass du wegen mir auf Greg wütend wurdest, wusste ich nicht. Das war keine Absicht. Aber Greg war seltsam. Ihn konnte ich kaum lesen. Das hat mir Angst gemacht. Vielleicht war das ansteckend."

Ich erinnerte mich an den verzweifelten Drang, den ich vor meiner Attacke verspürt und wie Juri meine Hand genommen hatte. Es musste das einzige Mal gewesen sein, dass ich so etwas wie Wut verspüre. Es war kein schönes Gefühl gewesen, aber hilfreich. Genauso, wie es gut war, dass Juri Kikis Nase abgerissen hatte. Das wäre mir nie in den Sinn gekommen und selbst wenn, ich hätte es nicht übers Herz gebracht. Klarer als jemals zuvor erkannte ich, dass mein Instinkt Gefühle ersetzte, die sonst jeder hatte. Ich vermisste sie nicht – vor allem jetzt nicht mehr, wo ich wusste, wie ich mit meinem Instinkt umgehen konnte – aber hätten sie mein Leben besser gemacht? Ich musste an Eka denken, die gar nichts spürte. „Wie war es bei Eka?“

„Sie konnte ich auch nicht lesen. Aber bei ihr hat es mir keine Angst gemacht. Wenn ich davor schonmal jemandem mit einer Fessel begegnet wäre, hätte ich wahrscheinlich erkannt, dass sie eine hat. Bei Kiki und Polo dachte ich auch kurz, dass sie welche haben. Aber dann konnte ich spüren, dass ihre Gefühle nicht echt sind.“

„Will dich Neanderpharma deswegen zurückholen?“

„Ja, sie wollen entschlüsseln, wie ich das mache. Ich habe Angst, dass sie es nutzen wollen, um Menschen zu manipulieren.“

“Stell dir vor, Roboter könnten das lernen. Dann wären übermorgen alle Sanianer.“ Das Lachen blieb mir im Hals stecken. „Aber meinen Instinkt hast du nicht erkannt?“

„Er war neu für mich. Ich hatte keine Ahnung, dass ich darauf wirke.“

„Warum hast du's mir nicht erzählt?“

Juri kratzte sich am Kinn. „Ich hab's dir nicht erzählt, weil ich nicht wollte, dass du Angst vor mir bekommst.“

„Hättest du mir die Angst nicht nehmen können?“

„Ich war mir nicht sicher.“ Juri lachte.

Wir sahen über das Meer. Ein wohlig warmes Kribbeln fuhr mir unter die Haut. Ich sog die Meeresluft ein, als könnte ich damit den Moment für später aufheben.

„Und jetzt?", fragte Juri.

Ich überlegte. „Ich werde nach Hause gehen, mich von Oma verabschieden. Dann werde ich noch eine Orientierungsanalyse machen und dann meine Mutter und meinen Bruder in Südamerika suchen. Kommst du mit?"

„Zur Analyse nicht – außer du willst. Aber nach Südamerika ja. Vielleicht tauche ich so lange in Ziyou unter." Juri zwinkerte.

Mein Vater kam und brachte einen Stapel Anziehsachen für Juri. „Hier sollte was Passendes für dich dabei sein."

Da fiel mir ein, dass ich eine wichtige Frage vergessen hatte. Hoffentlich wirkte das Porax noch. „Wie bekomme ich Zugriff auf dein Konto?"

„Mit Hugo hier und meiner Einwilligung. Wieso?"

„Ich brauche fünfzigtausend, um nach Hause und nach Südamerika zu reisen."

„Fünfzigtausend klingt nach viel."

„Ist weit weg und Juri muss mit. Schickst du es mir?"

Mein Vater nickte. „Wohin?"

„Hier." Ich gab ihm meinen Externen.

ENDE

DANK:

Ein besonderer Dank gebührt meiner Frau Ebru für ihre liebevolle Unterstützung und unermüdliche Ermutigung. Daniela Esch gebührt Dank für ihr Lektorat und ihre inspirierenden Titelvorschläge. Ben Bartel verdient höchste Anerkennung für die geduldigen Überarbeitungen des Covers, Aurel von Egloffstein für das Korrektorat.

Ein herzliches Dankeschön geht an Christiana Engelmann, Charlotte Hölzig, Soleya Hasinger, Jan Stremmel, Anja Scharf und Tobias Foit für ihr aufrichtiges und motivierendes Feedback zum Text sowie an Julian Schwab für das Coverkonzept. Meinem Vater Rolf danke ich fürs Vorlesen, Elvis Meyers für den Scan in letzter Not, Jakob Roth fürs Brainstorming und Benjamin Bleek sowie Lucie Höfferer für ihren mentalen Support.

Die Realisierung dieses Romans wäre ohne das Engagement und die Unterstützung dieser wundervollen Menschen nicht möglich gewesen.

Moritz Polixa studierte Journalismus, Philosophie, Soziologie und Physik in München, Mason City und Buenos Aires. Nach Aufenthalten in Shanghai und Beirut lebt er nun mit seiner Frau und seinen zwei Söhnen in München. Vor seinem Debütroman „Die Dritte Wolke“ veröffentlichte er zwei Kurzgeschichtenbände und ein Theaterstück.

www.moritzpolixa.com